신화에서 역사로 다시 태어난
위대한 불멸의 영웅

주몽

朱蒙

2

극본_최완규·정형수
소설_홍석주

황금나침반

영혼의 고향인 조상들의 나라,
그로부터 비롯되었고
다시 그로 돌아갈 영원한 빛의 나라,
태양이 지지 않는 산봉우리,
그 영원한 땅,
그곳으로 돌아갈 수 있기를.

드넓은 영토보다 더 웅대했던 우리 영웅들의 기상을 찾아
_ 최완규 · 정형수

서양의 철학자나 예술가들은 풀리지 않는 난관에 부딪칠 때면 희랍으로 달려간다는 얘기를 들은 적 있습니다.

역사의 세계이며 또한 신화의 세계이기도 한 그곳은, 영토보다 소중한 정신의 보고寶庫이기 때문일 것입니다.

작업실 책상 앞에 커다란 지도 한 장을 붙여놓았습니다.

광활한 만주 벌판…… 옛 우리 선조들이 고조선, 부여, 고구려, 발해를 세우고 거침없이 말 달렸던 대지…….

눈을 감으면 어느새 고구려 고분벽화 속 말 한 마리가 튀어나와 푸른 바이칼에서 시작해 거친 동북평원을 지나 쑹화 강까지 힘차게 내달리는 장면이 떠오릅니다.

드넓은 영토보다 더 웅대했던 선조들의 기상과 정신이 온몸을 휘감습니다.

그러다 눈을 뜨면 우리의 현실이 답답해집니다.

광활한 만주에서 한반도로, 그도 모자라 휴전선으로 두 동강 난 영토보다 더 서글픈 것은, 너무도 작아진 우리들의 정신입니다.

잃어버린 영토는 언젠가 되찾을 수 있어도, 잃어버린 정신은 다시

복원하기 어렵다는 것을 압니다.

해모수, 금와, 유화, 주몽, 소서노, 대소……. 우리의 기억 속에서 풍화되어가는 부여와 고구려의 영웅들.

이. 책을 통해 고분벽화 속에 깃든 그분들의 영혼이 깨어 나와 움츠러든 우리의 기상과 정신을 일깨워줄 수 있다면, 이 글을 쓰는 그 어떤 의미보다 소중할 것입니다.

가장 뜨거웠던 시대를 향한 간절한 그리움

_ 홍석주

《삼국사기》를 쓴 김부식은 그 책의 표문表文에서 임금의 말을 빌려, 당대의 지식인들이 중국의 역사는 잘 알면서 정작 우리나라 동방삼국의 역사는 제대로 알지 못하는 것은 참으로 유감스러운 일이라고 탄식하고 있다.

이러한 김부식의 탄식은 그로부터 천년에 가까운 세월이 흐른 오늘날에 이르러서도 여전한 형편이니 안타까운 일이 아닐 수 없다.

어디 중국의 역사뿐이겠는가. 그보다 더 아득한 그리스나 로마의 옛 역사에 대해서는 줄줄 꿰면서도 정작 우리 민족의 고대사는 실재한 사실로서가 아니라 기껏 신화나 전설의 꼴로 의식 속에 박제화되어 있을 따름이다. 이는 이 시기를 기록한 사서의 신화적 기술 방식에 연유한 바 크지만, 그보다는 이를 우리의 역사로 끌어안으려는 적극적인 노력이 부족한 탓이 아닐까 싶다.

최근 들어 고구려에 대한 일반의 관심이 커져 가히 열풍이라 할 정도라 하니 반가운 일이다. 이러한 현상이 고구려를 자신의 변방정권으로 자리매김하려는 중국의 소위 '동북공정'에 의해 촉발되었음을 부인할 수 없지만, 또한 이에는 우리 민족의 유전자 속에 각인된 민족의 원형으로서의 고구려에 대한 간절한 그리움이 내재되어 있는 까닭이라고 믿는다.

한 가지 염려스러운 것은 고구려에 대한 우리의 관심이 얼마나 광대한 영토를 가진 위대한 대제국이었냐 하는 데만 집중된 듯한 점이다. 오늘날 우리에게 고구려가 새로운 인식의 대상으로 떠오르는 것은 대륙을 호령한 동아시아 최대강국으로서 이 시대가 요구하는 새로운 국가적 패러다임의 모델이어서가 아니라 우리 민족사의 뿌리와 내력이 거기에 있기 때문이다. 고구려에 대한 관심의 시작은 바로 거기서부터 비롯되어야 하리란 것이 나의 생각이다.

이 책은 고구려를 건국한 주몽의 파란만장한 일대기를 다룬 소설이다. 주몽은 단언컨대 우리 민족사를 통틀어 그 유類를 찾아보기 어려운 풍운아이자 일대 영웅이다. 그가 산 시대는 우리 역사상 진취적 기상과 민족적 활력이 가장 뜨겁게 달아오르던 시대였다. 그리고 그가 걸어간 땅은 이제는 우리가 잃어버린 땅, 요동의 광활한 대륙이었다. 그 인물과 그 시대를 다룬 이야기가 어찌 신나고 재미있지 않으랴.

이제는 찾기 어려운 미덕이 되어버린 사내들의 야성과 강건미, 진정한 용기와 참다운 의로움, 인간의 위대함과 존엄 등은 이 소설을 쓰는 내내 나의 마음을 달군 잉걸불이 되었다. 이 소설이 주몽을 비롯한 숱한 영웅들의 장엄하고 통쾌무비한 삶을 다루고 있긴 하지만, 단순한 무협 영웅담으로 읽혀지는 것을 염려하는 까닭이 여기에 있다.

그 아득한 옛날, 그 땅의 사람들을 이야기하는 일에 어찌 어려움이 없었겠는가. 이에는 그간 고구려의 역사를 연구해온 훌륭한 학자들의 수고와 노력이 큰 힘이 되었다. 이 자리를 빌려 우리 학계의 많은 고구려사 연구자들에게 깊이 감사드리는 바다. 특히 고대사에 대한 다양한 자료를 제공하고 조언해준 서강대의 조경란 선생에게 각별한 감사를 표한다.

해모수解慕漱   동이족의 청년 영웅. 망국 조선의 부흥을 위해 노력하며 조선의 유민을
구출하는 일에 신명을 바친다. 생명을 구해준 유화와 아름다운 사랑을
나누지만, 토벌군의 대장이자 어린시절의 친구 양정에게 목숨을 잃을
위기에 처한다. 하지만 후일 유약한 주몽을 강건한 사내로 일으켜 세우
는 데 결정적인 역할을 한다.

유화柳花   비류수 가의 서하국 군장 하백의 딸. 해모수와의 슬픈 사랑으로 주몽을
얻고, 금와의 궁에서 그의 보호 아래 지내게 된다. 금와의 황후인 원씨
의 갖은 핍박을 견디며 주몽을 새로운 나라의 창업주로 만들기 위해 노
력한다.

금와金蛙   부여국 왕. 태자 시절, 오랜 벗인 해모수를 도와 조선 유민의 구출에 힘
쓰고 조선의 부흥운동에도 도움을 준다. 유화를 깊이 사랑해 해모수가
죽은 후 유화를 자신의 궁에 들이고, 일생 그녀를 향한 사랑을 그치지
않는다. 해모수의 아들인 주몽을 아끼고 사랑한다.

주몽朱蒙   해모수와 유화 사이에 태어나 부여국 왕 금와의 궁에서 자라난다. 갓난
아기 때 여미을의 모해로 죽을 고비를 겪고, 성장해서도 부여의 황후와
왕자들의 모략으로 숱한 위기를 겪는다. 소서노와 운명적인 사랑을 나누
는 한편, 새로운 왕국에 대한 동이족의 열망을 자각, 부여를 떠나 마침내

11

위대한 제국 고구려를 건국한다.

소서노召西弩   계루국 군장 연타발의 딸로, 빼어난 미색과 뛰어난 지혜를 겸비한 여인. 거상 연타발의 상단을 이끄는 행수로 활약하다 주몽을 만나 사랑에 빠진다. 주몽을 도와 고구려 건국에 결정적인 역할을 하고, 후일 아들 비류, 온조와 함께 남하해 백제를 건국하는 일에도 주도적 역할을 한다. 우리나라 역사상 두 나라를 창업한 전무후무한 여걸이다.

대소帶素   부여국 왕 금와의 장자로 무예가 출중하고 야심이 크다. 다물활 사건 이후 주몽의 존재에 극도의 경계심과 두려움을 가지고 그를 제기하려 힌다. 사랑하는 소서노마저 주몽을 사랑하기에 이르자 그의 분노와 증오는 더욱 커진다. 주몽과 그의 증오와 대립은 후일 고구려와 부여의 길고 긴 전쟁으로 이어진다.

부영芙英   부여국 대장군의 딸로 아비가 토벌하러 간 숙신의 무리에게 투항하자 지방 제가의 노비로 팔린다. 뛰어난 용모가 여미을의 눈에 띄어 신궁의 여관이 되지만 주몽의 철없는 행동으로 궁에서 쫓겨난다. 이후 저잣거리의 객점에서 비참한 생활을 이어가지만 역시 궁에서 내침을 받은 주몽을 만나 사랑하게 된다. 후일 홀로 주몽의 아들 유리를 낳아 키운다.

부득불不得弗   부여의 최고 대신인 대사자. 지략과 충성심이 뛰어난 인물로 동이에 새로운 나라가 일어나 부여를 위협하게 될 상황을 우려해 해모수와 주몽을 제거하려 한다.

여미을汝美乙   부여 신궁의 주인인 신녀神女. 용모가 아름다울 뿐만 아니라, 천문과 역학에 밝고 예지력과 지모가 뛰어나 인간사의 길흉을 헤아림에 막힘이 없다. 나라의 크고 작은 일에 가르침을 내리고 갖가지 의식을 주관한다.

연타발延陀勃   졸본에 위치한 소국 계루국의 군장. 상재가 뛰어나 동이 지역 최대의 상단을 이끄는 거상으로 막대한 재부를 이루었다. 자신의 나라를 부강하게 만들 새로운 방편으로 강철의 개발에 뛰어든다.

영포英圃   금와의 둘째왕자로 대소의 동생. 거대한 체구에 용력이 출중하다. 대소를 도와 주몽을 제거하는 일에 앞장선다.

황후 원씨元氏   금와의 부인으로 태자비 시절 금와가 궁으로 데려온 유화에게 극도의 질투심을 갖는다. 자신의 아들 대소를 왕으로 세우기 위해 노력하는 한편, 유화와 주몽을 제거하는 일에 방법을 가리지 않는다.

양정楊晶   해모수와 금와의 어린 시절 친구. 조선의 마지막 왕 우거를 모살하는 일에 앞장섬으로써 이들과는 다른 길을 걷는다. 한나라의 거기장군에 오른 후 해모수를 토벌하는 일에 앞장선다. 후일 현토군 태수로 부임해 부여국 왕 금와를 압박한다.

계필季弼   오랜 세월 연타발을 보필해온 졸본 상단의 행수. 상술이 뛰어나고 금전의 출납에 밝다.

우태優台   계필의 아들로 아버지와 함께 졸본 상단의 상업에 중요한 역할을 한다. 어릴 때부터 함께 자란 소서노를 마음으로 연모하고, 후일 그와 혼인하여 비류, 온조 두 아들을 얻는다.

사용泗茸   소서노의 벗이자 졸본 상단의 지략가. 남녀를 구분할 수 없는 신비한 용모에 천문과 역, 산술, 의술에 밝고 하늘과 땅의 흐름을 살펴 인간사를 예지하는 신묘한 능력을 지녔다. 대소의 음모에 빠져 심한 상처를 입은 주몽을 구명하고, 그의 몸에 깃든 여미을의 저주를 벗기는 데 힘쓴다.

무덕无德   유화 부인을 모시는 별궁 여관. 남자같이 큰 체격에 입이 무겁고 행동이 근실하다. 유화 부인의 뜻에 따라 주몽에게 오라비 무송을 무예 선생으로 소개한다.

13

무송无鬚	무덕의 오라비. 주몽의 무예 선생. 한때 부여 최고의 무사로 부여국 훈련교관이었으나 술을 먹고 상관을 두들겨패는 바람에 쫓겨나 두타산 비밀 옥사의 옥사장이 된다.
마리摩離	부여국 저잣거리의 무뢰배. 꾀가 많고 상황 판단이 기민하다. 후일 협보, 오이 등과 함께 주몽을 도와 고구려 건국에 크게 기여한다.
협보陜父	부여국 저잣거리의 무뢰배. 우직하고 맨손으로 황소를 상대할 만큼 힘이 장사이다. 후일 주몽의 충직한 부하로 고구려 건국의 주역이 된다.
오이烏伊	지혜가 뛰어나고 의협심이 남다르다. 도치에 의해 색주가로 팔려가려는 부영을 구한 뒤 오누이 사이가 된다. 고구려 건국의 주역 가운데 한 사람이다.
모팔모牟八毛	부여국 철기방 야철대장. 부여 최고의 야철 장인으로 금와의 명에 따라 은밀히 강철기의 개발에 힘을 쏟는다.
벌개伐价	부여국 궁정사자. 왕후 원후의 오라비로, 잔꾀에 능하며 원후와 함께 태자 대소의 왕위 등극을 위해 애쓴다.
흑치黑雉	부여국의 대장군. 영포의 무예 선생이기도 하다.
도치屠痴	부여 도성 뒷골목 불한당 패거리의 수괴. 부여에서 가장 큰 객전을 운영하는 등 많은 재산을 가졌으며 성정이 모질고 잔인하다. 나라에서 금하는 소금을 밀매하다 소서노의 공격을 받는다.
나로那擄	예족 출신으로 악명 높은 자객집단인 월영방의 자객. 대소의 명을 받고 주몽의 목숨을 노린다.

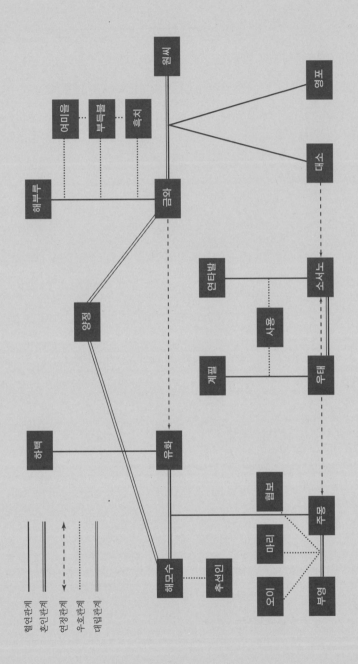

인물관계

혈연관계
혼인관계
연정관계
우호관계
대립관계

어머니와 아들

짧은 봄이 가고 여름이 왔다.

바자울 너머 복사꽃과 오얏꽃이 간밤의 봄비에 하얗게 떨어져내리자 이내 나뭇가지마다 하루가 다르게 푸른빛이 짙어지기 시작했다. 지난 겨울 모진 삭풍을 맞아 줄기가 반이나 꺾인 마을 어귀의 늙은 엄나무도 따사로운 봄볕에 여린 새잎을 틔우는가 싶더니 어느새 하늘을 가릴 만큼 억세고 푸른 잎을 피워올렸다.

날마다 맑고 투명한 햇살이 은총처럼 부여성 위에서 빛났다. 햇살은 하루하루 무게를 더하였으며, 대지는 넓은 가슴으로 태양의 열기를 품으며 본격적인 경염을 준비하고 있었다.

평온한 날들이 계속되었다. 때없이 국경을 침범해 온 나라를 근심케 하던 변방 오랑캐의 소식이 들리지 않은 지도 오래였다. 일기는 순했고, 풀과 나무는 절기를 따라 꽃과 잎을 틔웠다. 날이 새기 무섭게 들판으로 달려나가는 농부들의 걸음에는 건강한 활기가 넘쳐흘렀다.

하지만 구중심처 별궁 유화 부인의 마음은 오늘도 근심으로 쇠를 매단 듯 무거웠다. 유화는 후원의 누각 난간에 서서 뜰을 건너다보고 있었다. 붉게 달구어진 유월의 태양이 중천에 드높은 정오 무렵이었다.

후원의 연못 가에 주몽이 앉아 있었다. 어제도 그제도 그림으로 그려놓은 듯 한결같은 아들의 모습이었다.

"후……"

긴 탄식이 유화의 입술에서 흘러나왔다.

그 겨울의 끝에 기적처럼 살아 돌아온 뒤부터 아들은 한 계절이 지나도록 날마다 저렇게 정신을 한 걸음 뒤에 놓아두고 있는 모습이었다. 이전의 쾌활함은 찾을 길이 없었고, 세상의 끝을 보아버린 노인의 눈빛과 표정으로 말없이 성 안을 서성이거나, 아니면 연못 가의 묵은 돌 위에 걸터앉아 어둠이 내리도록 맥을 놓은 채 앉아 있기 일쑤였다. 아니면 이따금 궐 밖으로 나가 저잣거리를 상한 짐승처럼 배회하다 밤이 깊어서야 지친 모습으로 돌아올 때도 있었다. 지난 겨울 유령과 같은 몰골이 되어 돌아온 뒤 무려 닷새 동안을 죽은 듯 깊은 잠에 빠져 있다 깨어난 뒤부터의 일이었다.

무엇이 잘못되고 무엇이 어긋난 것일까.

온 백성의 슬픔 속에 장례까지 치른 아들이 아니었던가. 대소가 사냥대회에서 아들의 피에 젖은 옷자락을 가지고 돌아왔을 때 유화는 외마디 비명을 지르며 혼절하였다. 하늘이 무너져내린 듯, 땅이 발밑에서 흔적 없이 사라져버린 듯한 느낌이었다. 주몽은 유화가 이 슬픔과 고통으로 가득한 세상을 견디는 단 하나의 이유였다. 해모수를 잃고 금와의 궁궐에 들어와 거짓 지아비의 아낙으로 살며 원후의 모진 투기와 증오를 참고 견뎌낸 것은 오직 아들을 동이의 청년 영웅 해모수의 부끄럽지 않은 자식으로 키우고자 하는 마음 때문이었다. 아들의 죽음 소식은 어떤 경우에도 의연한 모습을 잃지 않던 유화를 단숨에 허물어뜨렸다.

그런 아들이 어느 날 살아 자신의 곁으로 돌아온 것이었다. 천신의 도움이 있지 않고서는 있을 수 없는 일이었다. 속이 텅 빈 허깨비 같은 몰골을 하고서 주몽이 자신 앞에 나타난 날, 유화는 홀로 천신당에 올라 눈물을 흘리며 하늘과 조상신께 감사의 기도를 올렸다.

하지만 죽음에서 살아 돌아온 아들은 이전의 아들이 아니었다.

나라 안의 용하다는 명의를 불러 아들을 진맥하고 귀한 약을 먹였지만 별무소용이었다. 날마다 우울한 표정으로 사람들의 시선을 외면한 채 자신의 방에 틀어박혀 있거나, 아니면 저렇게 연못 가에 앉아 초점 없는 눈빛으로 멍하니 하늘을 바라보고 있을 따름이었다.

유화는 하얀 햇살이 내려 쌓이고 있는 뜰을 걸어 연못 가로 걸어갔다. 그리고 주몽의 곁에 가만히 다가앉았다.

푸른 수면 위로 눈처럼 흰 수련이 활짝 꽃을 피우고 있었다. 지나가는 바람조차도 걸음을 멈추게 할 만큼 아름다운 꽃이었다. 회색 밀잠자리 몇 마리가 꽃잎 위에 앉았다 날아오르기를 반복하며 한가로이 노닐고 있었다. 하지만 아들의 눈길이 머무는 곳은 꽃도 잠자리도, 또한 그 너머의 풍경 어느 곳도 아님을 유화는 알 수 있었다. 과연 이 아이는 무엇을 바라보며 날마다 이 긴 시간을 지키고 있는 것인가.

"수련이 핀 걸 보니 딱 이맘때였구나. 어릴 적 네가 꽃잎 위에 앉은 잠자리를 잡으려다 연못에 빠져 궁궐을 벌컥 뒤집었던 때가. 기억이

나느냐?"

애틋한 그리움이 깃든 목소리로 유화가 말했다. 하지만 주몽에게선 아무런 응답이 없었다. 다시 유화의 부드러운 음성이 아들을 불렀다.

"주몽아!"

"……."

"네가 사냥대회에 나가 사나운 짐승에게 참혹한 일을 당했다고 들었을 때 나는 믿지 않았다. 사람들이 너의 피 묻은 옷자락을 내보일 때도, 그리고 너를 빈 관에 넣어 장사지낼 때도 나는 믿지 않았다. 네가 한마디 말도 없이 이 어미 곁을 떠나지는 않으리라고 믿은 까닭이었다."

"……."

"하지만 네가 이렇게 내 곁에 돌아온 지금, 나는 갑자기 불안하고 두려워졌다. 너의 몸은 어미 곁으로 돌아왔지만 마음은 어미를 멀리 떠나 있다는 생각이 들어서다. 나는 이제 알지 못하겠구나. 네 마음이 머무는 곳이 어디인지, 네가 무엇을 생각하는지, 무엇 때문에 이토록 힘들어하고 고통스러워하는지 정녕 알지 못하겠구나……."

유화의 나직한 목소리가 투명한 햇살이 들끓고 있는 연못 위로 퍼져갔다.

"세상 만물은 어려운 일을 겪으면 소리를 내게 마련인 법이다. 초목이 우는 것은 세찬 바람을 맞았기 때문이며, 물이 소리를 내는 것은 흐름을 가로막는 돌에 부딪혔기 때문이다. 그런데 너는 어이하여 그 어려운 일을 겪고도 이렇게 아무 말이 없느냐?"

"……."

"주몽아. 이 어미에게 말해줄 수 없겠느냐, 그날 무슨 일이 있었는지?"

주몽이 천천히 고개를 들어 유화를 돌아보았다. 하지만 유화는 아들의 얼굴에서 어떤 표정도 발견할 수 없었다. 허공처럼 텅 빈 무표정 위에 연못보다 깊은 심연을 느끼게 하는 공허한 눈길이 자신을 건너다보고 있을 뿐이었다. 그런 아들을 보며 유화는 다시 한번 날카로운 칼날이 마음 한 구석을 베고 지나가는 듯한 고통을 느꼈다.

"그날 밤이 깊어 돌아온 대소는 네가 사나운 범에게 물려갔다고 했다. 말을 타고 깊은 산 속을 달리던 중 너의 비명을 들었고, 놀라 달려갔을 때는 이미 네가 황소만 한 범에게 물려가고 있어 손을 쓸 수가 없었다고 하더구나."

"……."

"하지만 잃어버린 너의 가죽 배자 말고는 네 몸 어디에도, 옷자락 어디에도 짐승의 이빨 자국은 없었다. 말해다오. 그날 산 속에서 대체 무슨 일이 있었던 것이냐?"

그런 어느 순간이었다. 텅 비어 있던 주몽의 눈길 속에서 벼린 금속과도 같은 날카로운 빛이 반짝이는 것을 유화는 보았다.

"아……."

유화는 자신 그 빛에 가슴이 찔린 것처럼 소스라쳐 놀랐다. 이제껏 한 번도 본 적 없는 아들의 눈빛이었다. 얼핏 유화는 그 눈길에서 차갑고 맹렬한 적의와 분노를 보았다. 하지만 유화의 눈길이 그 빛을 더듬으려 하였을 때, 주몽은 어느새 조금 전의 텅 빈 눈길로 되돌아갔다.

"주몽아……."

유화가 떨리는 음성으로 아들을 불렀다. 하지만 주몽은 말없이 고개를 돌려 유화의 간절한 눈길을 외면했다.

"……."

"그날 아침 너를 보았다는 이는 네가 대소를 따라나섰다고 하더구나. 어미도 네가 혼자 그 깊은 산 속으로 갔다고는 생각지 않는다. 대체 그날 산 속에서……."

"어머니……."

나직하고 조용한 주몽의 목소리가 유화의 말을 가로막았다. 여전히 시선을 연못 위에 던져둔 채 주몽이 말을 이었다.

"전 길을 잃었습니다. 혼자 많은 짐승을 사냥해 대왕 폐하께 칭찬을 듣고 싶은 욕심에 산 속으로 너무 깊이 들어간 게 잘못이었습니다."

"주몽아……."

"범에게 물려가는 저를 형님은 위험을 무릅쓰고 구하려 하였습니다. 비록 그 자리에서 절 구하지는 못하였지만, 만약 범의 옆구리에 대소 형님이 쏜 화살이 박히지 않았다면 저는 틀림없이 그 짐승에게 목숨을 잃었을 것입니다. 대소 형님은 제 생명을 구한 분입니다."

"날 바로 보아라."

유화가 단호한 소리로 말했다.

"무엇이 두려워 이 어미를 외면하느냐. 날 보고 말을 하거라. 그럼 네 말을 믿으마."

주몽이 고개를 돌려 유화를 바라보았다. 놀랍게도 조금 전까지의 무기력한 표정은 찾아볼 수 없는 고집스런 눈빛과 표정이었다. 그 또한 이전에는 한 번도 본 적이 없던 아들의 얼굴이었다. 주몽이 또렷한 음성으로 말했다.

"정신을 차려보니 방위를 구별할 수 없는 깊은 산 속에 쓰러져 있었고, 곁에는 상처를 입은 범이 죽어 있었습니다. 어떻게 산 속을 걸어 부여성으로 돌아왔는지는 기억할 수 없습니다. 다만 산에서 만난 어떤 인연의 도움으로 몸의 상처를 치료한 일은 기억하고 있습니다."

무언가 말하려던 유화가 입을 닫았다. 물끄러미 아들을 바라보는 유화의 표정 위에 엉킨 실타래 같은 혼란이 드러나 있었다.

"어머니, 어머니께서 염려하시는 바를 모르지 않습니다. 하지만 지금은 아무 말도 묻지 마세요. 제가 드릴 수 있는 말은 더 이상 없으니까요. 한 가지 분명한 것은 제가 이렇게 무사히 살아 돌아왔다는 사실입니다."

주몽은 유화의 눈 속에 어리고 있는 물기를 보았다. 이슬처럼 유화의 두 눈에 맺힌 눈물이 조용히 볼을 적시며 흘러내리고 있었다. 놀란 눈으로 유화를 건너다보던 주몽이 천천히 고개를 꺾었다. 이제껏 어떤 이의 앞에서든 단 한 번도 약한 모습을 보인 적이 없던 유화였다. 그런 유화가 눈물을 보이고 있었다. 주몽의 음성이 바람 앞의 어린 나뭇잎처럼 떨려 나왔다.

"……용서하세요, 어머니. 이제 더 이상 어머니를 실망시키거나 부끄럽게 하는 못난 아들은 되지 않을 거예요. 다시는 어머니가 눈물 흘리시는 일이 없도록 하겠어요."

"……."

"다시는 미물인 짐승 따위에게 화를 당해 어머니를 슬프게 하는 일은 없도록 하겠어요. 그러기 위해 내일부터는 열심히 무술을 연마하겠어요. 그래서 범이 아니라 그보다 더 사나운 짐승이 덮치더라도 물리칠 수 있도록 할 거예요."

"그 말이 정녕 너의 진심이냐?"

"예, 어머니. 반드시 그리할 것입니다."

자신을 바라보는 아들의 눈빛에서 유화는 금석金石과도 같은 단단한 결의가 깃들어 있는 것을 보았다. 유화가 깊게 고개를 끄덕였다.

"장하다. 네가 정녕 나의 아들이 분명하구나."

유화가 천천히 고개를 들어 하늘을 우러렀다. 끝 간 데 없이 드넓은 하늘 위로 금가루 같은 햇살이 자디잘게 부서지며 지상으로 쏟아져내리고 있었다. 일찍이 한 번도 본 적이 없는 눈부신 햇살이었다.

잠시 뒤 유화가 아들을 향해 말했다.

"땅은 스스로 자라지 않는 풀은 단 한 포기도 키우지 않는 법이다. 너의 결심이 비록 굳다 하나 스스로 노력하지 않고는 아무것도 이룰 수 없다."

"명심하겠습니다, 어머니."

"대그림자가 바닥을 쓸어도 축대는 움직임이 없으며, 달빛이 못물을 뚫어도 물에는 자취가 없다. 네가 일심으로 정진하여 스스로를 강하게 하면 아무도 너를 범하지 못할 것이다."

"예……."

"하지만 이 대궐은 네가 무술을 연마하기에 알맞은 곳이 아니다. 군자의 어진 마음은 해처럼 모두가 알도록 함이 옳지만, 군자의 재주는 옥을 싸고 구슬을 감추듯 남이 모르도록 하라고 하였다. 이 궁궐 안에 너의 재주를 기휘하고 두려워하는 자가 있다면 자칫 화를 자초하는 일이 될 수도 있을 터, 무술을 수련하는 일은 이 어미에게 맡기도록 하여라."

"그리하겠습니다, 어머니."

새삼 자신의 말이 알 수 없는 불안과 두려움이 되어 가슴속에 들어

차는 것을 느끼며 유화는 가늘게 몸을 떨었다. 벌써 오래전부터 주몽과 자신을 해하려는 음모자들의 음험한 눈길이 어둠 속에서 지켜보고 있다는 것을 느끼고 있었다. 주몽의 부인에도 불구하고 이번의 비극 또한 그런 어둠 속의 세력과 무관하지 않으리라는 것이 유화의 생각이었다.

주몽의 곁을 떠나 별궁으로 돌아온 유화는 별궁 여관女官인 무덕无德을 불렀다.

"부르셨습니까, 마마?"

"전날 얘기한 너의 오라비라는 이는 지금도 그 일을 하고 있느냐?"

"그렇습니다."

"지금 곧 네 오라비에게 가서 내가 이르는 말을 전하고 오너라."

뜻밖의 분부에 무언가 입을 열려던 무덕이 유화의 엄숙한 표정을 보고 황급히 고개를 숙였다.

◆ ◆ ◆

궁궐 근위대 병영의 드넓은 연무장이 병장기 부딪치는 소리와 두 장한이 내지르는 기합 소리로 어지러웠다. 부여국 태자인 대소와 아우인 영포가 무술시합을 벌이고 있었다.

부여 제일검이라는 부여국 태자 대소와 역발산力拔山의 용력을 지녔다는 이왕자 영포가 서로 상대가 되어 무예를 겨루고 있었다. 대소의 협도가 연신 쏟아지는 햇살을 쪼개며 허공을 날고, 쉰 근은 족히 넘어 보이는 쇳자루의 철극을 바람개비처럼 돌리며 영포가 그에 맞서고 있었다. 한 치의 우열을 가리기 어려운 두 사람의 무예 솜씨였다. 병장기를 맞댄 지가 어느덧 50여 합을 넘기고 있었지만 맹렬하고 날카로운 창과 검은 더욱 기세를 더해가는 듯했다. 한 마리 성난 범과 곰이 먹이를 앞두고 목숨을 아랑곳하지 않은 채 다투는 형국이었다.

연무장 정면의 장대將臺 위에서 황후 원씨가 그들을 지켜보고 있었다. 일산日傘 아래 화려한 홍색 포를 입고 높은 얹은머리를 한 원후의 얼굴에는 아들에 대한 미더움과 자부심이 흐뭇한 웃음으로 내비치고 있었다.

이윽고 겨루기를 마친 대소와 영포가 병장기를 거두고 원후의 앞으로 걸어왔다.

"호호호, 용호상박이란 말은 진실로 너희들을 두고 이르는 말이구나. 오늘 보니 영포의 무예가 어느덧 태자에 버금갈 만큼 자랐구나."

"아닙니다, 아직 형님한테 미치려면 한참 멀었습니다. 그래서 날마다 밤이 늦도록 무술을 연마하고 있습니다."

영포가 풀무같이 거친 숨을 토해내며 우렁우렁한 소리로 말했다.

"호호호, 그래. 버리지 않고 날카로운 칼이 어디 있겠느냐. 너희들의 용맹을 보니 내가 백만 대군의 지킴을 받는 듯 든든하구나. 너희들은 장차 이 나라를 주인이 되어 이끌 군왕과 왕재王才의 몸이란 사실을 잊어서는 안 된다."

"예, 어머니."

대소와 영포가 고개 숙여 답했다.

연무장을 나선 원후와 두 아들은 왕후전의 내원內苑 누각에 다담상을 두고 마주앉았다. 깊은 산 속에서 불어오는 바람과도 같은 맑고 은은한 차향이 누각 안을 떠돌았다.

"그래, 요즘도 그 녀석은 날마다 연못 가에 나와 앉아 볕바라기를 하고 있다는 말이냐?"

"예, 이따금 한번씩은 궐 밖으로 나가 저잣거리를 집 잃은 강아지 새끼마냥 어슬렁거리다 밤이 깊어서야 돌아온다고 합니다."

"흥, 바보 녀석이 더 멍충이가 되었구나. 하지만 바보라고 욕심마저 없으란 법은 없다. 그 녀석 뒤에는 앙큼한 고양이 같은 유화가 있다는 사실을 잊어서는 안 된다."

원후의 눈길이 새삼 표독스러운 빛을 띠기 시작했다.

"예, 어머니."

"그놈이 살아 돌아온 날, 폐하가 기뻐하는 모습을 보지 않았느냐? 그 녀석이 원하기만 한다면 태자 자리도 선뜻 내줄 듯하더구나."

"어머니!"

"내 말을 허투루 들어서는 안 된다. 그놈이 다물활을 쏜 일을 두고 사람들이 수군대는 말을 설마 모른단 말이냐? 그놈을 제 살처럼 끔찍이 아끼는 왕이니, 그깟 허울 좋은 태자 자리가 무슨 소용이 있겠느냐? 언제 너를 폐하고 그 녀석을 그 자리에 앉힐지."

"……."

"죽어 장사까지 치른 놈이 멀쩡히 살아 돌아오다니, 세상에 이런 기가 막힌 일이 어디 있느냐. 너희들은 대체 무슨 일을 그리 엉성궂게 한단 말이냐, 쯧쯧……."

원후의 질타에 열없는 웃음을 띠던 영포가 고개를 갸웃거렸다.

"참, 세상에 이상한 일도 다 있는가 봅니다, 어머니. 저로서는 당최 영문을 알 수 없는 노릇입니다. 분명히 죽은 목숨이나 다름없는 것을 산 속 구덩이에 처박아두고 왔는데, 어떻게 저리 멀쩡한 몸으로 살아 돌아왔는지……."

"그래서 만사가 불여튼튼이라 하지 않더냐. 저들 모자가 살아 있는 한 나는 비단 금침에 누워도 섶나무 위에 누운 듯 편한 잠을 잘 수가 없다. 저것들을 없애든지 궐 밖으로 쫓아내든지 하기 전에는 한시도 마음이 편하지 않을 것이니, 심복지환心腹之患이 달리 있겠느냐. 너희들은 내가 왜 저것들을 반드시 없애야 한다고 하는지 모르지 않을 것이다."

"알고 있습니다, 어머니. 이번에는 어찌하여 일이 이렇게 됐지만, 곧 제 손으로 저 녀석을 요정 내겠습니다. 그러니 너무 염려 마세요, 어머니."

"영포야!"

그때까지 아무 말이 없던 대소가 아우를 불렀다.

"예, 형님."

"주몽이 그 일을 기억하고 있더냐? 혹 네가 그 녀석을 쇠뭉치로 친 것을 보았거나 그후의 일을 기억하고 있지 않더냐?"

"그렇잖아도 한번 넌지시 녀석에게 말을 붙여보았소. 헌데 이 머저리 녀석이 저는 아무것도 모른다고 합디다. 나무 뒤에서 커다란 곰 한 마리가 갑자기 나타나더니 절 후려쳐 기절을 했대나 어쨌대나. 허허허……."

"……."

"걱정할 것 없수, 형님. 예전이나 지금이나 그놈은 세상에서 가장 어리석은 멍청이우. 요즘 녀석이 하고 있는 꼬락서니를 보시우. 그나저나, 그때 내 말대로 녀석을 쳐죽였으면 아무 문제도 없었을 텐데, 쩝."

여전히 꺼림칙한 표정을 지우지 못한 대소가 중얼거리듯 말했다.

"내가 걱정되는 건 놈이 어리석은 바보거나 아니거나 하는 게 아니다. 어떻게 된 일인지 놈은 번번이 내 생각과 짐작을 뛰어넘는 해괴한 일을 벌이고 있다. 저번 다물활을 꺾은 일도 그렇고, 이번 일도 그렇다. 이건 분명 인간이 할 수 있는 능력을 뛰어넘는 일이다. 마치 보이지 않는 어떤 힘이 녀석을 돕기라도 하는 것처럼 말이다."

"허 참, 형님은 걱정도 팔자시우. 보이지 않는 힘이라니, 주몽 그놈이 무슨 귀신이라도 된다는 말씀이우? 이제 그 녀석 일일랑 제게 맡기시우. 뒤탈이 없도록 깔끔하니 처리할 테니, 형님은 그저 가만히 두고만 보시우."

무술 선생

하늘을 나는 새도 넘기 어려울 좁은 산길이 계속되었다. 성문을 나서 도성 서쪽에 있는 두타산 속으로 들어선 것이 벌써 한 시진 전이었다. 무덕은 산 속에 발을 들여놓은 후부터 뒤 한번 돌아보는 법 없이 쉬지 않고 재바른 걸음을 옮기고 있었다. 비단신을 신고 궁궐 안을 소리없이 자박자박 걷던 궁인이라고는 믿기지 않는 걸음새였다.

"아이고, 무덕아! 잠시 좀 쉬어가자!"

물바가지를 뒤집어쓴 듯 온몸으로 땀을 흘리며 뒤따르던 주몽이 연신 앓는 소리를 냈다. 하지만 무덕은 나무를 깎아 귀를 막은 듯 조금도 걸음에 여유를 두지 않았다. 무성한 전나무 가지가 하늘을 가린 이런 깊은 산길을 마치 내 집인 양 익숙하게 걸음을 옮기고 있는 무덕이 신기할 따름이었다.

서너 해 전부터 별궁에 들어와 어머니 유화 부인을 모시기 시작한 궁중 여관이었다. 웬만한 사내 못잖게 크고 억센 뼈대에 팔다리가 유난히 길어 궁실 사람들이 치마 입은 사내라고들 했다. 행동거지가 시원시원한 데다 입이 무겁고 거조가 근실해 유화 부인의 믿음이 컸다.

"야, 이 가시내야. 네가 날 아주 죽이려고 작정을 했구나. 아이구 나 죽네……."

성질 같아서는 밉상 맞은 뒤꼭지를 후려치고 돌아서 산을 내려가고 싶었지만 궁을 나서기 전 어머니가 한 말이 가슴에 얹혀 주몽은 끙끙 죽는 소리를 내면서도 무덕의 뒤를 따랐다.

이른 아침, 부름을 받고 별궁으로 건너가자 엄숙한 표정의 유화가 삼베 보퉁이 하나를 내밀었다. 흰 치마 저고리에 검은 깃을 댄 사삿집 여인 차림의 무덕이 유화의 등뒤에 서 있었다.

"이것이 무엇입니까, 어머니?"

"지금 곧 이 아이를 따라 나서거라. 궁궐을 나서면 이 옷으로 갈아입도록 해라."

보자기 안에 든 것은 황실복이 아닌, 사가 젊은이의 평복이었다.

"이 옷은 무엇이며, 갑자기 어딜 다녀오라시는 겁니까?"

"무덕이 너를 새 무술 선생에게 안내해줄 게다. 오늘부터 선생의 가르침을 좇아 무술 수련을 시작하거라."

"무술 수련이라면 스승님인 흑치 장군께서……."

그러다 전날 어머니가 한 말이 생각나 주몽은 가만히 고개를 숙였다.

— 이 대궐은 네가 무술을 연마하기에 알맞은 곳이 아니다…….

주몽을 바라보는 유화의 눈길이 간절한 빛을 띠었다.

"빠른 명마는 하루에 능히 천 리를 달린다. 하지만 노둔한 노마駑馬

도 쉬지 않고 열흘을 걸으면 역시 천 리 길을 갈 수가 있다. 큰 성과를 이루는 것은 타고난 재주에 있는 것이 아니라 끊임없는 노력에 있다는 사실을 명심하여야 한다. 열심을 다해 수련하면 반드시 뜻한 바를 이룰 것이다."

"알겠습니다, 어머니."

"혹 너의 궐 밖 걸음을 의심쩍게 여기는 눈이 있을지 모르니 각별히 행동을 조심하도록 하여라."

숲을 벗어나 나직한 구릉을 한참 걸어오르자 검은 바위가 드문드문 널린 사이로 얕은 개울이 흐르고 있었다. 좁은 물길이 흐르는 자갈밭 위에서 무덕이 걸음을 멈추었다.

털썩, 쓰러지듯 바닥에 엉덩이를 부린 주몽이 거친 숨을 내뿜으며 무덕을 올려다보았다.

"여기야? 그 잘난 선생이 있다는 곳이?"

주몽의 곁으로 다가온 무덕이 몸을 낮추어 나직한 소리로 다짐을 두었다.

"왕자님! 내일부터는 혼자 이 산을 오르셔야 합니다. 사방을 눈여겨보셔서 길을 익히라는 제 말 잊지 않으셨지요?"

"쳇! 산 속의 나무가 다 그 나무고 바위가 다 그 바윈데 대체 무슨 길을 익히라는 거야?"

"그리고 궐문을 나서는 순간부터 왕자님은 더 이상 부여국의 왕자가 아닙니다. 무슨 일이 있더라도 신분을 드러내서는 안 된다는 걸 꼭 기억하셔야 합니다."

"알았으니까 잔소릴랑은 그만둬. 근데 선생이란 작자는 어디서 뭘 하는 사람인데 이런 곳에 있는 거야?"

자리에서 일어선 무덕이 눈을 들어 사방을 둘러보았다. 그러다 문득 허공에 귀를 기울이는 듯한 모양이 되었다. 허공을 밟고 지나가는 바람 소리, 먼 숲에서 들리는 알 수 없는 짐승의 울음소리, 여린 개울 물소리 속으로 낯선 음향이 섞이고 있었다.

무덕이 걸음을 옮겨 삐죽삐죽 솟아 있는 바위들 쪽으로 다가갔다. 거기 바위 어름의 잡풀 위에 털북숭이 사내 하나가 바위를 베개 삼아 잠들어 있었다. 커다란 콧망울이 부풀어 올랐다가 푸우 콧김을 내뿜을 때면 화르르화르르 주변의 풀잎이 흔들렸다.

무덕이 한참 동안 꼼짝하지 않고 사내를 내려다보고 있었다. 사내가 토해내는 거친 숨결에서 독한 술냄새가 풍겨왔다.

후, 나직한 한숨을 토해낸 무덕이 성큼성큼 개울로 걸어갔다. 사내 못잖게 커다란 손으로 한 움큼 물을 길어온 무덕이 사내의 얼굴에 쏟아부었다.

"푸……."

양 볼을 뒤덮은 수염이 날리도록 고개를 흔들며 사내가 잠에서 깨어났다.

"어떤 놈이야, 대체!"

커다란 곰 같은 몸을 일으키던 사내가 눈앞에 버티고 선 무덕을 발견하고 반가운 표정을 지었다.

"어, 무덕이구나……."

"……."

무덕이 차가운 눈길로 사내를 쏘아보았다. 턱이 빠질 듯 커다랗게 하품을 토해내던 사내가 찔끔하는 눈치로 투덜거렸다.

"젠장! 그래, 잘난 누이 둔 덕분으로 생각잖은 돈이 생겨 한잔 했다.

그렇다고 하나밖에 없는 오라비한테 물바가지를 안기냐? 어째 성질 머리 고약한 것은 댕기 땋은 계집아이 적이나 지금이나 변함이 없누. 쯧쯧……."

"이 일을 하는 동안만은 술을 멀리하라는 다짐을 벌써 잊었어요? 사내가 되어가지고 푸른 대나무에 이름자를 올리지는 못할망정, 밤낮 그 멀건 뜨물에 코를 빠뜨리고 꿈인지 생시인지를 구별치 못하고 있으니, 그러고도 밤낮 사내타령만 할 거예요?"

무덕의 질타가 자못 옹골차고 메서웠다. 하지만 오라비란 사내의 응대는 여전히 심드렁했다.

"기집애가 말하는 뽄새하고는…… 거렁뱅이도 술 얻어먹는 날이 있다는데 멀쩡한 놈이 술 한잔 없이 맨숭맨숭해서 어떻게 세상을 산단 말이냐? 난 천금을 안긴대도 그런 놈의 세상은 싫다. 정히 네가 싫다면 난 그냥 갈란다."

무덕이 어쩔 수 없다는 듯 체머리를 흔들었다. 사내의 뜨악한 눈길이 무덕의 뒤편에 선 주몽을 향했다.

"네가 말한 그 책상물림이냐? 쳇, 누군지 보아하니 세상 한번 편하게 사셨구먼. 사내가 되어서 생긴 것 하고는, 쯧쯧……."

"쓸데없는 말일랑 거두고, 전날 내가 다짐 둔 것들을 명심하세요. 이 일은 오라버니를 죽일 수도 있고 살릴 수도 있는 일이니, 내가 한 말을 허술히 여겼다간 큰 낭패를 당할 거예요. 이분의 신분이 무언지 관심 가지지 말고 이 일을 다른 누구에게 발설하여서도 안 돼요."

"젠장, 넌 이 오래비가 귀먹댕인 줄 아느냐? 어째 똑같은 말을 날마다 그리도 거듭 오이느냐?"

무덕이 주몽을 향해 말했다.

"이자는 제 오라비로 이름자는 무송无鬆이라 합니다. 오늘부터 공자님의 무술을 가르칠 선생입니다. 그럼 저는 이만 물러가겠습니다."

말을 마친 무덕이 산을 오를 때처럼 날쌔고 경쾌한 걸음으로 저편 숲 속으로 사라졌다. 물가 자갈밭에 우두커니 서서 누이의 뒷모습을 지켜보던 무송이 주몽을 돌아보았다.

"이름자가 어찌 되오?"

"……."

주몽은 기가 막힌 심정이었다. 날로 열심히 무술을 익혀 부여 제일의 무사가 되리라던 전날의 장한 결심이 봄눈처럼 스러져내리는 느낌이었다. 푸른 수염과 형형한 눈빛마다 강기와 위엄이 넘쳐흐르는 신령한 도인은 아닐지라도, 술주정뱅이에 칼만 안기면 갈데없는 도적의 화상이라니…….

선뜻 대답을 못하고 선 주몽을 건너다보던 무송이 피식 웃음을 흘렸다.

"젠장, 그쪽 사정이 어떤지는 알고 싶지 않으나, 수련을 하든 수작을 하든 그래도 명자名字는 알아두어야 할 것 아니오? 그쪽 눈에 내가 어떤 꼬락서니로 보일지 모르지만 명색 난 가르치는 선생이고 그쪽은 제자요."

주몽이 한 발짝 앞으로 나서더니 무릎을 꿇고 고개를 숙였다.

"제자 추모가 스승님을 뵙습니다."

"응? 스승? 허허, 스승이라. 허허허……."

무송이 기분 좋은 듯 머리를 흔들며 한 차례 너털웃음을 터뜨렸다. 그러더니 갑자기 주먹을 내질러 주몽의 머리통을 후려쳤다. 그다지 힘을 싣지 않은 주먹질인데도 주몽은 혼이 빠져나갈 만큼 큰 충격을 받고는 바닥에 나뒹굴었다.

"이게 무슨 짓이오?"

어질머리를 앓듯 한동안 고개를 흔들며 눈을 꿈뻑거리던 주몽이 화가 뒤꼭지까지 올라 소리쳤다. 사내가 빙그레 웃음 띤 얼굴로 대꾸했다.

"일없소. 난 천성이 생겨먹기를 그런 고상한 소릴 들으면 사추리에 가래톳이 서는 체질이라서 말이오. 천하의 불한당 주제에 대갓집 공자의 스승이라, 허허허. 지나가는 개가 웃을 일이군."

"……."

"사주에 없는 관 쓰면 마빡이 벗어진다는데, 난 그러긴 싫소. 주먹 큰 놈이 어른이란 말도 있으니, 날 당할 재간이 있으면 한번 덤벼보고, 아니면 날 형님이라 부르오. 어떻소?"

"……."

"어째 나랑 한판 해보겠소, 주먹질이든 칼부림이든?"

"……아닙니다. 아우 추모가 형님께 인사드립니다."

"그려, 그게 훨씬 낫구먼. 형님, 허허허……."

한바탕 산이 울릴 만큼 우렁우렁한 웃음을 터뜨린 무송이 다가와 주몽의 손을 낚아챘다. 주몽의 희고 섬세한 손을 게슴츠레한 눈으로 살펴본 무송이 끌끌 혀를 찼다.

"쯧쯧, 사내가 되어가지고…… 그저 색주가에서 계집 사추리 더듬는 데 쓰면 계집들이 자지러질 손이구먼. 쩝. 무덕이 이년, 어쩐지 턱도 없이 많은 청동전을 갖다 안기더라니."

말을 마친 무송이 몸을 돌려 비척거리는 걸음을 옮기기 시작했다. 취기에 흔들리는 걸음임에도 넓고 단단한 등판과 통나무처럼 듬직한 허리통이 안정된 느낌을 주었다.

우두커니 선 채 구릉 위로 올라서는 무송을 지켜보던 주몽이 한 차례 긴 한숨을 내쉬고는 서둘러 뒤를 따르기 시작했다.

◆ ◆ ◆

다시 한 식경은 좋이 산길을 걸어 당도한 곳은 어느 초막 앞이었다. 아스라한 벼랑을 끼고 구불구불 이어진 마른 개울이 끊어진 곳에 뒤틀린 가지를 하늘로 뻗어올린 거대한 노송들이 커다란 숲을 이루고 있었고, 그 초입에 억새로 이엉을 올린 초막이 있었다.

깊은 산 속에 있는 외딴집치고는 크기나 꼴이 제법 격식을 갖춘 초막이었다. 언제 지붕을 올렸는지, 깨끗해 보이는 억새 이엉에 지붕을 받친 주춧돌과 기둥도 튼튼해 보였다. 콧노래를 흥얼거리며 걸음을 옮기던 무송이 마당을 지나쳐 집 뒤켠으로 걸어갔다. 돌아오는 무송의 손에 물이 뚝뚝 흐르는 호리병 하나가 들려 있었다. 뒤켠의 찬샘에 묻어둔 술독에서 퍼온 술병이었다.

마당의 커다란 늙은 소나무 그늘 아래 놓인 평상에 털썩 소리가 나게 엉덩이를 앉힌 무송이 오래 참은 숨을 들이쉬듯 꺽꺽 소리를 내며 술을 들이켰다.

빈 호리병을 내려놓고 솥뚜껑같이 넙적한 손으로 수염이 뒤덮인 입두덩을 문지르던 무송이 그제야 정신이 돌아온 듯 마당 가에 서 있는 주몽에게 눈길을 주었다. 칠 척 거구에 퉁방울같이 불거진 눈과 주먹같은 코, 제멋대로 자라 얼굴을 가린 짚북데기 같은 수염을 한 모상이 갈데없이 명화적의 그것이었다.

"어, 추모. 아직 거기 있었어?"

"예, 형님."

"그렇게 섰지 말고 내 심부름이나 하나 하지."

"말씀하시오."

"내가 오늘 사냥을 하러 나갔다가 잠이 드는 바람에 괴춤에서 사냥칼을 풀어놓고 그냥 내려왔어. 자네가 가서 그 칼 좀 찾아다 주게."

"어디……?"

주몽의 물음에 무송이 천연덕스럽게 답했다.

"저기, 산머리."

무송이 고개를 들어 먼 산봉우리를 눈길로 가리켰다. 크고 작은 잔봉들 사이로 드높은 준령의 봉우리가 구름 속에 아스라이 솟아 있었다. 주몽이 기함하듯 놀란 소리를 냈다.

"저 산꼭대기까지 갔다 오라는 겁니까?"

"그럼. 지금부터 부지런히 오르면 해 전엔 갔다 올 게야."

"그렇다 해도 어떻게 저길……."

"걸어서 가든 날아서 가든 그건 그쪽이 알아서 할 일이고, 해 전에 갔다 오려면 지금부터라도 서둘러야 할 거야. 산등성이 어름에 산주인이 살고 있는데, 해가 지면 산 아래쪽으로 어슬렁거리며 내려온다고 하더군."

산주인? 주몽이 겁먹은 표정으로 무송을 바라보았다. 그때였다. 건너편 소나무숲에서 사람의 발소리가 들리더니, 검은 경장 차림을 한 장정 둘이 성큼성큼 걸어나왔다. 억센 체격에 걸음걸이가 가볍고 허리에 큼직한 환두대도를 찬 모습이 한눈에도 일신에 지닌 무예가 예사롭지 않아 보이는 사내들이었다.

초막 앞으로 걸어온 사내들이 무송을 향해 절도 있는 태도로 군례를 올렸다.

"다녀오셨습니까, 옥사장님?"

"그려. 별일은 없었고?"

"예. 조금 전에 취사부炊事夫*가 다녀갔습니다. 내일쯤 취사장 어른께서 한번 다녀가시겠다고 하였습니다."

미리 넣어둔 말이 있는지 사내들은 마당 가에 선 주몽에게는 곁눈질 한번 주지 않은 채 무송과 말을 주고받았다.

잠시 후, 다시 깍듯이 군례를 올린 사내들이 숲 속으로 사라졌다. 호리병을 들어 달게 술 한 모금을 들이켠 무송이 주몽 쪽을 돌아보며 말했다.

"자네, 아직도 거기 있는 거야?

"……."

우물쭈물하고 있는 주몽을 흘끗 살핀 무송이 피식 웃음을 흘린 뒤 평상 위에 길게 몸을 눕혔다. 주몽이 더듬거리듯 말했다.

"형님!"

무송이 달갑지 않은 표정으로 눈길을 주었다.

"이곳이 형님이 거처하시는 집입니까?"

"뭐, 그렇다고 할 수 있지. 여기가 내 집이고 일터이고 주막이고 놀이터인 셈이지."

"그럼 앞으로 이곳에서 무술 수련을 하는 겝니까?"

"무술 수련은 무슨…… 보아하니 자네도 칼로 구실을 삼을 처지는

---

* 취사부 : 취사를 전문으로 하는 사내.

아닌 듯하니, 그저 나랑 여기서 재미있게 놀 궁리나 해보세."

잊은 듯 다시 일어나 앉아 호리병을 기울이던 무송이 술병이 바닥
난 것을 알고 쩝 아쉬운 소리를 냈다. 그러곤 주몽을 향해 걸걸한 목소
리를 던졌다.

"어이, 추모. 한 가지 알아야 할 게 있어. 이곳에서 무얼 하더라도 상
관없지만 저기는 안 돼. 저 숲으로는 들어가지 말란 말이야. 알았어?"

"저기 뭐가 있기에 들어가면 안 된다는 겁니까?"

"뭐가 있든, 안 된다면 안 돼. 내 말을 듣지 않았다간 머리통을 날려
줄 테니, 그리 알어."

"······."

"근데 산머리에는 언제 가려고 그렇게 꾸무럭거리는 게야. 내 말 못
알아들었어? 밤이 되면 산주인이 내려온다는 거 말이야. 나도 두어 번
본 적이 있는데, 정말이지 절로 모골이 송연해지더군. 눈이 화등잔만
하고 덩치가 웬만한 집채만 한 게 어찌나 흉악해 보이던지 보자마자
그냥 줄행랑을 치고 말았지. 낄낄······."

주몽이 난감한 표정을 지었다. 젠장, 끝도 보이지 않는 산꼭대기에
다 호랑이까지라니. 땅이 꺼질 듯 한숨을 내쉰 주몽이 주춤주춤 산비
탈을 향해 걸음을 옮겼다. 그 모양을 잠시 지켜보던 무송이 버럭 소리
쳤다.

"칼을 못 찾아오면 다시는 내 앞에 나타날 생각 말어! 알아들었어?"

그러고는 평상에 벌렁 몸을 눕히더니 이내 드르렁드르렁 코를 골아
대기 시작했다.

◆ ◆ ◆

이튿날, 주몽이 산 속의 초막에 당도했을 때 무송은 여전히 노송 아래 평상에서 코를 골며 잠에 빠져 있었다. 입냄새와 뒤섞인 역한 술냄새가 사방을 진동시키고 있었고, 상판을 대나무로 엮은 평상 곁에는 빈 호리병들과 함께 전날 주몽이 산꼭대기에서 가져다놓은 무송의 사냥칼이 그대로 놓여 있었다.

산을 뒤지다시피 해 칼을 찾아들고, 달빛도 비치지 않는 산길을 자빠지며 뒹굴며 내려온 건 하늘에 별이 빼곡한 한밤이었다. 발목을 삐고 얼굴은 긁힌 생채기 투성이였지만, 그나마 무송이 말한 호랑이를 만나지 않은 것이 다행이라면 다행이었다.

밥 한 그릇을 넉넉히 비울 시간을 기다리자 무송이 잠에서 깨어났다.

"어이, 죽겠다. 이놈의 화주는 도끼를 삶아 담았나, 어째 마시기만 하면 이렇게 골통을 때려대누. 젠장……."

털북숭이 얼굴을 있는 대로 찡그리며 투덜거리던 무송이 마당 한켠에 시무룩하게 앉아 있는 주몽을 보고 알은체를 했다.

"어, 추모. 왔구먼."

"……."

"그렇게 앉아 있지만 말고 저기 뒤란에 가서 시원한 샘물 한 바가지만 떠와. 이 형님이 기갈이 나서 죽을 지경이야."

주몽이 떠온 물을 달게 들이켠 무송이 다시 평상에 내처 누웠다. 주몽이 한심스런 표정으로 그런 무송을 내려다보다 퉁명스럽게 말했다.

"오늘은 뭘 해야 하는 거요?"

양지에 등을 깔고 누운 게으른 고양이처럼 늘어지게 하품을 해대던 무송이 뱃구레를 득득 긁으며 중얼거렸다.

"오늘? 글쎄, 뭘 해야 하나…… 아무래도 속을 풀려면 나는 한 잔 더 먹어야 할 테니, 내 심부름이나 하나 하지."

"오늘은 또 뭡니까?"

"지난밤 술에 취해 산길을 헤매다 무덕이가 준 마노 목걸이[頸飾]를 빠뜨렸는데, 그걸 좀 찾아줘."

"이 너른 산중 어디서 목걸이를 찾는단 말이오?"

"찾을 거까진 없고, 저기 산머리 너럭바위 곁에 가면 거기 있을 거야. 아마도 거기서 소피를 보다 빠뜨린 것 같아."

주몽이 기가 막힌 표정이 되어 한동안 말없이 무송을 건너다보았다.

"고양이뿔을 보았나, 뭘 그리 멀거니 보고 있어?"

"저 산꼭대기를 또 다녀오란 것이오?"

"그려. 한 번 길을 익혔으니 오늘은 좀 수월할 것이구먼."

짐승의 스산한 울음소리에 쫓겨 넘어지고 자빠지며 구르듯 산을 내려온 지난밤의 그 악전고투를 생각하자 새삼 치가 떨리는 기분이었다. 그런데 다시 그 길을 다녀오라니…… 비록 대낮이라 하나 길도 없는 산길이라 특별히 나을 것도 없는 터였다.

"그리는 못하겠소!"

주몽이 가슴속에서 치솟는 부아통을 간신히 눌러앉히며 말했다.

"내가 당신 부림이나 받으려고 이 험한 길을 온 줄 아시오? 어서 내게 무예를 가르쳐주시오. 아니면 난 이 길로 산을 내려가겠소."

무송이 흘끗 주몽을 흘겨보더니 끙 소리를 내며 돌아누웠다.

"잘 생각했소. 애당초 쥐구멍에 소 몰아넣기지. 나는 새한테 여기 앉아라 저기 앉아라 한다고 말을 들어먹겠소? 알았으니 그만 내려가시오. 그리고 내 누이에게 이르시오. 오늘부터 무술 수련은 작파했노라고."

주몽이 기가 막힌다는 얼굴이 되어 긴 한숨을 내쉬었다. 지난밤 새벽이 가까워 궁궐로 돌아가자 그 시각까지 어머니가 자신을 기다리고 있었다. 그리고 흙으로 더럽혀진 옷을 벗기고 찢긴 상처에 상약常藥을 바르면서도 대견한 표정을 감추지 못하였다.

이런 순 불한당 같은 주정뱅이 녀석…….

어머니를 생각하자 울컥 분노가 머리끝까지 솟구쳤다. 주몽이 뚜벅뚜벅 마당을 가로질러 초막으로 걸어갔다. 그리고 방 안에서 목검 두 자루를 가져와 무송 앞에 팽개치고는 소리쳤다.

"좋소, 나도 무술 선생이고 뭐고 그런 거 필요 없으니, 어디 한번 나랑 붙어봅시다. 어차피 주먹 큰 놈이 어른이라고 말한 건 당신이니까!"

무송이 고개를 들어 삐딱하게 주몽을 올려다보았다.

"나한테 지면 내가 당신 형님이 되는 거요! 어서 대장부답게 한번 겨뤄봅시다."

벙글거리는 웃음을 흘리고 있던 무송이 끄응, 무거운 몸을 일으켜 평상 아래로 내려섰다.

"거 좋지. 팔자에 없는 형님이 생길지도 모를 일인데 좋지 않을 까닭이 있나. 허허허……."

목검을 나눠든 무송과 주몽이 마당에서 마주섰다. 공격 자세를 취하는 주몽을 건너다보며 무송이 말했다.

"내 공격을 다섯 합 받아낸다면 내가 형님이라고 하지. 하지만 나한테 지면 잔말 말고 내 심부름을 하는 거야. 알았어?"

"……좋소. 대신 지고 나서 딴소리 할 생각일랑 마시오."

목검을 치켜든 주몽이 바람처럼 무송을 향해 짓쳐들었다. 하지만 대결은 허무할 만큼 순식간에 끝이 났다. 그래도 부여국의 대장군인 흑치 장군에게 두 해가 넘게 검술을 사사받은 주몽이었다. 하지만 장하게 뽑아든 목검으로 채 몇 가닥 검식을 펼치기도 전에 무송이 내민 목검 자루에 뒤꼭지를 맞고 나동그라졌다. 술에 절어 게슴츠레한 눈으로 주몽이 하는 양을 건너다보던 무송이 순간 어떤 검식을 펼쳤는지 가늠할 겨를도 없이 일어난 일이었다.

넋이 나간 표정으로 멍하니 올려다보는 주몽을 뒤로하고 무송이 커다란 엉덩이를 흔들며 평상을 향해 걸어갔다.

"허허허…… 팔자에 없는 형님이 생기나 했더니, 젠장 독장사 셈속이었구먼. 허허허……."

무송이 소리가 나게 평상에 엉덩이를 앉혔다. 그리고 호리병을 기울여 술을 목구멍에 부어넣고는 소리쳤다.

"어이, 추모. 언제까지 똥 싼 낯짝을 하고 주저앉아 있을 거야? 냉큼 산에 올라가서 내 목걸이를 찾아와야 할 것 아닌가!"

나직이 신음과도 같은 한숨을 내쉰 주몽이 몸을 일으켜 산을 오르기 시작했다.

그렇게 산을 오른 것이 어느덧 한 달이었다. 하루는 미투리 한 짝이었고, 하루는 쉰내가 등천인 빈 호리병이었다. 또 하루는 외상 술값으로 지니고 간 청동전 꾸러미였고, 하루는 바람에 날아간 두건이었다. 발을 헛디뎌 비탈을 구르기라도 한 날에는 화적 같은 화상에 대한 적의와 분노가 머리 꼭대기까지 솟아올랐다. 힘이나 당한다면 단매에 때려죽이련만 그럴 수도 없는 노릇이었다. 그동안에도 주몽은 날마다 제 손으로 목검을 들고 와 싸움을 걸었다.

"당신이 지면 내가 당신 형님이 되는 거고, 내가 지면 당신 심부름을 하겠소. 어서 대장부답게 겨뤄봅시다."

하지만 결과는 언제나 마찬가지였다. 불과 두어 합의 공격을 견디지 못하고 무송의 목검에 나동그라지곤 했다. 하지만 맞고 쓰러지고 상처를 입으면서도 주몽은 하루도 무송과의 대결을 포기하지 않았다.

그런 와중에도 무송은 눈만 감으면 코를 골고 눈을 뜨면 술타령이었다. 이따금 첫날 보았던 환두대도의 사내들을 볼 때도 있었다. 하지만 여전히 길가의 나무인 듯, 냇가의 바위인 듯 주몽에게는 외눈길 한 번 주지 않았다. 그저 소리 없는 바람처럼 조용히 나타나 무송과 몇 마디 말을 주고받은 뒤 다시 소나무숲 속으로 사라졌다.

달라진 거라면 처음엔 죽을 것처럼 힘들고 고되던 산길이 이젠 길이 발에 익고 나무와 바위가 눈에 익어 그저 다닐 만해졌다는 정도였다. 여덟 시간은 좋이 걸리던 시간도 절반으로 줄었다. 하지만 날마다 쉰내 나는 입을 열어 하찮은 심부름이나 시키는 무송에 대한 적의는 날로 더욱 커져갔다.

◆　◆　◆

하루는 어머니에게 귀궁歸宮을 고하고 나오는 길에 무덕을 찾았다. 후원을 밝힌 장명등의 기름을 손보던 무덕이 다가오는 주몽을 보고 반가운 얼굴을 했다.

"여긴 어쩐 일이세요, 왕자님?"

"그 무송이란 작자, 네 오라비가 맞느냐?"

"예."

"그자가 무예가 출중하다는 말도 사실이냐?"

"예, 그런데 왜 그러세요?"

새삼 부아가 나는지 주몽의 목소리가 퉁명스럽기 그지없었다.

"젠장, 그런 한심한 주정뱅이가 무인이면 고양이가 범이고 잠자리도 새겠다."

주몽의 말에 무덕이 알 만한 일이라는 듯 빙긋 웃었다. 주몽이 소리쳤다.

"웃어? 너는 내가 그동안 무엇을 한 줄 아느냐?"

"왜 그러세요, 왕자님? 혹 오라비가 술주정이라도……?"

고함이라도 지르며 무송을 욕하려던 주몽이 스스로 한심한 듯 입을 닫았다. 날마다 뒤 마려운 강아지처럼 끙끙대며 산길을 오르내린 일을 차마 제 입을 열어 말하기가 어려웠던 까닭이다.

"네 오라비란 작자, 대체 어떤 위인이냐?"

주몽의 말에 무덕이 짧은 한숨을 내쉬며 입을 열었다.

"제 오라비가 술이 과한 것은 사실이나, 무예가 출중한 것 또한 사실입니다. 한때는 부여 땅에서 첫째가는 검수劍首라 불리던 때도 있었지요."

무덕이 입을 열어 밝히는 사정이 이러했다. 무송과 무덕 남매는 본시 요동의 동북 땅 송화강 유역에 할거한 말갈靺鞨의 여러 부락 가운데 하나인 속말부粟末部 사람이었다. 동방의 옛 종족인 숙신肅慎의 후예로 비록 인구는 많지 않으나 워낙 기질이 강하고 용맹하여 이웃 나라들이 하나같이 두려워하는 족속이었다. 산골짜기 험한 지형에 굴을 파 혈거생활을 하고, 노弩와 같은 강한 활의 화살 끝에 독을 발라 쏘는데 쏘는 대로 사람의 눈을 뚫을 만큼 활을 잘 쏘았다. 어른 아이 할 것 없이 활뿐 아니라 창검을 다루는 데 능해 강한 전투력을 바탕으로 이웃 나라를 노략하는 일이 잦아 사해가 이들 족속을 두려워하고 꺼렸다.

무송의 집안은 대대로 수렵을 업으로 삼고 살아온 집안이었다. 무송이 아직 어렸을 때 아비가 군에 징발되어 수자리*를 살러 집을 떠났다. 담력이 강하고 몸이 날쌘 집안 내력으로 무술에 뛰어났던 아비는 군문에 들자마자 곧 큰 공을 세워 백인대장의 자리에 올랐다. 하루는 부하를 이끌고 부여의 변방 부락을 약탈하고 돌아오니, 자신의 방에서 아내가 고을 대인의 망나니 아들과 벌거숭이로 엉겨 있었다. 사색이 되어 손이 발이 되게 비는 대인의 아들과 아내를 한치의 망설임도 없이 베어 죽인 뒤 다섯 살 먹은 아들과 막 젖을 뗀 딸아이를 안고 집을 떠났다.

그리하여 흘러든 곳이 부여의 도성이었다. 이름을 바꾸고 복색을 바꾸고 말씨를 바꾼 무송의 아비는 짐승의 가죽을 무두질해 신을 만들어 파는 갓바치가 되어 살았다. 고향을 떠나온 향수와 아내의 배신으로 인한 분노는 곧잘 걷잡을 수 없는 폭음으로 나타났다. 그리고 부여에 자리를 잡은 지 다섯 해가 지날 무렵, 술에 취해 저잣거리의 불량배들과 싸움을 벌이다 누구 것인지도 모르는 손에 맞아 죽었다.

열 살이 되기도 전에 천애고아가 된 무송은 무덕의 손을 잡고 저잣

---

* 수자리 : 나라의 변방을 지키는 일.

거리로 나섰다. 동냥도 하고 거리 패거리의 부림을 받아 야바위, 소매치기, 도적질도 하며 하루하루를 살았다. 아직은 어린 나이였지만 어른을 능가하는 뱃심과 용기가 곧 그를 거리 패거리의 어엿한 일원으로 자리 잡게 했다. 타고나기를 거칠고 두려움을 모르는 무송이었지만, 특히 누이동생을 위한 일이라면 물불을 가리지 않아 아무도 그들 오누이를 함부로 대하지 못했다.

뼈대가 굵어지고 어깨와 사타구니에 힘살이 붙으면서 무송은 검술에 빠져들었다. 온갖 모략과 기만과 폭력이 횡행하는 저잣거리 뒷골목에서 살아남으려면 무엇보다 힘을 길러야 된다는 생각이었지만 그보다는 칼을 쓰는 일이 그저 그렇게 좋았다. 박달나무로 깎은 목검을 혼자 휘두르다, 1년을 드팀전* 심부름꾼으로 일하여 번 돈을 들여 청동검 한 자루를 구했다. 이 칼을 신주 모시듯 집 안에 숨겨두고 틈만 나면 검술을 익혔다. 밤낮을 잊고 수련한 터라 성취도 빨라서 열다섯이 되기 전에 장바닥 무뢰배 가운데 그와 대를 하여 이길 사람이 없을 정도였다.

말도 많고 탈도 많고, 복잡하기는 우렁속 같은 곳이 장돌뱅이들이 모여 있는 저잣거리였다. 무송은 그곳에서 사람들이 어려워하고 두려워하는 일을 나서서 해결하는 데 탁월한 능력을 보였다. 특히 가난하고 힘없는 사람들의 부탁이라면 거절해본 적이 없었다.

하루가 다르게 무송의 주위로 사람들이 모여들었다. 힘을 쓰는 일이나 사람을 거두는 일에서 무송은 거리의 뭇 불량배들의 그것을 뛰어넘는 면이 있었다. 한번 마음을 정한 일이면 중도에 그만두는 법이

---

* 드팀전 : 갖가지 피륙을 팔던 가게.

없었고, 의리의 굳기가 단단한 강옥 같았다. 열일곱이 되기 전에 무송은 부여 도성 저잣거리의 뒷골목을 한 손에 거머쥐었다.

한 무리의 우두머리로서 위세에서나 수입에서나 부러울 것이 없는 무송이었으나 그의 관심은 애당초 다른 데 있었다. 먹고사는 문제로 더 이상 어려움을 겪지 않을 정도가 되자 무송은 본격적으로 무술을 익히는 일에 나섰다. 어느 땅에 무예가 능한 이가 있다면 천 리를 멀다 하지 않고 달려가 가르침을 청했다. 뿌리도 족보도 없는 망나니식 칼부림이 본격적으로 무예의 꼴을 갖추기 시작한 것이 그로부터였다. 천 리 길을 걸어 세상의 이름난 무인을 찾아 낯선 초식이라도 하나 익혀온 다음이면 밤낮을 잊고 수련에 몰두했다. 시선을 쓰는 안법眼法, 칼로 치는 격법擊法, 칼로 베는 세법洗法, 칼로 찌르는 척법刺法 등 기본 도법을 형편과 사정에 맞게 펼치는데 그 변화가 천변만측이라 할 만큼 현란했다.

말이 좋아 협자의 두령이지 뒷골목 불한당 패거리의 꼭두쇠에 지나지 않던 무송의 운명이 한순간에 바뀌게 된 것은 부여의 국중대회인 영고의 비무대회 때문이었다. 단순히 천하의 무사들과 무예의 높이를 겨루고 싶은 생각에 참여한 대회에서 무송은 마지막 남은 우승자가 되었다.

대왕으로부터 훈련 교관의 자리를 제수받고 돌아온 날, 무송은 처음으로 뼛속까지 술에 절 만큼 취하며 고민했다. 이틀 후 술에서 깨어난 무송은 제 발로 걸어가 나라의 기강지복紀綱之僕이 되겠노라 고했다. 도성 거리 유협집단의 우두머리로서, 또 추앙받는 무인으로 하루하루를 지내면서도 어딘지 마음이 편치 않았던 무송이었다. 술에 취해 곰곰이 생각해보니 그것은 대장부로 태어난 자로서의 대의였다.

무릇 남아로 세상에 태어난 이상 무언가 천하를 위해, 세상 만민을 위해, 나라를 위해 뜻있는 일을 해야 비로소 남아라 할 것이 아닌가. 적어도 그러기 위해 노력은 해야 남아로 한세상을 살았다 떳떳이 말할 수 있지 않겠는가.

하지만 무송의 장한 뜻이 허물어지는 데는 그리 오랜 시간이 걸리지 않았다. 바야흐로 세상은 태평성대였다. 금와대왕이 등극한 후 보기步騎*와 군마軍馬를 키우는 데 힘쓰는 한편 경계를 맞댄 이웃 나라와 선린에 힘써 이즈음 부여의 변방은 남풍 아래 풀밭처럼 평화롭기 그지없었다. 조선이 패망한 후 동이 지역의 동향에 늘 과도한 경계심을 보이던 한漢도 흉노 원정에 정신을 쏟는 터라 동이를 거들떠볼 겨를이 없었다.

시절이 이러하니, 사직의 안녕과 나라의 경계를 위협하는 오랑캐들에 맞서 용전분투하다 장렬히 목숨을 버리기는커녕 창칼의 앞과 뒤를 간신히 구별하는 멍청이들을 모아놓고 기합이나 넣는 것이 허구한 날 무송이 하는 일이었다. 하루에 천 리를 달린다는 한혈마汗血馬에 올라타 바람같이 적의 진지로 돌입해 적장의 목숨을 주머니 속의 물건처럼 거둬오는 것이 날마다 무송이 꿈꿔온 일이었다. 영웅의 꿈은 병화와 전란 속에서 무르익는다. 하지만 현실의 그는 날마다 먹는 고깃국에 사추리엔 비곗살이 오르고 빼어본 지 오래인 칼은 푸른 녹으로 뒤덮인 지 오래였다.

병사들의 조련에 열심을 내는 대신 무송은 술에 빠져들었다. 부여로 숨어든 이후 날마다 술독에 빠져 살다 급기야 술에 취해 맞아죽은

* 보기 : 보병과 기병.

아비를 보아온 터라 술이라면 모잽이눈을 뜨고 보았으나, 천성이 무엇엔가 빠지지 않고는 하루도 견디지 못하는 무송이었다. 어지러운 천하를 바로잡고 도탄에 빠진 백성을 구하려던 장한 뜻이 속절없이 허물어져내린 뒤의 공허감을 메워줄 무언가가 필요했다. 날마다 술에 취해 또 다른 술집을 찾아가는 일에 하루 해가 저물고 밤이 짧았다.

거기다 비록 나라의 녹을 먹고 몸에는 붉은 군관복을 걸쳤다고는 하나 핏속에는 환도에 각반 차고 저잣거리를 거칠 것 없이 활보하던 때의 기질이 여전히 살아 꿈틀대고 있었다. 그러자 하는 일 없이 까다롭기만 한 군율이 껄끄럽기 그지없었다. 위태롭던 무송의 군관생활은 겨우 한 해를 채우지 못하고 끝이 났다. 해가 기울어 잔뜩 술에 취해 군아로 돌아오다 꾸짖는 상관을 두드려 반병신을 만들었다. 보는 이들이 진저리를 칠 만큼 잔혹한 폭행이었다.

하극상을 일으킨 무송을 효수해야 한다는 주장이 영문轅門 너머로 분분했다. 군율의 지엄함을 들어 목을 베어 군문에 내걸어야 한다고 했고, 저런 천하의 극악무도한 인간은 능지처사로 다스려야 한다고도 했다. 그런데 형옥에 갇혀 죽을 날만 기다리고 있던 무송이 멀쩡히 제 발로 걸어 집으로 돌아왔다. 삽짝을 들어서는 오라비를 본 무덕은 저승에서 온 귀신을 본 듯 자지러졌다. 그의 재주를 아깝게 여긴 대사자 부득불이 무송의 사면을 주창했다는 얘기가 나돈 것은 그후의 일이었다.

이상한 것은 이후 무송의 태도였다. 며칠 쪽구들이 놓인 안방의 평상에 누워 감옥에서 얻은 장독을 다스리더니 곧 옷가지를 꾸려 두타산 속으로 들어갔다. 무송이 산에 들어가 무엇을 하는지 아는 이는 아무도 없었다. 무송이 산에 올랐다는 것을 아는 이도 누이인 무덕 정도였다. 며칠 산 속에 머물다 돌아온 무송은 그 일이 마음에 드는지 덜컥 그 자리에 눌러앉았다. 이왕 일이 이렇게 된 거 뒷골목 협자들의 세계로 다시 돌아오라는 옛 부하들의 간절한 청도 콧방귀로 외면했다. 그런 것이 어느덧 10여 년이었다.

무덕의 말에 귀를 기울이고 있던 주몽이 입을 열었다.

"그럼 한 가지만 더 묻자."

"말씀하세요, 왕자님."

공연히 주변을 한번 살핀 주몽이 나직한 소리로 물었다.

"네 오라비가 그곳에서 하는 일이 무엇이냐? 그리고 대체 그곳은 어떤 곳이냐? 너도 거기서 흉악한 모상을 한 사내들을 본 적이 있을 테지? 그자들의 정체는 또 무엇이란 말이냐?"

무덕이 고개를 저었다.

"저 또한 모릅니다. 오라비가 일하는 곳이라는 건 알고 있지만 그곳에서 무엇을 하고, 어떤 곳인지는 알지 못합니다."

"……."

"저도 궁금하여 몇 번인가 오라비에게 말을 넣었지만 쓸데없는 참견 말라고 눈만 부라릴 뿐 대답을 듣지 못하였습니다."

일생일대의 새로운 거래

세상을 온통 불태울 것처럼 맹렬한 열기를 뿜어내던 칠월의 태양이 어느덧 뉘엿뉘엿 저물 무렵이었다. 부여국 도성 거리에 한 무리의 인마가 다가오고 있었다. 하나같이 기름진 갈기를 가진 호마胡馬에다 비단으로 지은 옷과 비단 관모를 떨쳐입은 모습이 한눈에도 고귀한 대가의 행차임을 알아보게 했다.

무리의 앞에서 호화로운 비단옷을 입고 보기 좋은 검은 수염을 위엄 있게 휘날리는 이는 계루국의 군장 연타발이었다. 그 뒤로 그의 무남독녀인 소서노와 집사인 우태, 사용이 따르고 있었다. 바로 동이 최대의 상단으로 이름난 졸본 상단 사람들이었다. 대규모 상단을 이끌고 동이 땅뿐만 아니라 중원 대륙 곳곳을 누비다 해마다 부여에도 한두 차례는 빠짐없이 찾아오는 그들이었다. 이전과 다른 점이라면 그들의 뒤를 따르던 대규모의 짐바리와 부담마들이 보이지 않는다는 사실이었다.

멀리 두타산 봉우리 위에 걸린 해가 펼쳐놓는 낙조가 서녘 하늘을 온통 붉게 물들이고 있었다. 그 낙조가 반사된 연타발의 얼굴 또한 핏빛으로 물든 듯 붉게 빛나고 있었다.

저기 기장 이삭 늘어지고 피까지 돋아났네
갈수록 걸음이 느려지고 슬픔은 물결처럼 출렁거리네
내 마음 아는 사람이야 시름이 가득하다 하겠지만
내 마음 모르는 사람이야 무엇 때문에 그러느냐 하겠지
아득하게 뻗은 푸른 하늘이여, 이는 누구의 탓이옵니까……*

말 위에 앉아 무심한 눈길로 길가의 풍경을 바라보던 연타발이 나직이 입을 열어 노래를 불렀다. 그런데 내놓은 노래가 뜻밖에도 시름과 슬픔이 가득했다. 중원 땅 주나라 평왕 때 낙읍洛邑*으로 도읍을 옮긴 뒤 한 대부가 옛 도읍인 호경鎬京*에 이르렀는데 지난날의 종묘와 궁실은 다 없어지고 대신 피와 기장만이 수북이 자라난 것을 보고 무상한 마음을 가눌 길 없어 지었다는 〈서리黍離〉라는 노래였다.

노래를 그친 연타발이 문득 유정한 눈길이 되어 부여 도성 거리의 집과 소가 끄는 수레와 오가는 사람들을 바라보았다. 조용하고 부드러워 보였지만 내면에 강한 욕망이 깃든 눈길이었다.

"아버지!"

---

*《시경詩經》(이가원 감수, 홍신문화사, 1984)에서 인용.
* 낙읍 : 지금의 허난성河南省 뤄양洛陽.
* 호경 : 지금의 시안西安 부근.

뒤편에서 사용과 어깨를 나란히 한 채 따라오던 소서노가 연타발 곁으로 다가서며 말했다.

"지난해 왔을 때보다 집들이 더 늘어난 것 같아요. 나라가 태평하다 보니 백성들의 얼굴도 밝고 여유가 있어 보여요."

졸본을 떠난 지 열흘이 넘도록 한뎃잠을 자는 먼 길이었지만 소서노의 얼굴은 방금 피어난 꽃봉오리처럼 환하게 밝았다. 지난 겨울 영고 때 들른 후 반년이 넘어 다시 찾은 부여의 성도가 소서노는 매우 반가운 듯했다.

"하지만 인간사 귀천궁달貴賤窮達이 수레바퀴라 하지 않더냐. 흥성함 속에 쇠멸이 있고, 고요함 속에 시끄러움이 있는 법. 이 흥성과 평화로움이 과연 얼마나 지속될는지 뉘라서 알겠느냐……."

무심한 듯한 연타발의 말에 어딘지 옹이가 맺혀 있는 듯하여 소서노가 말 위에서 고개를 돌려 아비를 바라보았다.

"무슨 말씀이세요, 아버지?"

"무슨 뜻이 있어서가 아니라, 세상의 이치가 그렇다는 말이다. 달도 차면 기울고, 주발의 물도 가득 차면 넘치는 법이 아니냐. 나라의 태평 성대라 한들 천세 만세 계속되지는 않을 것은 분명한 일."

"하지만 동이 땅 곳곳을 다녀봐도 이곳 부여만큼 물산이 풍부하고 나라의 기강이 반듯한 나라가 드물다는 건 누구보다 아버지가 잘 아시잖아요. 선비나 말갈 같은 족속의 나라에 비하면 그야말로 나라의 기반이 반석 위에 올라선 듯 견실한 것이 사실이지요."

"네 말처럼 지금 부여는 선세先世 이래 다시없는 태평세월을 누리고, 백성들은 평화의 단꿈에 취해 있다. 하지만 세상 만물은 결코 정지해 있는 법이 없다. 세상 일이란 것은 나아가지 않는 때에는 반드시 물러가는 때인 것이다. 지금 부여가 태평성대 속에 머물러 있는 듯 보이지만 번영으로 나아가든지 아니면 몰락으로 나아가든지 둘 중 하나인 것은 자명하다. 머지않아 그 결과를 알게 될 테지만……."

"영고성쇠는 하늘이 주는 것이 아니라 사람이 불러서 만드는 것이라고 하신 분도 아버지세요. 이 태평성대가 저절로 온 것이 아니라면 앞으로의 태평성대도 저들의 손으로 만들어가겠지요."

"나도 그러길 바란다. 하지만 인간세상에 어찌 좋고 기쁜 일만 있을 것이냐. 좋을 때 어려운 경우를 대비하고 기쁠 때 슬퍼할 일을 조심하는 것이 지혜로운 자의 태도가 아니겠느냐. 지금 부여를 다스리는 자들이 그런 지혜를 가진 자들인지 알 수가 없어서 하는 말이다."

말을 마친 연타발이 다시 무심한 눈길이 되어 멀리 궁성 담장 너머 아득히 드높은 궁궐 용마루를 바라보았다.

잠시 후, 일행이 궁성 문 앞 큰길을 지날 무렵 저편에서 낯익은 얼굴 하나가 걸어와 허리를 숙였다.

"원로에 수고가 많으셨습니다, 군장 어른."

지난봄 연타발의 은밀한 영을 받고 홀로 부여성으로 건너와 있던 졸본 상단의 차인差人 행수인 계필이었다. 연타발이 고개를 끄덕여 인사를 받았다.

◆ ◆ ◆

계필이 연타발 일행을 인도한 곳은 궁성 거리 끝자락에 있는 커다란 기와집이었다. 소식을 들은 아랫것들이 대문을 활짝 열어놓고 연타발 일행을 기다리고 있었다.

계필이 큰사랑채로 연타발을 안내했다. 널찍한 마당에 세 개의 부경浮京*, 마방까지 갖춘 이 커다란 서른 칸 기와집은 지난봄 계필을 보내 장만해둔 것이었다. 명목으로는 졸본 상단이 동이 각지에서 매집한 물화를 보관하거나 도매, 위탁 판매를 행하기 위한 여각이었으나, 실상은 연타발이 부여에서 새로이 벌이려는 사업의 거점 역할을 하기 위한 곳이었다. 연타발은 계필과 함께 사랑에 들었다.

"객로에 어려움은 없으셨는지요?"

계필이 걱정스러운 표정으로 연타발의 안색을 살폈다. 한창때는 중원 대륙 곳곳을 안방처럼 드나들던 연타발이었다. 하지만 그런 그도 어언 세월이 흘러 눈밑에 주름이 잡히고 귀밑머리에 서리가 돋아난 장년의 나이였다. 계필의 눈길을 느낀 연타발이 퉁명스럽게 말을 받았다.

"자네 표정을 보니 아주 날 뒷방 늙은이 취급이구먼. 내가 자리보전이라도 해야 자네 속이 차겠는가?"

그렇게 말하는 표정과 말투에는 오랜 세월 함께 고난과 영광을 나눠온 지극한 벗을 대하는 애정이 엿보였다.

"그럴 리가 있습니까. 군장 어른께선 새장가를 가셔도 될 만큼 애동대동하십니다요."

"예끼, 이 사람아!"

계필이 주인 앞에 놓인 책탁자 위에 대나무 조각을 편철하여 만든 죽간 다발을 올렸다. 연타발의 엄숙한 눈이 탁자 위를 향했다. 지난봄부터 부여에 머물며 계필이 작성한 부여의 정세 보고서였다. 거기에

---

* 부경 : 작은 창고.

는 계필이 살피고 듣고 어림한 부여의 온갖 일들이 꼼꼼히 적혀 있었다. 위로는 부여의 국가적 대사와 국왕의 행차 따위에서, 아래로는 저 잣거리를 떠도는 하찮은 풍설에 이르기까지 세세하게 적혀 있었다.

연타발이 서른 첩은 좋이 되는 죽간을 모두 읽고 났을 때 마당 쪽에서 고하는 소리가 들렸다.

"아버지, 소서노입니다!"

"올라오너라!"

휘장이 말아올려진 장방 안으로 소서노가 들어서고 그 뒤로 우태와 사용이 따라 들어섰다. 연타발이 앉은 좌상 맞은편으로 네 사람이 마주앉았다. 탁자 위에 놓인 차의 뜨거운 기가 가실 때까지 그저 묵묵히 앉아 있던 연타발이 마침내 특유의 조용하면서도 느린 말투로 입을 열었다.

"해마다 칠월 이맘때쯤이면 동이 땅에서 매집한 물화를 가지고 중원의 장안으로 가 한나라의 호상거고豪商巨賈와 상담商談을 나눈 것을 잊지 않고 있을 것이다. 이러한 때 내가 예정된 거래를 파하고, 이곳 부여 땅으로 한가로운 걸음을 디딘 것은 새로이 뜻한 바가 있기 때문이다."

연타발의 나직하나 무거운 음성이 방 안 사람들의 마음을 알 수 없는 힘으로 휘어잡았다. 사금파리 같은 눈부신 햇살이 부서져내리는 마당과는 달리 어둑신한 느낌이 드는 방 안에서 사람들은 저마다 엄숙한 얼굴이 되어 연타발의 말에 귀를 기울였다.

"너희들도 알다시피 나는 평생을 장사꾼으로 살아왔다. 약관 이전부터 장삿길에 나서 중원의 대륙과 흉노, 유연, 돌궐뿐 아니라 멀리 서역의 대원국까지 다니며 세상의 온갖 귀한 물화를 매매하였고, 그로

인한 성과 또한 작지 않아 동이 최대의 상고라는 과한 별호까지 얻었다. 그렇지만 남들이 무어라 하든 나의 근본은 장사꾼이다. 흔히들 상인을 두고, 천하의 물화의 주인은 생산자와 소비자인데 상인들은 그 사이에 손을 넣어 부당한 이문을 취하는 자들이라 비판한다. 저 유명한 한의 염철회의鹽鐵會議 때, 이름난 관상官商인 상홍양桑弘羊이 나라를 부강하게 하기 위해서는 상업을 육성해야 한다고 주장하자, 한의 현량賢良과 문학文學의 무리들은 상업은 나라와 백성들에게 해만 끼칠 뿐, 공상이 성하면 본업(농업)이 황폐해진다며 상업의 이익을 억제하고 인의를 확충하여 백성들이 이를 좇게 해서는 안 된다고 주장하였다. 그리고는 급기야 반역죄를 씌워 상홍양을 처형하기까지 하였다."

"……"

"동이 땅에서도 상업을 대하는 태도가 이와 다르지 않아, 관은 상인을 억압하고, 문사는 상인을 부끄럽게 여기고, 도적은 상인을 털고, 농부는 상인을 우습게 여기는 것이 대개 나라마다 차이가 없었다. 하지만 나는 생각한다. 하늘 아래 참으로 중한 것이 곧 상업이라고."

"……"

"사람들은 하늘 아래 중한 것이 농업이라고 말한다. 천하의 백성들을 먹여 살리는 일이니 어찌 중하지 않겠느냐. 하지만 그에 못지않은 것이 또한 장사란 것을 아는 이들은 적다. 장사가 무엇이냐? 한곳에 고여 있는 물화를 천하 각처로 나누고 옮겨 세상을 고루고루 넉넉하게 하는 일이 아니더냐? 그러니 어찌 이를 중하지 않다고 할 것이냐. 그래서 한의 사마천 같은 이는 사민분업四民分業을 주장하여, 농민이 있어 식량을 생산해서 사람들을 굶주리지 않게 하고, 어염동철魚鹽銅鐵의 관리자가 있어 이들이 생산한 물건을 상품으로 만들고, 상인이 있어 이 상품들을 유통시키니 모두가 세상에 없어서는 안 될 사람들이라고 말하였다."

연타발의 나직한 음성이 점점 열의를 띠고 있었다.

"흔히들 장사꾼은 이문을 위해서라면 인의와 신의를 헌신짝처럼 생각하는 자라고들 한다. 그러나 이는 잘못된 생각이다. 중국 상인들의 조사祖師라 일컬어지는 주나라의 백규白圭란 이는 상인의 도道에 대해 말하기를, 상인에게도 지용인강智勇仁强의 도가 있다고 가르쳤다. 즉 시세를 살펴 세상의 흐름에 적절히 대응하는 것이 지智이며, 적절히 결단하여 과감하게 결정을 내리는 것이 용勇이며, 남이 팔 때 사들이고 남이 사들일 때 팔아서 사고 파는 것을 적절히 하는 것이 인仁이며, 지켜야 할 것은 인내심을 갖고 기다리는 것이 강强이다. 생업을 행함에 이런 도를 지키는 이들을 두고 어찌 천하다 할 것이냐. 나는 장사야말로 천하의 뜻 있고 용기 있는 사내들이 마땅히 해볼 만한 일이라고 생각한다."

"……."

"오늘 내가 이렇게 너희들과 함께 자리한 것은 일생을 장사꾼으로 살아온 이 연타발이 일생일대의 새로운 거래를 시작하려 함이다."

마주앉은 이들의 눈길이 의아한 빛을 띠며 연타발을 건너다보았다. 하지만 잠시, 연타발은 깊은 생각에 잠긴 듯 입을 닫고 말이 없었다. 참다 못한 계필이 그예 입을 열어 물어왔다.

"새로운 거래라 하시면, 어떤 물화를 거래하려 하십니까?"

"칼일세."

마주앉은 이들이 일제히 놀란 눈을 들어 연타발을 바라보았다. 소서노가 상기된 목소리로 물었다.

"칼이라구요? 그럼 부여국의 군상軍商으로 나서겠다는 말씀이세요,
아버지?"

"그렇다."

이번엔 다시 계필이었다.

"소인의 머리로는 쉬 납득이 되지 않습니다. 칼이란 물건은 본시 병
란과 전화로 어지러운 난세에나 필요한 것이 아닙니까? 하지만 지금
부여가 개조開祖 이래 다시없는 태평성대를 누리고 있음은 세상 사람
들이 다 알고 있는 사실입니다. 그러한 때에 저들을 상대로 도검을 파
시겠다니요?"

"평화란 원래 이루기는 높은 산을 오르는 것처럼 힘들지만 깨어지
기는 털을 불태우는 것처럼 쉬운 법일세. 자네는 부여의 이 태평성대
가 앞으로 얼마나 더 유지되리라고 생각하는가?"

"그렇기는 합니다만……."

"맑은 날은 사흘 이상 계속되지 않고, 땅에는 석 자의 평지가 없는
법. 필시 머지않은 장래에 평화는 깨어지고, 전쟁의 공포가 칼 든 도적
처럼 이 땅에 들이닥칠 것이네. 그러한 때 저들에게 필요한 것이 무엇
이겠는가?"

"……."

"현재 부여가 누리고 있는 평화란 뜨거운 불 위에 놓인 흙으로 만든
시루와 다르지 않네. 불이 조금만 과해도, 시루 안의 물이 조금만 부족
해도 시루는 한순간에 깨져버릴 것이야."

"……."

"불이란 외부로부터의 군사적 위협이고 물은 내부의 결속이라 할
것이네. 중원의 패자인 한이 그동안 부여에 대해 때로 회유하고 때로

양보하며 일관되게 선린을 도모하는 태도를 보인 것은 실상 부여를 인애해서가 아니라 그를 넘볼 힘과 여유가 없었기 때문일세. 무제의 치세治世 이래 한은 단 하루도 북변 외적의 위협으로부터 편한 날이 없었네. 10여 년에 걸친 흉노와의 긴 전쟁과 서역 원정으로 인해 지난 날의 한은 심신이 곤비한 노인과도 다름없는 형국이었네. 그런 형편이니 어느 겨를에 동이를 돌아보고 부여의 강역을 욕심낼 수 있었겠는가."

"……."

"하지만 이제는 달라졌네. 북변의 흉노를 평정하고 수차례에 걸친 서역 원정도 끝난 지금, 그들의 탐욕스러운 눈길이 향할 곳이 항차 어디겠는가? 머지않아 이곳 동이에 전날에 보지 못한 전란의 모진 광풍이 몰아칠 것이 분명하네."

연타발의 말에 귀를 기울이고 있던 이들이 한결같이 두려움으로 서늘해진 눈빛이 되어 서로의 얼굴을 돌아보았다. 연타발의 시선이 소서노의 곁에 앉아 있는 사용을 향했다.

"사용아, 가져온 물건을 이리 내놓거라."

"예, 군장 어르신."

조용히 몸을 일으킨 사용이 뒤편에서 커다란 나무상자 하나를 들어 탁자 위에 올렸다. 가볍고 단단한 오동나무로 만들어진 장방형의 긴 상자였다. 연타발이 상자를 열자 흰 비단 위에 가지런히 놓인 세 자루의 도검이 모습을 드러냈다.

"이 칼들을 보게."

연타발이 그 가운데 하나를 집어들었다.

"이것은 우리 졸본에서 만든 칼이네. 철광석 덩어리를 가열하여 나온 괴련철塊煉鐵로 만든 칼이라네. 하지만 이 칼은 재질이 무르고 조직이 치밀하지 못해 강한 것과 부딪치기라도 하면 쉽게 휘거나 잘려나가지. 해서 호미나 손칼 같은 가벼운 농공구라면 모를까 병장기로는 그 쓰임이 적당하지 않다네."*

연타발이 곁에 놓인 철검을 들어보였다.

"이 칼은 부여의 야철장에서 생산한 괴련강塊煉鋼으로 만든 것이네. 이것은 철의 강도를 획기적으로 높인 것으로, 무른 괴련철을 숯과 함께 넣고 노 안에서 가열하여 침탄浸炭시킨 후 모루 위에 놓고 망치로 두드려 조직을 치밀하게 하면 강도가 이전과는 비교할 수 없는 괴련강이 된다네. 이렇게 생산한 철로 만든 칼은 재질이 단단하고 저항력이 우수하여 칼이나 창 같은 병장기로 만들어져 쓰이고 있다네. 현재 부여군이 무장한 창과 도검이 대부분 이 괴련강으로 만든 것들이라네."**

"……."

"하지만 이렇게 만든 칼은 그 표면만 단단한 강철이고 안은 여전히

---

* 철은 소재에 함유된 탄소의 양에 의해 그 성질이 크게 좌우되는데, 일반적으로 탄소의 함량에 따라 연철煉鐵, 강철鋼鐵, 주철鑄鐵 혹은 생철生鐵로 나뉜다. 연철은 탄소의 함량이 미미하여 순철에 가까운 것으로 재질이 단단하지 못하고 조직이 성기며, 강철은 탄소 함량이 0.05~2.0퍼센트로 재질이 매우 단단하고 충격에 대한 저항력이 우수하다. 주철은 탄소 함량이 2.1~4.3퍼센트에 이르는 것으로 매우 단단하지만 쉽게 부러지거나 깨어져 단조鍛造가 불가능하다.

** 강철은 재질이 단단하고 가공 과정에서 행하는 두드림이나 각종 열처리로 그 성질을 자유롭게 조절할 수 있어 쓰임새가 가장 크다. 탄소 함량 면에서 연철과 주철의 중간인 강철은 연철의 탄소 함량을 높이는 침탄제강법浸炭製鋼法과 주철의 탄소 함량을 낮추는 탈탄제강법脫炭製鋼法으로 생산할 수 있다. 강철을 만들기 위해서는 위와 같은 방법 외에도 연철과 주철을 함께 사용하여 양자의 탄소 함량을 평균함으로써 강철을 얻는 관강법灌鋼法이 있다. 침탄제강법은 연철의 용융점이 섭씨 1537도에 이르러 고온에서 견디는 연철로를 만들지 못한 고대에는 불가능한 기술이었다. 따라서 용융점이 낮은 주철(섭씨 1146도)을 이용하여 강철을 만드는 탈탄제강법이 사용되었다. 괴련강은 연철을 녹여 침탄시키는 방식이 아니라 숯과 함께 노爐에 넣어 가열함으로써 그 표면에 가까운 부분만 침탄의 효과를 얻는 방식으로 생산했다.

무른 연철이어서 검투 시에 도검의 날끼리 부딪친다면 표면이 쉬 부서지거나 휘게 되는 약점이 있다네. 하지만 무엇보다 이 칼은 일일이 그 표면을 단조하는 방식이어서 한 자루를 만드는 데 드는 시간과 인력이 과다하여 많은 군사를 무장시킬 만큼 다량으로 생산하기가 어렵다네."

연타발의 설명을 계필 들은 고개를 주억거리며 귀담아 들었다. 연타발이 다시 그 곁에 놓인 칼로 손을 가져가 허공에 들어올렸다. 희게 반짝이는 도신刀身에서 뿌려지는 서늘한 빛이 한눈에 보기에도 예리하기 그지없는 칼이었다.

"소서노야! 너는 이 칼을 기억하느냐?"

"예, 아버지. 우리 상단이 지난해 장안에 갔을 때 천금을 들여 어렵게 구한 한나라의 칼이 아닙니까?"

"그렇다. 이 칼은 오늘날 한의 철기군이 쓰는 칼로서 세상에서 가장 단단한 강철로 만들어진 것이다. 바로 오늘날 한의 군사들을 불패의 군대로 만들어 중국 대륙을 통일하게 만든 그 병기다. 전날 한의 6만 대군이 조선의 왕검성을 침공하였을 때 조선 군사의 칼을 풀 베듯 베어버리고 마침내 조선을 정벌한 그 병기다."

"아……."

누군가의 입에서 나직한 탄성이 흘러나왔다. 전에 없이 뜨거운 열의를 담은 연타발의 눈길이 손에 든 검을 뚫어질 듯 응시하고 있었다. 강한 의지와 뜨거운 열의가 담긴 목소리로 연타발이 말을 이었다.

"이런 강철을 생산하고 있는 것은 한나라밖에 없다. 한은 뛰어난 제강 기술을 바탕으로 만든 강철로 도검뿐 아니라 갑주甲冑와 마갑馬甲까지 만들어 한의 정예 철기병인 개마부대를 무장시켜 천하를 통일하는 주력 부대로 삼았다.”

“…….”

“하지만 한은 주변의 사이四夷가 이런 강철로 된 병기로 무장하는 것을 두려워하여 이 철기의 제조법을 나라의 더없이 중요한 비밀로 삼고 있다. 그리고 마노관馬弩關*이란 것을 실시하여 나라의 법으로 철기의 국외 반출을 엄격히 금하고 있다. 강철 병기의 우수성을 모를 리 없는 부여가 이를 개발하기 위해 많은 노력을 기울이는 한편으로 이들 병기를 수입하기 위해 그간 갖은 노력을 기울여왔지만 별무소득이었던 까닭이 여기에 있다.”

연타발이 잠시 말을 거두고 생각에 잠긴 듯 침묵을 지켰다. 어쩌면 전날 이 한 자루의 칼을 구하기 위해 들인 그 갖은 수고와 어려움을 생각하는 것인지도 몰랐다. 실제 연타발은 이 칼을 손에 넣기 위해 전부터 많은 뇌물로 마음을 사두었던 한의 남군南軍 위위衛尉 장군에게 다시 천금에 가까운 금전을 들였다. 그리고 이를 무사히 한의 관외로 반출하기 위해 국경에서 상인의 물화까지 일일이 검색하는 한나라 병사들을 상대로도 적지 않은 어려움을 겪었다.

“이 철기에 대한 한나라의 야망은 예부터 놀라울 만큼 집요하고 거대하였다. 실상 이전에는 우리 동이의 제강 기술이 오히려 한을 앞서는 바 있었다. 한에서 사신을 보내 옛 조선의 뛰어난 야장들을 청하였을 정도니까 말이다. 하지만 한이 조선을 멸하였을 때 그들을 모두 잡

---

* 마노관 : 한무제 때 실시된 병기와 말에 대한 수출 금지 조치이다. 즉 거대한 노기弩機와 장마長馬의 관외 반출을 금한 것으로, 북방의 흉노 등 주변 국가의 전력 증강을 방지할 목적으로 실시되었다. 소제昭帝 때 마노관이 폐지된(기원전 82년) 이후 한반도 남부와 일본에 일제히 철제 무기가 출현하는 것도 이와 상관이 있는 것으로 보인다.

아 장안으로 압송함으로써 동이의 뛰어난 제강 기술은 그 명맥이 끊어지고 말았다."

"하오나 군장 어른!"

조용히 연타발의 말에 귀를 기울이던 계필이 마음속에 떠오르는 한 가지 의문에 입을 열었다.

"군장 어른의 말씀처럼, 우리 졸본의 야철 기술은 아직 괴련강을 생산할 만한 지경에도 이르지 못하였습니다. 더구나 한은 나라의 정책으로 강철 병기의 반출을 엄하게 금하는 터인데, 대체 무엇을 부여에 내어팔겠다는 말씀입니까?"

"하하하……."

연타발이 느닷없이 웃음을 터뜨렸다. 거칠 것 없이 호탕한 한바탕의 홍소였다.

"천하에 베지 못할 것이 없다는 바로 이 강철 칼일세."

의심이 한 발은 더 커진 표정으로 계필이 그런 연타발을 올려다보았다. 상인으로서 연타발의 능력이란 가히 상신商神의 경지에 이르렀다는 것을 누구보다 잘 아는 계필이었다. 하지만 지금의 이 일에 이르러서는 절로 고개가 갸웃거려진다는 표정이었다.

"이 강철 병기가 필요하기로는 부여 또한 한에 반푼도 모자라지 않을 것이다. 지금 부여는 강철 병기를 개발하기 위해 국가적 노력을 기울이고 있다. 또한 이를 구할 수 있다면 천금의 금전도 아끼지 않을 것이다. 부여에 칼을 팔 수 있다면 세상에 이보다 더 좋은 장사가 어디 있겠는가?"

"……."

"더구나 부여 땅에 전란의 화가 닥친다면 가장 비싼 값으로 팔릴 것이 무엇이겠나. 바로 이 강철 도검일 것은 불문가지가 아닌가."

"군장 어른, 저는 당최 무슨 말씀이신지……."

"두고 보게. 이 연타발이 부여국에 강철 도검을 팔 날이 있을 것이네. 하하하……."

"……."

"자네의 치부책 가운데 부득불이란 이름이 적혀 있었던 것으로 기억하네."

"예, 조정의 대사자 위位에 있는 자로, 왕과 대신들의 신망과 존경이 커 가히 부여국에서는 일인지하 만인지상의 인물이라 할 수 있습니다."

"내 그를 만나볼 터이니 자네가 줄을 대어보게."

"알겠습니다, 군장 어른."

계필이 부여에 주재한 이래 힘쓴 것이 있다면 부여의 정세를 살피는 일과 더불어 각 분야의 요로에 앉아 있는 위인들과 면식을 트는 일이었다. 이에는 천하를 두루 다니며 각국의 상고를 상대해온 계필의 놀라운 언변과 친화력, 그리고 졸본 상단이 소유한 천하의 귀한 물건들이 큰 힘이 되었다.

금성산 철기방

하늘에서 뜨거운 것은 허공에 매달린 칠월의 태양이고 땅에서 뜨거운 것은 사람들로 들끓는 저잣거리였다. 사람들로 빽빽한 길 양쪽에 곡식을 파는 시게전, 피륙을 파는 드팀전, 씨앗을 파는 잡살전, 과일을 파는 모전, 건어물을 파는 마은전 들이 이어지고, 문 앞마다 주인 사내들이 나와 서서 손님을 모으는 고함을 꺽꺽 질러대고 있었다.

사람들의 잦은 내왕에 기름으로 닦은 듯 반들거리는 길을 소서노와 사용은 느리게 걸었다. 이따금 오가는 사람들 사이를 헤치며 소가 끄는 수레와 마차가 지나갔다. 수레 위, 젖혀진 휘장 안에는 비단옷에 푸르고 붉은 나관을 쓴 수레 주인이 근엄한 표정을 지으며 저잣거리를 내다보고 있었다. 천하의 갖은 물화와 장사치들을 모아놓은 듯한 성시盛市였다.

소서노와 사용은 한가로운 걸음으로 저잣거리를 걸었다. 어릴 때부터 아버지를 따라 중원의 큰 도시들을 빠짐없이 다녀본 소서노였지만 그 크기나 흥성함을 따진다면 중원의 대도시들과 비하여도 손색이 없는 부여의 저잣거리였다. 없는 것이라곤 고양이뿔과 처녀 불알뿐이라는 상인들의 말이 허풍만은 아니었다. 확실히 부여는 오랜 전란으로 인해 엄청난 조세에 시달리는 중원의 도시들에 비해 활기가 넘쳐나는 살아 있는 도시였다.

소서노는 잡화전에서 금실로 각종 꽃무늬를 수놓은 빗을 샀다. 모자전에 들러 사용에게 푸른 비단으로 된 절풍*을 선물하자 사용이 어린아이 같은 표정으로 기뻐했다. 졸본과는 천여 리를 상거한 땅이었지만 중원의 도시들과는 다른 편안함이 있어 둘은 졸본의 저잣거리를 걷듯 푸근한 기분이었다.

드팀전에서 각종 비단의 가격을 살피던 중이었다. 소서노가 문득 놀란 눈길이 되어 한곳을 응시하는가 싶더니 걸음을 재우쳐 거리로 뛰어나갔다.

"왜 그러세요, 아가씨!"

뒤따라온 사용이 물었다. 거리 한가운데 우두커니 서서 번잡한 저잣거리를 눈으로 더듬던 소서노가 햇빛이 눈부신 듯 얼굴을 찡그렸다.

"으응. 내가 뭘 잘못 보았나 봐."

"무얼 보셨기에요?"

"……아냐, 그냥."

무언가를 말하려던 소서노가 입을 닫고는 돌아섰다. 두 사람은 다

---

* 절풍 : 옛날 부여, 고구려인들이 쓴 관모.

시 저잣거리를 느린 걸음으로 걸었다. 느긋하고 신명 난 표정이던 좀 전과 달리 소서노는 무언가 생각에 잠긴 듯한 표정이었다. 아침부터 계필 부자는 옷을 갖춰 입고 외출하였고, 아버지는 염천의 더위에도 불구하고 휘장을 드리운 자신의 방에 앉아 깊은 생각에 잠겨 있었다.

"어제 아버지께서 하신 말씀 말야. 그 칼 이야기……."

저자 구경이 시들해진 듯, 앞을 보며 묵묵히 걸음을 옮기던 소서노가 입을 열었다.

"그게 사실이 될까 두려워. 이렇게 평화롭고 행복해 보이는 사람들이 전란에 휩싸여 칼을 들고 전장으로 달려나가야 한다는 사실을 생각하면 끔찍해……. 이번만큼은 아버지의 생각이 틀렸으면 좋겠어."

사용이 빙그레 웃는 얼굴로 소서노를 건너다보았다.

"넌 이미 아버지의 그런 생각과 계획을 알고 있었던 것 같아. 정말 그게 사실일까? 이 땅에 큰 전쟁이 일어나 모두가 죽고 죽이는 싸움에 나서야 할 거란 얘기가……."

"인간들끼리의 다툼과 싸움은 이 지상에 단 두 사람만이 살아남는다 해도 결코 없어지지 않을 겁니다. 인간세상에서 평화와 전쟁은 동전의 양면처럼 본래 하나입니다. 단지 형편에 따라 한쪽의 모양을 취하고 있을 따름이지요."

"서로 싸우지 않고 평화롭게 살 수는 없을까? 서로 죽이거나 죽는 끔찍한 일을 하지 않고도 잘 살 수 있을 텐데 말야."

"전쟁은 선과 악의 싸움이 아니라 강한 힘과 약한 힘의 싸움입니다. 상대를 제압할 수 있는 강한 힘만이 평화를 가져올 수 있습니다. 약한 자에게는 세상 모두가 적이며 강한 자에게는 세상 모두가 벗입니다. 평화를 지키기 위해서라도 나라의 힘을 기르는 것이 필요하지요. 군장 어른께서 도모하시는 일이 궁극에는 부여를 이롭게 하는 길이 될 것입니다."

"……."

두 사람은 다시 한동안 말없이 걸음을 옮겼다. 어느 때 소서노가 고개를 숙인 채 중얼거리는 소리로 말했다.

"……근데, 그 녀석은 어떻게 됐을까. 죽지 않고 무사히 제 집으로 돌아갔을까……."

미리 짐작하고 있던 일이란 듯 사용의 얼굴 위에 슬몃 웃음이 떠올랐다. 하지만 짐짓 눙쳐 물었다.

"그 녀석이라니, 누굴 말하시는 거예요, 아가씨?"

"거 왜, 걸핏하면 기가 뒤집혀 픽픽 혼이 나가버리던 녀석 있잖아. 제 몸 하나 건사 못해 다 죽어가던 녀석. 거기다 건방지게 욕설까지 고래고래 소리치던 놈……."

사용이 말없이 고개를 끄덕였다.

"그러고 보니 그 녀석이 가려던 곳이 부여였는데…… 절 부여로 데려다 주면 후하게 사례를 하겠다고 고함을 질렀지, 아마."

"……."

"실은 아까 그 녀석 비슷한 자를 봤어. 검은 두건을 쓰고 어디론가 황급히 뛰어가는 자의 뒷모습이 그 녀석을 닮았어……. 쳇, 하긴 죽었는지 살았는지도 모를 녀석을 이곳 부여 땅에서 볼 리가 있겠어?"

중얼거리듯 말을 하며 걸음을 옮기는 소서노의 눈에 문득 아련한 그리움의 빛이 어렸다. 노상에서 만나 며칠 함께 길을 갔을 뿐인데도 문득문득 그가 머릿속에 떠오를 때가 있었다. 길 위에서의 인연이란 것이 얼마나 가볍고 부질없는지 모를 리 없는 소서노였다.

생각하면 이상한 일이었다. 이름도 모르고 출신도 모르는 자를 이
토록 오래도록 기억하고 있다니. 더구나 녀석은 구해준 공로도 모르
고 쓰다 달다 말 한마디 없이 달아나버린 놈이 아닌가.

정말이지 그 녀석은 살았을까, 아니면 죽어버렸을까.

◆ ◆ ◆

산을 오르는 주몽의 걸음이 구름으로 만든 신을 신은 듯 가벼웠다.
무엇이 그리 신나는지 얼굴엔 벙글거리는 웃음이 떠나지 않았고 입에
선 흥얼흥얼 노랫가락이 흘러나왔다. 괴춤에는 조금 전 저자에서 산
바가지 한 축이 매달려 있었다.

초막에 다다랐지만 평상은 비어 있었다. 산 아래 동네로 술을 사러
갔으려니 짐작했다. 어쩌면 성 안에 들어갔는지도 모를 일이었다. 무
송은 열흘에 한 번씩 술에 취하지 않은 멀쩡한 얼굴로 산을 내려갔다
가 저녁 어스름 무렵이 되어서야 초막으로 돌아왔다. 아직도 해는 서
산머리에서 두어 뼘이 넘게 남아 있었다.

주몽은 평상에 걸터앉아 무송을 기다렸다. 어깨를 흔들며 노랫가락
을 흥얼거리는 주몽의 시선이 숲을 향해 있었다.

산은 시간의 발소리가 들릴 만큼 적요했다. 어둠을 품은 듯 우거진
늙은 소나무숲은 하오의 밝은 햇살 아래 청동빛으로 빛났다. 주몽의
노래는 오래도록 이어졌다. 그의 시선은 여전히 숲을 향해 있었다. 고
요하고, 평화롭고, 그립고, 쓸쓸한 느낌이었다. 주몽은 노려보듯 숲을
응시했다.

그런 어느 때 주몽은 숲이 자신을 부르는 소리를 들었다. 묵지근한

어둠을 휘장처럼 두른 채 웅크리고 앉은 늙은 숲이 조용한 소리로 자신을 부르고 있다고 생각했다. 그 소리에 응답하듯 주몽이 자리에서 일어섰다. 그리고 천천히 숲을 향해 걸음을 옮겼다.

─어이, 추모. 한 가지 알아야 할 게 있어. 이곳에서 무얼 하더라도 상관하지 않을 거지만 저기는 안 돼. 저 숲으로는 가지 말란 말이야. 알았어?

이곳에 온 첫날 무송은 그렇게 말했다. 숲 가까이 얼쩡댔다간 머리통을 날려주겠다고도 했다. 하지만 주몽은 어쩐지 조금도 두렵거나 걱정되지 않았다.

주몽이 숲에 걸음을 내디딘 것은 이때가 처음이었다. 바닥에 두텁게 깔린 마른 솔잎의 부드러운 느낌이 알 수 없는 긴장감을 거둬가주었다. 주몽은 무언가에 이끌리듯 걸음을 옮겼다. 걸어갈수록 숲의 적요는 깊어졌다. 그리 크지 않은 숲이란 짐작과는 달리, 주몽을 받아들인 숲은 한없는 확장을 거듭하는 것처럼 넓고 깊었다.

어느 때 주몽은 걸음을 멈추었다. 귓전을 스치는 희미한 소리는 분명 인기척이었다. 주몽은 걸음을 조심스럽게 내디디며 천천히 소리가 나는 곳을 향해 걸었다.

숲이 끝나는 곳에 가파른 절벽이 가로막고 있었다. 그곳에 검은 옷의 사내 둘이 느린 걸음으로 움직이고 있었다. 초막에서 이따금 얼굴을 마주치곤 했던 환두대도의 사내들이었다.

주몽은 커다란 소나무 둥치 뒤로 몸을 숨겼다. 그리고 고개를 내밀어 사내들을 응시했다. 환두대도를 허리에 찬 사내들이 한가로운 걸음으로 절벽 앞을 서성이고 있었다. 그들 앞에 또 다른 사내 둘이 통나무를 얼기설기 엮은 평상에 누워 잠이 들어 있었다.

주몽은 사내들의 무료하게 반복되는 걸음을 보며 혼자 고개를 끄덕였다. 그들 뒤로 검은 아가리를 벌린 동굴이 있었는데 그들은 그곳을 지키는 파수꾼임에 틀림없었다.

주몽은 비로소 처음 산에 오른 날 사내들이 무송을 두고 옥사장이라고 부른 일을 떠올렸다. 그렇다면 저들이 지키고 선 동굴이 옥사란 말인가. 주몽은 어려운 수수께끼를 앞에 둔 듯 혼란스러웠다. 옥사라니, 이 첩첩산중에 웬 난데없는 옥사이며, 저들은 대체 어떤 죄인을 지키기 위해 이곳에 있단 말인가.

그 순간이었다. 갑자기 주몽의 가슴이 심하게 두근거리기 시작했다. 심장이 가슴을 뚫고 튀어나올 듯 격렬한 동계動悸였다. 주몽은 당황한 마음을 다스리기 어려워 손으로 가슴을 억눌렀다. 그래도 가슴의 동계는 사라지지 않았다.

주몽이 몸을 돌려 그곳을 벗어나려던 때였다. 번쩍 하는 빛이 정수리에 내려꽂히는 느낌이더니 이내 바닥으로 쓰러졌다.

"추모, 이 망할 자식, 여기서 뭘 하는 거야? 앙?"

주먹을 부르쥐고 소리치는 것은 무송이었다. 어디서 나타났는지 무송이 무서운 얼굴을 부라리며 주몽을 노려보고 있었다.

무송의 손에 뒷덜미를 잡혀 주몽은 초막으로 끌려왔다. 한바탕 치도곤을 당하리라 여겼지만 그러고는 그만이었다. 아랫마을에서 새로 사온 술병의 마개를 뽑아 쓰다 달다 말없이 술을 들이켤 뿐이었다.

앉은 자리에서 호리병 하나를 말끔히 비운 다음 무송이 주몽을 돌아보았다.

"어이, 추모. 이러면 곤란해."

젠장, 뭐가 곤란하단 말인가. 애당초 숨길 게 있다면 그건 자신들 일이지 내 일은 아니지 않은가. 산 사람의 다리가 걷지도 못한단 말인가. 새삼 얻어맞은 뒤통수가 욱신거려 주몽은 심사가 뒤틀렸다.

"거기서 뭘 보았어?"

다시 무송이 물었다. 불퉁거리는 소리로 주몽이 대답했다.

"보긴 뭘 봐요. 쳇, 사내가 되어 이 깊은 산에서 날마다 하는 일이 고작 굴 하나를 지키는 일이란 말입니까? 그것도 사람을 가두어두는 옥사를……."

새 호리병을 따 술을 들이켜려던 무송이 옥사란 말에 뚝 손길을 멈추었다. 그리고 전에 없이 진지한 눈빛이 되어 주몽을 바라보았다. 평소와 달리 얼굴에 취기가 느껴지지 않는 것이 오늘이 바로 한 달에 한 번 성 안으로 들어가는 그날인 모양이었다. 무송이 주몽을 향해 말했다.

"네가 짐작한 것이 옳아. 거긴 그저 단순한 동굴이 아니라 죄수를 가두어둔 옥사이고, 나와 저기 있는 자들은 거길 지키는 수직 옥리들이지."

"……."

"하지만 네가 본 것이 무엇이든 잊어버려. 만약 사람들에게 떠드는 날에는 주먹질이 아니라 네 녀석 머리통을 뽑아 땅에다 박아버릴 테니까. 내 말 허투루 들었다간 평생 후회하게 될 거야."

중얼거리듯 말을 내뱉는 무송의 목소리가 얼음이 박힌 듯 차가워 주몽은 가슴이 서늘해지는 느낌이었다.

하지만 다시 돌아본 무송의 얼굴엔 어느새 예의 그 사람 좋은 웃음이 떠올라 있었다. 다시 한 모금 술을 들이켠 뒤 털북숭이 입을 주먹으로 훔치며 말했다.

"네 눈엔 내가 밤낮 술이나 마시는 한심한 주정뱅이로 보일지 모르지만 그건 아니란 말씀이야. 저기 옥사에 얼마나 흉악한 놈이 잡혀 있는지 네가 몰라서 그래. 세상에서 제일 무시무시한 흉악범이 있단 말야. 나같이 무공이 뛰어난 사람이 아니면 턱도 없어. 허허허……."

"부여에 이런 감옥이 있다는 얘긴 들은 적이 없습니다."

"나도 그래. 장군을 두들기고 교관 자리에서 쫓겨나기 전까진 한 번도 들은 적이 없었으니까."

"무슨 죄를 지은 죄수입니까?"

"그건 나도 몰라. 아주 무시무시한 흉악범이란 건 틀림없어. 나 같은 사람을 옥사장으로 세운 것만 봐도 몰라? 이곳에 갇힌 지가 벌써 20년이 가까웠다는데, 작자가 벙어리인지 통 말이 없어. 얘길 안 하니 나도 모를 수밖에."

무송의 무심한 듯한 말이 문득 주몽의 마음에 묘한 울림을 던졌다. 무시무시한 흉악범. 20년의 세월. 한 번도 말하지 않은…….

주몽의 머릿속에 한 가지 생각이 떠오른 것은 그때였다. 주몽은 그런 자신이 스스로 대견해 혼자 고개를 주억거렸다. 그런 주몽을 건너다보던 무송이 물었다.

"근데, 너 산엔 다녀온 거야? 내 바가지는 가져왔어?"

생각에 잠겨 있던 주몽의 얼굴에 문득 긴장한 빛이 어렸다. 흘끗, 한번 무송의 눈치를 살핀 주몽이 허리춤에 매달아둔 바가지를 끌러 내밀었다.

"여기 있어요. 젠장, 어젯밤에 비가 와서 길이 어찌나 미끄러운지, 바위옷을 밟다 미끄러져 죽을 뻔했어요."

바가지를 받아든 무송이 다짜고짜 평상 모서리에 후려쳐 깨뜨려버렸다. 그리곤 천연덕스러운 표정으로 다시 술을 들이켰다. 주몽의 얼굴 위에 긴장된 빛이 더욱 짙어졌다.

"그 아까운 걸……."

"무슨 놈의 쇠가 이리 약해. 허 참, 이상한 노릇이군……."

주몽이 놀란 소리를 냈다.

"쇠, 쇠바가지였어요?"

"그렇지 않고. 그런데 하룻밤 만에 쇠바가지가 박바가지로 바뀌다니, 거 참 무슨 조화속인지 모르겠구먼."

주몽이 찔끔한 표정이 되어 무송의 눈치를 살폈다. 그럴 것이 산을 오르지 않고 아침 나절 내내 저자 구경을 하다 돈을 주고 사온 것이 그 부서진 바가지였다.

무송이 고개를 갸웃거리며 다시 무어라 중얼거리는 것을 보며 주몽은 자리에서 일어났다. 그리고 입속말로 무송을 향해 욕과 저주를 퍼부으며 산을 오르기 시작했다.

◆ ◆ ◆

화려장엄해야 할 국왕의 거둥이다. 하지만 이날 아침 금와의 궐 밖 행차는 어딘지 이전과는 별다른 느낌을 주는 모양새였다. 사냥복을 입고 애마의 안장에 궁대와 동개를 매단 양을 보면 영락없이 사냥에 나선 대왕의 모습이었다. 하지만 위엄이 넘치는 군왕의 황기와 호종扈從하는 궁실 근위대의 위풍당당한 모습, 그리고 국왕의 사냥에 으레 동행하곤 하는 왕공 대신들과 장군들은 보이지 않았다. 대신 대사자 부득불과 대장군 흑치, 무장한 여남은 명의 궁실 위사들만이 단출하게 금와를 배행하고 있을 뿐이었다. 더구나 그들 행렬이 향하고 있는 곳은 궁실의 사냥터인 형혹산이 아니라 산세가 험하기로 소문난 도성 북쪽의 금성산이었다.

금와의 행렬이 도성 밖 너른 들판을 지나 금성산 자락의 그림자 속으로 들어선 지 한참, 하늘을 가린 빽빽한 떡갈나무숲을 벗어나자 훤하게 트인 공터가 나타났다. 그곳에 청석판으로 지붕을 인 야장간冶匠間 서너 채가 자리 잡고 있었고 뒤편 언덕 아래로 세 기의 고로高爐가 시뻘건 불길을 내뿜고 있었다. 지붕 사이사이로 열기를 가두기 위해 만든 좁고 꼬불꼬불한 굴뚝들이 하늘을 향해 솟아올라 있는 게 보였다. 바로 부여의 철제 병기 제작소인 철기방鐵器坊이었다.

미리 연통을 받고 야장간 앞에 나와 기다리던 두건 차림의 사내가 머리를 조아려 금와 일행을 맞았다. 한여름임에도 두터운 검은 옷을 입고 검게 탄 얼굴에 부리부리한 두 눈이 불꽃처럼 빛나는 이 중년의 장인은 모팔모牟八毛란 이름의 부여국 철기방 야철대장이었다.

"폐하! 납시었습니까?"

모팔모의 안내를 받아 금와가 야장간 안으로 발을 들여놓자 요란한 망치 소리에 앞서 한여름의 폭염을 무색케 하는 숨막히는 열기가 온몸으로 달려들었다. 거대한 야철로에선 뜨거운 불길이 오르고 있었고, 낙타등처럼 생긴 가죽으로 만든 커다란 고풍로에는 웃통을 벗어부친 건장한 체격의 사내들이 달라붙어 쉬지 않고 바람을 일으키고 있었다. 한쪽 단조장에서 벌겋게 단 쇳덩어리를 모루 위에 놓고 망치로 내리치는 소리가 묵직한 충격을 동반한 채 귓전을 파고들었다.

금와와 부득불은 모팔모의 안내에 따라 야장간 내부를 둘러보았다. 채 몇 걸음을 내딛기도 전에 금와의 몸은 흥건한 땀으로 젖어들었다.

야장들이 작업하는 모습을 둘러보는 금와의 얼굴에는 무거운 긴장감이 어려 있었다.

"새로이 시도했다는 강철 제조법은 어느 정도 성과가 있는가?"

"새로운 방법으로 만든 강철을 이용하여 철검을 제작하고 있습니다. 지금은 주물 작업을 마치고 단조를 하고 있는데, 한 삭朔이 이르기 전에 폐하께서 기다리시는 강철검이 만들어질 것입니다."

"오오……."

기대와 희망이 담긴 탄성이 금와의 입에서 나직이 흘러나왔다.

이곳 금성산 깊은 곳에 철기방이 만들어진 것은 서너 해 전의 일이었다. 성 안에도 괴련강을 생산하는 제강소와 이를 재료로 병장기를 제조하는 단철장이 있었지만 이곳은 성 안의 여느 그것들과는 다른 곳이었다. 곧 중원의 한나라에서 개발하였다는 초강법炒鋼法의 비밀을 밝혀 새로운 강철 무기를 제작하기 위해 나라에서 운영하는 국가 공방工房이었다.

초강법. 과거 무르고 딱딱한 연철과 주철의 단점을 개선하여 강도를 획기적으로 높인 강철을 생산하는 방법을 이른다. 주철을 녹인 쇳물에 목탄 같은 탈탄제를 넣어 주철의 과도한 탄소량을 줄임으로써 일거에 다량의 강철을 생산하는 이 방식은, 그러나 온도와 미세한 탄소량의 조절에 어려움이 있어 많은 나라에서 수없이 시도했음에도 성공하지 못한 고도의 제강 기술이었다. 그리고 그러한 사정은 부여도 마찬가지였다. 하지만 일찍이 한은 이 초강법을 개발하고 이렇게 생산한 철을 재료로 창검과 갑주를 만들어 무장함으로써 중원을 통일하고 이웃 나라를 제압하는 무력의 기반으로 삼았다.

이런 까닭에 한은 이웃 나라들이 강철검으로 무장하는 것을 꺼려 자신들의 선진 제강 기술인 초강법이 새어나가는 것을 엄격히 금하고 있었다. 뿐만 아니라 철기 자체의 국외 반출도 엄격히 금하고 있었다. 그리고 주변 나라들이 이 초강법을 개발하는 것조차도 장차의 위협으로 간주하여 수시로 사신을 파견, 철기 제작을 감시하고 점검하는 실정이었다.

하지만 새로운 철기를 개발하지 않고는 장차 있을지도 모를 한의 야욕, 옛 조선에게 그러했듯 또다시 동이 땅에 대한 그들의 침략 야욕을 물리치기 어려우리라는 것을 누구보다 깊이 인식하고 있던 금와였다. 부여에서 가장 뛰어난 야장이라는 모팔모를 발탁하여 금성산 속 깊은 곳에 철기방을 세우고 초강법의 개발에 힘을 쏟은 것이 그런 까닭에서였다. 깊은 산중에 철기방을 차린 것은 숲의 풍부한 나무를 야철로의 땔감으로 사용하기에 용이한 까닭도 있지만, 새로운 철기의 개발에 애쓰는 부여를 견제하려는 한의 감시의 눈길을 피하기 위함이 더 큰 이유였다.

하지만 새로운 강철을 만드는 법, 초강법의 비밀을 밝히는 일은 결코 쉬운 일이 아니었다. 수많은 시행착오를 겪으며 새로운 강철의 제조법을 궁구해나갔지만 아직도 만족할 만한 정도의 강철을 생산하지 못하고 있는 처지였다. 그런데 오늘 야철대장이 초강법으로 만든 시제품을 곧 선보이리라 하니 어찌 기쁘지 않을 일인가. 금와는 마필에 실어온 음식과 이런저런 값진 물건을 풀어 모팔모와 야장들의 노고를 치하했다.

"장차 우리 부여국의 명운이 그대들의 손에 달렸다는 말은 결코 과장이나 허언이 아닐세. 초강법에 의한 철검이 만들어지는 날, 부여의 만백성이 다 함께 그대들의 노고를 칭송할 것이네."

"황송합니다, 폐하. 폐하와 이 나라 백성을 위해 분골쇄신 노력하겠습니다."

모팔모의 말에 금와를 호종하여 야장간을 둘러보던 부득불도 미더운 빛을 띤 얼굴로 말했다.

"우리 부여의 8만 군사를 강철 병기와 갑주로 무장할 수 있다면 한이든 흉노든 더 이상 중원 오랑캐의 눈치를 보며 마음에 없는 예를 갖추는 수모를 당하지 않아도 될 것입니다. 더구나 명실공히 동이의 일대강국으로 군림할 수 있을 것이니, 이를 생각하면 가슴속으로 한 줄기 시원한 가을바람이 불어오는 듯 마음이 청신해지며 입가에 웃음이 그치질 않습니다."

"어찌 그렇지 않겠소. 힘이 뒷받침되지 않는 평화란 거리에 버려진 주인 없는 보석과 같아서 누가 손을 내밀어 훔쳐갈지 알 수 없는 노릇이오. 하지만 대사자 말처럼 우리 부여도 강철 병기로 무장한다면 감히 어느 누가 우리 부여의 강역을 넘볼 것이오."

"그렇습니다, 폐하. 이 모두가 영용하신 폐하의 심모원려가 있기 때문이니, 우리 부여의 홍복洪福이라 하지 않을 수 없습니다."

"허허허, 대사자께서 그런 듣기 좋은 말도 할 줄 아시오? 하지만 그것은 이 몸의 덕이 아니라 만세 전부터 이 땅과 백성을 돌보시는 거룩한 천신의 가호이시니, 어찌 나의 공이라 치사하리오."

기분이 흔연해진 금와가 다시 한번 시원한 웃음을 터뜨렸다. 금와는 새삼스럽게 눈길을 들어 저마다 일에 여념이 없는 야장들을 바라보았다. 한결같이 여위고 지쳐 보이나 또한 불타는 의지가 넘쳐나는 그들의 얼굴을 보며 금와는 절로 가슴이 뜨거워지는 것을 주체할 수 없었다.

소가 끄는 수레에 앉아 연타발은 긴장한 눈길로 거리를 내다보았다. 부여성의 번화가인 궁성 앞 거리를 따라 양쪽으로 늘어선 집들은 한결같이 너른 정원을 갖춘 대저택들로, 대개 부여국의 이름난 대신과 장군들의 집이었다. 그런 집들을 건너다보며 연타발은 지금 자신이 만나러 가는 자가 결코 만만치 않은 위인임을 절감했다. 졸본 상단의 여각을 나서기 전 게필이 전해준 얘기는 어지간한 연타발을 놀라게 하기에 부족함이 없었다.

부여성의 가도를 걸어 연타발의 수레가 멈춘 곳은, 성 북쪽 끝에 있는 서민들 마을의 한 귀퉁이에 자리한 작은 귀틀집 앞이었다. 보잘것없는 통나무를 겹겹이 쌓아 벽을 삼은 낡은 집 앞에 선 연타발은 다시 한번 서늘한 두려움이 가슴을 파고드는 것을 느꼈다. 이곳이 부여국 대사자 부득불의 사저라니…….

늙은 겸인의 안내를 받아 연타발은 접객실에서 부득불과 마주앉았다. 방 안의 기물들 또한 어느 것 하나 그 주인이 일국의 재상임을 드러내는 것이 없는 소박한 것들뿐이었다. 단지 방 안쪽 벽 앞에 놓인 반들거리는 자단목 책탁자와 그 위에 놓인 두터운 양피지 두루마리만이 쉽게 보기 어려운 물건이었다.

거친 베돗자리를 깐 평상 위에서 부득불은 조용한 눈길로 연타발을 건너다보았다. 반백의 머리에다 부리부리한 봉안鳳眼에서 쏟아져나오는 안광이 젊은이 못지않게 날카로워 보이는 초로의 사내였다. 연타발이 머리를 조아려 예를 올린 뒤 마주앉았다.

"졸본의 연타발이라 합니다. 이렇게 귀한 자리를 허락하여 주셔서 감사합니다."

"겸사가 지나치십니다. 말로만 듣던 동이 제일의 거상이자 계루국의 군장께서 친히 누옥을 방문하시니 송구할 따름입니다."

"당치 않으신 말씀입니다. 대부여국 대사자 어른의 하늘 같은 위명은 진작부터 들어온 참이었습니다. 이 몸이 불민하여 지금에서야 뵈오니 그저 감격스러울 뿐입니다."

"그래, 이 몸을 만나러 먼 길을 오신 까닭이 무엇입니까?"

머리와 꼬리를 자르고 던진 부득불의 말에 연타발은 문득 허를 찔린 느낌이었다. 하지만 천하를 두루 다니며 교활하기가 늙은 암코양이보다 더한 중원의 장사꾼들을 상대해온 연타발이었다.

"이 몸은 한 푼의 이문이 있는 곳이라면 땅끝이라 할지라도 마다하지 않는 상고배입니다. 그런 까닭으로 청맹과니처럼 진땅 마른땅을 가리지 않고 천하를 두루 다니다 보면 이따금 세상의 진귀한 소문들이 들려올 때가 있습니다. 전날 저의 어두운 귀에 들려온 풍설 하나가 하 괴이하여 이렇게 무례한 걸음을 옮겼습니다."

"어디 말씀해보십시오."

"중원 북방의 대초원을 지배하던 흉노가 한의 줄기찬 공격에 점차 힘을 잃어 북쪽의 사막지대로 밀려나자 이 지역의 힘의 공백을 틈타 새로운 세력으로 부상하고 있는 것이 바로 동호東胡의 일파인 선비鮮卑족입니다. 그들 족속이 흉노의 쇠퇴를 기화로 남진하여 조금씩 그세를 불려가고 있음은 대사자 어른께서도 아실 것입니다."

"……."

"이런 선비족이 어리석게도 동쪽으로 눈을 돌려 부여의 경계를 넘보려 한다는 소문입니다. 본디 기질이 흉포하고 야만적인 기마족인지라 그들 족속이 야욕을 드러낸다면 부여에 큰 앙화가 되지 않을까 염려가 됩니다. 하초에 기력을 잃고 허구한 날 모여앉아 입질로 세상을 지었다 부수는 늙은이들이 만들어낸 허황한 소문일 것이 분명하지만, 그 내용이 마음에 걸려 아둔한 머리에 담아두었습니다."

잠시 노성한 장사꾼처럼 무게를 재는 듯한 눈으로 연타발을 바라보던 부득불이 문득 호탕한 웃음을 터뜨렸다.

"하하하…… 과연 괴이한 풍설이군요. 그런 허황한 뜬소문을 가지고 이 먼 길을 오셨다 하니 균장께서도 다정이 지나치신 분임에 분명한 듯합니다."

"대사자 어른!"

"제 말을 들어보십시오. 일찍이 대흥안령산맥* 일대에 정착해 살며 오랫동안 흉노의 지배를 받아온 선비는 예나 지금이나 아직 문명의 훈기를 쐬지 못한 야만적인 족속입니다. 비록 작금에 들어 세를 불리고 있다 하나 변변한 병장기와 갑주 하나 제대로 갖추지 못한 잡졸에 불과한 무리가 감히 우리 부여를 넘보려 한다니, 천하가 웃을 일입니다. 하하하……."

"꼭 그리 보실 일만은 아닙니다. 비록 선비가 한미한 족속이라 하나 그들의 뒤에는 한이 있습니다. 선비가 공교로운 때에 남진하여 흉노의 땅을 점유하기 시작한 것이 절로 그리된 일이라 생각하십니까?"

"선비의 뒤에 한이 있다니, 무슨 말씀입니까?"

"오랜 세월 흉노는 한의 큰 고질이자 병통이었습니다. 무제 치세 이래 흉노의 정벌에 갖은 노력을 기울여 이제서야 한의 북변에서 흉노

---

* 대흥안령산맥 : 중국의 몽골 고원과 둥베이東北 대평원의 경계를 이루는 산맥.

의 세력을 저만치 밀어냈습니다. 그런 그들에게 한 가지 아쉬움이 있다면 동북의 북변에서 부여를 견제해온 흉노가 더 이상 그 역할을 하지 못한다는 것입니다. 그간 흉노는 한뿐만 아니라 부여에도 큰 위협이었습니다. 그러니 이제 누군가 흉노를 대신해 중원의 동북 땅에서 부여를 견제해줄 세력이 필요한 것은 당연한 일이라 하겠습니다. 그런데 선비가 그 자리를 대신한다면 한으로서는 어찌 반가운 일이 아니겠습니까."

"음…… 그렇다 하나 감히 선비의 세력으로 우리 부여를 넘볼 마음을 낸다는 것은 생각할 수 없습니다. 그야말로 계란으로 바위를 친다는 말이 이를 두고 하는 말일 것입니다."

"하하하…… 천하의 잇속은 요철처럼 맞물려 있어, 하나가 튀어나오면 하나는 들어가게 마련이지요. 한의 생각이 선비와 짝이 맞을지 부여와 짝이 맞을지는 두고 볼 일이지요. 아마도 그리 오래 걸릴 일은 아닌 듯싶습니다."

"……"

"하지만 생각하면 북쪽 황무지의 오랑캐 따위가 감히 대부여를 넘보리라고는 생각할 수 없습니다. 대사자 어른의 말씀이 천 번 만 번 지당합니다. 심약한 자의 어리석은 생각임에 분명하니 대사자께서는 괘념치 마십시오. 하하하……"

잠시 생각에 잠긴 듯 말이 없던 부득불이 고개를 들어 연타발을 건너다보았다.

"군장께서 한낱 거리의 풍설을 전하기 위해 천 리 길을 오셨다고 믿지는 않습니다. 절 찾으신 까닭이 달리 있을 것입니다."

"하하하…… 역시 대사자 어른이십니다."

한바탕 호탕한 웃음을 터뜨리고 난 연타발이 마당을 향해 목소리를 냈다.

"사용이 거기 있느냐?"

마당에서 대답이 들리고, 이어 검은 옻칠을 한 나무상자를 양손에 받쳐든 사용이 방 안으로 들어섰다. 연타발이 상자에서 자줏빛 비단에 감싸인 보도 한 자루를 꺼내 다담상 위에 올렸다. 내내 얼음 같은 냉정을 유지하던 부득불의 눈길이 순간 크게 흔들렸다. 연타발이 고개를 숙여 예를 표한 뒤 말했다.

"대사자 어른께 올리는 저의 정성입니다. 거두어주시기 바랍니다."

"웬 칼입니까, 군장 어른?"

"이 몸이 이번에 한의 장안에 갔다가 하늘의 도움을 입어 가까스로 손에 넣은 철검입니다. 이 칼을 제게 건넨 자의 말로는, 근자에 한이 커다란 노력을 기울여 천 번의 실패와 만 번의 좌절 끝에 만든 철검이라고 합니다. 이 칼은 그 강도나 견고함이 지금껏 세상에 나온 어떤 칼보다 무상상無上上의 것이라 천하에 이 칼로 베지 못할 것이 없다고 합니다. 이전에 한이 개발한 강철검도 진흙처럼 베었다고 합니다."

부득불이 손을 뻗어 칼집에서 칼을 뽑아들었다. 검신에서 뿜어져 나온 흰빛이 방 안의 공기를 얼릴 듯 차갑게 번득였다. 예사롭지 않은 빛을 발하는 검을 바라보는 부득불의 표정에 경탄의 빛이 어렸다. 희미한 미소를 표정 속에 감춘 채 부득불이 하는 양을 지켜보던 연타발이 다시 입을 열었다.

"물론 이전에도 한에서는 강철을 천 번 만 번 단조하여 천련검이니 만련검이니 하는 보검을 만든 바 있지만, 그런 칼들은 한 자루 만드는 데 드는 시간과 공력이 엄청나 귀하기가 호랑이의 뿔에 버금갈 정도였습니다. 하지만 한은 이번에 이 철검을 다량으로 생산하는 법을 마침내 개발하였다고 합니다. 머지않아 한은 성도의 정병은 물론 변방의 보졸까지 이 검으로 무장시킬 것이라 합니다."

"오오……."

부득불의 입에서 나직한 신음이 흘러나왔다.

"그것이 정녕 사실입니까, 군장?"

"어찌 대사자 어른께 거짓을 고하겠습니까? 한은 2백만 대군을 새로이 개발한 철기로 무장시키는 날 천하가 마침내 자신의 손아귀에 들 것이라 공공연히 호언하고 있다고 합니다."

지그시 눈을 감고 생각에 잠긴 부득불의 볼이 푸르르 경련을 일으키듯 떨렸다. 게으른 고양이가 대갓집 마당을 걸어 건널 만한 시간이 흐른 뒤 부득불이 눈을 떠 연타발을 건너다보았다.

"이 귀한 물건을 건네시는 까닭이 달리 있을 듯합니다. 말씀해보십시오."

"폐하를 알현할 수 있게 해주십시오."

"폐하를 말씀이오?"

"그렇습니다."

잠시 말이 없던 부득불이 다시 말을 건넸다.

"계루국 군장께서 대왕 폐하를 알현코자 하는 까닭이 무엇입니까?"

"저는 평생을 장사꾼으로 살아온 사람입니다. 부여국의 대왕 폐하와 더불어 천하의 중한 거래를 해볼까 합니다."

부득불의 주름진 얼굴 위에 얼핏 냉소가 떠올랐다 사라졌다.

"대체 무엇을 사고 무엇을 팔려는 것입니까?"

"필시 폐하께서도 흡족해하실 거래가 될 것입니다. 작은 상인은 자신의 이익만을 생각하지만 큰 상인은 매매하는 모두의 이익을 생각하는 법입니다. 이 거래는 이 몸과 부여국에 다 함께 득이 되는 천하의 큰 거래이니 대사자 어른께서는 염려하지 않으셔도 좋을 것입니다."

산중 옥사의 비밀

"어머니, 주몽입니다."

별궁의 침전 앞에서 주몽이 고했다. 문이 열리고 무덕이 나와 안으로 들라는 어머니 유화 부인의 말을 전했다. 주몽이 읍하고 나서 유화 앞에 앉았다.

"돌아왔습니다, 어머니."

"그래, 무사히 잘 다녀왔느냐?"

"예, 어머니."

유화의 자애로운 눈길이 주몽의 얼굴과 몸을 어루만지듯 가만히 바라보고 있었다. 얼굴과 목에 있는 검은 멍자국을 보지 못하였을 리 없건만 유화의 조용한 표정은 변함이 없었다.

"무술 수련을 시작한 지 어느덧 두 삭이 지났구나. 수련에 어려움은 없느냐?"

"예, 어머니. 선생의 가르침을 좇아 열심히 행하고 있습니다. 어머니께서 심려하실 어려움은 없습니다."

"그래. 큰 강은 배가 없으면 건널 수 없다. 환란의 시절을 건너는 데는 일신의 뛰어난 무용이 든든한 배가 되어줄 것이다. 지금은 비록 평화로운 때이나 언제 무서운 환란이 이 땅과 자신에게 닥칠지 모르니 그때를 대비해 성심껏 수련에 임하도록 하여라."

"명심하겠습니다, 어머니."

유화의 자애로운 눈길을 대하며 주몽은 새삼 얼굴을 가리고 어디론가 숨고 싶은 심정이었다. 수련이라니, 무용이라니……. 주몽은 새삼 무송에 대한 분노와 적의로 입을 열면 불길이 솟구칠 것만 같았다. 망할 놈의 작자 같으니…….

오늘도 주몽은 쫓기는 짐승처럼 허위허위 두타산을 올랐다. 수련을 시작한 이후로 한 번도 빠지지 않고 행해온 일이었다. 말도 안 되는 그 심부름을 하기 싫으면 자신을 이겨 호형呼兄을 받으라는 것이 작자의 뻔뻔스러운 말이었다. 하지만 날마다 주몽이 수굿하게 그 허황된 심부름을 따른 것은 아니었다. 오늘 아침에도 주몽은 무송과 무려 한 식경에 가까운 격검을 벌였다.

처음 무송의 목검을 얻어맞고 나동그라진 이후로 날마다 되풀이된 일이었다. 무송의 초막에 이르면 주몽은 다짜고짜 목검 두 자루를 무송 앞에 내던지며 싸움을 걸었다.

"나한테 지면 내가 당신 형님이 되는 거요. 대장부답게 나하고 한번 붙어봅시다. 어차피 주먹 큰 놈이 어른이라고 말한 건 당신이니까."

그러면서 주몽은 목검을 치켜들고 무송에게 달려들었다. 하지만 오늘도 기어코 목과 등짝에 무송의 목검 세례를 받고 엉덩방아를 찧었을 뿐이었다. 뛰어난 무술 선생은 아닐지 몰라도 뛰어난 무술 솜씨를 가진 주정뱅이인 것만은 분명한 무송이었다. 하지만 주몽은 쓰러지면 일어서고, 일어서서는 다시 무송에게 싸움을 걸었다. 오늘만 해도 대여섯 번을 나동그라지면서도 끈질기게 무송과 격검을 벌였다.

처음엔 단 한 번이라도 무송의 뻔뻔스러운 낯짝을 후려 코를 납작하게 하고 호형을 하게 하자는 생각이었다. 그런 다음에는 두 번 다시 되돌아보지 않고 씩씩하게 산을 내려올 생각이었다. 그럴 수만 있다면 자신의 팔 한쪽 정도는 떼주어도 아깝지 않을 것 같았다.

하지만 이즈음 주몽의 생각은 다른 것이었다. 그날 처음으로 늙은 소나무숲에 발을 들여놓은 날 든 생각 때문이었다. 반드시 무송을 이겨 의문에 싸인 산 속 옥사의 비밀을 밝혀내리라 마음먹었다. 더구나 무송은 자신의 공격을 다섯 합만 받아내면 주몽을 형님이라 부르겠다고 호언하지 않았던가.

주몽은 이를 위해 노력을 아끼지 않았다. 도리 없이 산을 다녀온 다음에는 혼자 빈 숲으로 들어가 검술을 연습했다. 자신과 상대하며 보인 무송의 보법과 검식을 머릿속에 떠올리며 하나씩 익혀나갔다. 그 자신도 놀랄 만한 맹렬한 몰두였다. 저 밉살맞은 작자를 한 번만 꺾을 수 있다면 당장 죽어도 여한이 없으리라는 마음조차 들었다. 하지만 날마다 그렇게 연습을 거듭해도 무송의 무예는 번번이 주몽의 목검 저만치 밖에 있었다.

하지만 달라진 점이 아주 없지는 않았다. 처음 대결을 시작하던 때는 무송의 한 차례 발검에 허무하게 나동그라졌지만 이제는 제법 그럴듯하게 공방을 맞추고 있었다. 수십 번씩이나 거듭 대결을 벌이며 무송의 검의 움직임을 익혀온 주몽이 그에 대한 대응을 나름대로 연구하고 연습한 결과였다. 처음엔 그런 주몽의 도법에 시답잖은 웃음을 날리던 무송도 이즈음엔 검을 쓰는 사이사이 잘못된 자세와 움직임을 스스로 시전해 보임으로써 바로잡아주곤 했다. 오늘도 주몽은 무송의 목검을 맞아 무려 한 식경에 이르도록 공방을 벌였다. 대결의 말미엔 무송조차 긴장된 빛을 띠며 전력을 가다듬는 것이 주몽의 눈에 보일 정도였다.

망할 놈의 작자. 이제 두고 보아라. 내 반드시 그 밉살맞은 낯짝에 목검 자국을 새겨넣고야 말 터이니…….

"무슨 생각을 그리 골몰히 하느냐?"

유화가 빙그레 미소 띤 얼굴로 주몽을 건너다보고 있었다.

"아닙니다, 어머니. 참, 그런데 오늘 이상한 일이 있었습니다."

"무슨 일이 있었다는 게냐?"

"수련을 마치고 궁으로 돌아올 때 이상한 노인을 만났습니다."

산머리에 다녀온 뒤 초막 마당에서 한 시진가량 검술 수련을 하고 난 뒤에야 주몽은 산을 내려왔다. 성문을 들어설 무렵엔 어느덧 저녁 어스름이 땅 위로 내리고 있었다. 성문에서 대궐의 북문으로 가려면 기루와 주막이 즐비한 번화가 네거리를 경유해야 했다. 주몽이 때이른 술꾼들로 붐비는 주막거리를 막 빠져나왔을 때였다.

거리 저편에서 모를 쓰지 않은 날상투 차림에 수염이 하얗게 센 노인과 예닐곱 살 정도로 보이는 어린아이가 손을 잡은 채 걸어오고 있었다. 이른 저녁을 먹고 거리 바람을 쏘이러 나온 조손 같았다. 구월이라 하나 아직도 낮 동안은 나무그늘을 살필 만큼 햇볕이 뜨거웠다. 칭얼대는 아이를 달래며 걸음을 옮기던 노인이 어느 때 덜미를 잡힌 듯 자리에서 멈춰 섰다. 그리고 불 같은 시선으로 마주 오는 주몽을 노려보기 시작했다.

노인이 희미한 저녁빛 속에 우두커니 서서 경악한 눈길로 다가오는 주몽을 노려보고 있었다. 그러더니 주몽이 서너 걸음 가까이로 다가서자 길 위에 털썩 무릎을 꿇었다.

"자, 장군님……."

느닷없는 노인의 행동에 당황한 주몽이 걸음을 멈추었다. 노인은 그에 머물지 않고 이마가 땅에 닿도록 큰절을 올렸다. 형편이 그러하자 주몽이 다가가 노인을 일으키지 않을 수 없었다.

"노인장! 아무래도 사람을 잘못 보신 모양입니다. 저는 장군이 아닙니다."

"장군님! 살아 계셨군요. 절 잊으셨습니까? 지난날 현토성의 잔치에서 태수에게 목숨을 잃을 뻔한 저희들을 구해주셨지 않습니까. 장군님께서 억울한 죽음을 당하셨다는 소문을 듣고 오랜 세월 피눈물을 흘리며 애통해하였더니 이렇게 살아 계셨군요, 장군님!"

노인의 떨리는 목소리는 점차 감격에 겨운 울음으로 변해갔다. 예기치 않은 일에 주몽이 어찌할 바를 모르고 서 있자, 주름진 얼굴이 온통 눈물로 젖은 노인이 주몽을 올려다보며 말했다.

"장군님, 이렇게 장군님께서 건재하시니 우리 조선의 부흥의 꿈도 이 땅에서 사라지지 않았습니다. 이 늙은 몸이 이토록 구차한 목숨을 부지해온 것이 오늘 장군님을 뵈려 그러하였던 모양입니다. 해모수 장군님……."

"해모수 장군이라 하였느냐?"

경악에 찬 유화의 목소리가 방 안을 울렸다. 하얗게 핏기를 잃은 얼굴이 주몽을 바라보고 있었다.

"정녕 그 노인이 그리 말하였느냐?"

"예, 어머니! 해모수 장군이라 하였습니다."

"……"

일찍이 어떤 일에도 침착함을 잃은 적이 없었던 유화가 주몽의 말에 입술을 떨며 놀라고 있었다. 주몽이 의아하여 물었다.

"어머니, 어찌 그리 놀라십니까?"

"그래서 어찌하였느냐?"

"그뒤에도 조선의 부흥이니, 잃어버린 신성왕국이니 하는 알 수 없는 말을 늘어놓아 실성한 노인이려니 하고 그 자리를 피하였습니다."

"……"

"그런데 어머니, 노인이 말한 해모수란 장군이 누구입니까? 누구기에 절 보고 그런 착각을 한 것일까요?"

말없이 고개를 들어 허공을 우러르는 유화의 눈자위가 붉게 물들어 있었다. 희고 고운 목선이 문득 더할 수 없이 서러운 빛을 띠는 듯하여 주몽은 가슴이 저려왔다. 일찍이 한 번도 본 적이 없었던 어머니의 모습이었다.

"어머니!"

"……네 말처럼 실성한 노인이 분명한 듯하구나. 이제 그만 네 처소로 건너가거라."

"……"

"주몽아!"

"예, 어머니."

"오늘 일은 어느 누구에게도 다시 발설해서는 안 된다. 이 어미의 말을 반드시 명심하여라!"

어머니 앞을 물러나와 자신의 처소로 돌아가는 주몽의 마음이 헝클어진 실타래처럼 어지러웠다.

어머니는 어이하여 그 일을 두고 저리도 놀라신단 말인가. 노망 든 노인의 어이없는 헛소리인 것을. 날 보고 해모수 장군이라니…….

하지만 더 큰 의문은 어머니의 놀라움이 아니었다. 그 노인에게서 처음 해모수란 이름을 들은 순간 자신이 느꼈던 알 수 없는 마음의 움직임이었다. 노인의 말을 들은 순간 가슴 깊은 곳에 무겁게 닫혀 있던 어두운 동굴의 문이 열리며 무언가가 자신의 가슴속으로 뛰어나오는 느낌을 주몽은 받았다. 그리고 그 느낌은 이후에도 해모수란 이름을 입에 올릴 때마다 거친 동계가 되어 마음을 흔들었다.

해모수 장군…….

그는 과연 누구란 말인가. 한 번도 들어본 적이 없지만 어딘지 마음의 현을 강하게 자극하는 이름이었다. 슬픈 듯 서러운 듯 허공을 우러르는 어머니의 모습이 궁궐 뜰의 어둠 속에 다시 떠올랐다.

해모수…….

◆ ◆ ◆

궁궐 근위대의 연무장에 공기의 흐름마저 멈춘 듯한 팽팽한 긴장감이 감돌고 있었다. 날마다 창검술을 훈련하는 근위 병사들로 소란하던 연무장이 물을 뿌린 듯 깊은 정적에 잠겨 있었다. 연무장으로 통하는 문 앞에 중무장을 한 위사들이 늘어서 있고, 너른 장대 위에는 부여국 왕 금와와 대사자 부득불, 대장군 흑치를 위시하여 금와의 삼왕자 대소와 영포, 주몽이 자리 잡고 있었다.

굳은 표정을 한 장인 모팔모가 두 손으로 나무상자 하나를 받쳐들고 나아왔다. 내관이 받아 건넨 상자 속의 철검을 받아든 금와의 얼굴이 기쁨으로 환하게 밝아졌다.

"오, 이것이 그대가 새로이 만든 그 철검이란 말인가?"

"그렇습니다, 폐하!"

"수고하였네! 참으로 수고하였네!"

"황공합니다, 폐하!"

가을 햇살을 받아 예사롭지 않은 빛을 발하는 검신을 찬찬히 바라보던 금와의 눈길이 모팔모의 검과 나란히 놓인, 검은 옻칠을 한 오동나무 상자로 향했다. 전날 연타발이 부득불에게 바친 한의 강철검이었다.

대장군 흑치가 일어나 금와에게 읍을 하고 연무장을 향해 소리쳤다.

"위사들은 들라!"

흑치의 영에 따라 적색 갑옷과 홍색 갑옷을 입은 군관 둘이 연무장으로 들어와 장대를 향해 엄숙한 군례를 올렸다. 곧 부여의 철기방에서 새로이 만든 철검과 한의 철검을 나누어 든 두 군관이 연무장 너른 마당의 중앙에 마주섰다. 바야흐로 부여가 오랜 시간을 두고 개발한 철기의 성능을 시험하기 위한 검투가 벌어지려는 순간이었다.

금와의 바른편에 앉은 태자 대소가 고했다.

"폐하! 소자에게 한 가지 생각이 있습니다."

"무엇이냐?"

연무장으로 향해 있던 눈길들이 대소를 향했다.

"이번 새로운 철기의 개발은 우리 부여의 큰 경사가 아닐 수 없습니다. 해서 이 기쁜 일에 나라의 왕자들이 그 한자락이나마 참여케 함이 어떨까 합니다."

"왕자들이?"

"그렇습니다. 두 아우 영포와 주몽이 저들을 대신해 검투에 나설 기회를 허락하여 주십시오."

"으음……"

하지만 지난해 영고의 비무대회에서 겪은 주몽의 낭패를 기억하고 있는 금와가 난색을 띠었다. 대소가 말했다.

"물론 아우들이 응하지 않는다면 어쩔 수 없는 일이겠습니다. 영포야, 네 뜻은 어떠냐?"

"좋습니다, 형님!"

영포가 즉각 찬성하고 나섰다. 대소의 시선이 주몽에게로 향했다.

"넌 어떠냐?"

주몽의 얼굴에 당황한 빛이 가득했다. 금와가 우려를 담은 눈길로 주몽을 바라보고 있었다. 잠시간의 망설임 끝에 주몽이 대답했다.

"형님의 뜻에 따르겠습니다."

명을 받은 내관들이 바람 소리가 나게 어디론가 달려가고, 곧 영포와 주몽 두 왕자가 갑옷을 갖춰 입고 연무장 위로 나섰다. 영포가 든 것은 한의 철검이었고 주몽의 손에 들린 것은 모팔모가 만든 부여의 철검이었다.

용력으로는 부여에서 당할 자가 없다는 영포였다. 거기다 대장군 흑치에게 검술을 사사한 지도 여러 해라 일신의 무용이 범상한 수준은 아니리라는 것이 사람들의 짐작이었다. 시작을 알리는 뿔피리 소리가 울리기 무섭게 검을 회초리처럼 가볍게 휘두르며 상대를 향해 달려들었다.

눈 깜짝할 사이에 수십 합의 어지러운 혼전이 눈앞에서 펼쳐졌다. 영포의 무예는 사람들의 기대를 저만치 뛰어넘는 것이었다. 거칠고 급한 성정 탓에 검식의 정세함은 다소 모자란다 하여도 역발산의 용력에 실어 휘두르는 검의 위세는 가히 태산을 무너뜨리고 구름을 흩어버릴 만한 것이었다.

하지만 그에 못지않게 또한 놀라운 것이 주몽이 펼쳐 보이는 무예였다. 영포의 위맹한 칼날 아래 대나무처럼 쪼개질 듯 위태로워 보이면서도 번번이 날아드는 검을 절묘한 보법과 검식으로 피하고 맞받으며 영포의 공격을 무위로 돌리고 있었다. 게다가 영포의 거친 공격 사이사이 바늘끝처럼 예리한 공격을 내밀어 영포뿐 아니라 지켜보는 이들의 탄성을 자아내고 있었다. 전력을 다한 접전이 쉴 새 없이 이어지면서 사람은 보이지 않고 칼에서 뿌려지는 희고 푸른 검기만이 자옥하게 연무장을 채우고 있는 듯하였다.

"허어……."

연무장에서 벌어지는 일대 접전을 바라보는 이들의 입에서 앞을 다투어 탄성이 흘러나왔다. 경이와 감탄이 뒤섞인 탄성이었다. 영포의 놀라운 힘과 무술은 어느 정도 요량이 되는 바였다. 하지만 유약한 성정에 문약해 보이는 주몽이 저런 놀라운 무공을 숨기고 있으리라고는 누구도 짐작하지 못한 일이었다.

그 가운데서도 가장 큰 놀라움은 대소의 것이었다. 불과 지난 겨울 비무대회에서 자신의 협도 아래 비루먹은 개처럼 헐떡이며 수모를 당한 주몽이 아니던가. 그런 놈이 언제 저런 고강한 무예를 익혔단 말인가. 더구나 죽은 목숨에서 살아 돌아온 뒤 날마다 하는 일이라곤 반편처럼 멍하니 후원 연못 가에서 정신을 놓고 있거나 저잣거리를 배회하는 일뿐이라고 하지 않았던가.

대소는 다시 한번 주몽에게서 일어나는 해괴한 일, 사람의 지각을 뛰어넘는 기이한 현상, 주몽을 에우고 있는 보이지 않는 신비한 힘을 목도한 느낌에 가슴이 떨렸다.

하지만 놀라움이라면 주몽 또한 그들 못지않았다. 자신 영포의 철검을 맞아 검식을 펼치고 있으면서 칼과 두 다리가 영포의 공격과 수비에 요철처럼 맞아떨어지고 있음이 다만 놀라울 따름이었다. 병기를 들기만 하면 가슴이 답답하고 양다리가 쇳덩이를 매단 듯 무겁던 증세에서 벗어난 것은 전날 소서노라는 계집아이의 쌍검을 상대하면서 경험한 바지만, 힘과 기세가 천하에 둘째가라면 서러울 영포를 맞아 조금도 모자람 없이 맞서 대응하는 자신이 스스로 놀랍기 그지없었다.

영포의 날카롭고 세찬 칼날이 자신을 향해 날아들 때마다 무송과 죽기 살기로 대결하던 때 무송이 펼쳐 보이던 검식이 떠올랐다. 그 자신 또한 비록 서투나마 무송의 검식을 흉내 내본 바였기 때문에 이를 펼치는 데 어려움이 없었다. 그제야 비로소 주몽은 그 분별없는 막싸움 같은 대결을 통해 무송이 자신을 가르쳐왔음을 깨달았다. 영포의 벼락 같은 공격을 수십 합에 이르도록 견디어내면서도 그다지 힘에 겹지 않은 것 또한 날마다 계곡을 건너뛰고 언덕을 달리며 아스라한 두타산 산봉을 오르내린 탓이란 것을 깨달았다.

쉴 새 없는 공격을 퍼붓는 영포의 얼굴이 수치와 분노로 불을 지핀 듯 달아올라 있었다. 아버지와 형이 보는 앞에서 주몽의 코를 납작하게 하여 그간 자신이 익힌 무예를 뽐내려던 생각은 사라진 지 오래였다. 잘못하다간 자신이 두고두고 남을 수모를 당하게 될지도 모른다는 두려움과 불안감이 시간이 흐를수록 커지고 있었다. 하지만 하늘이 땅이 되고 땅이 하늘이 된다 하더라도 그럴 수는 없는 일이었다. 천하의 영포가 멍청이 주몽 녀석에게 패하다니…….

그러자 불길 같은 분노가 가슴속에서 솟구쳐 올라왔다. 영포는 다시 한번 있는 힘을 칼끝에 모아 주몽의 가슴을 찔러나갔다. 허공을 가른 칼날이 주몽의 갑옷 입은 가슴을 꿰뚫을 찰나였다. 몸이 휘어지듯 뒤로 젖혀지면서 칼끝을 피한 주몽이 가볍게 칼을 휘둘러 영포의 칼날을 튕겨내는 동시에 그 기세로 목덜미를 찔러갔다. 가슴속에서 바위가 굴러내리는 소리가 들리는 듯 기겁을 한 영포가 체면을 잊고 몸을 던져 바닥을 뒹굴었다.

간신히 몸을 수습해 바닥에서 일어서는 영포의 얼굴이 붉다 못해 검은 흙빛을 띠고 있었다. 또다시 분별없는 영포의 세찬 공격이 펼쳐졌다. 영포의 모진 칼날이 허공을 사선으로 베며 주몽을 향해 날아들었다. 주몽은 무송이 하던 대로 반보 걸음을 옆으로 내디디며 바람을 맞는 버드나무처럼 부드럽게 몸을 젖혀 칼날을 피한 뒤 그 흐름을 타며 검을 뻗었다. 방어를 염두에 두지 않은 분노에 찬 칼날이 허전한 바람 소리만 남긴 채 허공을 베고 지나가는 순간 눈앞으로 달려드는 주몽의 칼날을 보더니, 영포의 얼굴이 일순 하얗게 바래며 헉, 공포에 찬 신음을 토해냈다. 영포의 투구가 주몽의 칼날 아래 수박처럼 깨져나갈 순간이었다.

"헉!"

단말마 같은 외침을 토해내며 영포가 질끈 눈을 감은 짧은 순간, 허공에서 다가오던 주몽의 칼날이 잠시 멈추는 듯했다. 그 틈을 타 영포가 앞뒤 가리지 않고 죽을힘을 다해 칼을 휘둘렀다.

쨍!

날카로운 금속성이 살처럼 허공을 가르며 솟아올랐다. 동시에 장대 위에서 두 사람의 검투를 지켜보던 이들의 입에서도 한 가닥씩 짧고 날카로운 탄성이 쏟아졌다.

"아……."

날카로운 검기로 어지럽던 연무장이 일순 정적에 빠졌다. 그 위로 중동이 잘린 칼을 든 주몽이 망연자실한 표정으로 우두커니 서 있었다. 대중없이 휘두른 영포의 칼이 주몽의 칼을 나무 베듯 베어버린 것이었다.

연무장을 허겁지겁 가로질러 두 사람에게로 달려가는 이가 있었다. 야철대장 모팔모였다.

빼앗듯 주몽의 손에서 칼을 거둔 모팔모가 떨리는 눈길로 잘려진 칼을 살폈다. 이어 영포의 손에서 칼을 받아들고는 다시 살피기 시작했다. 칼을 살피는 그의 얼굴이 경련을 일으키듯 푸득푸득 떨리고 있었다.

독주에 취한 듯 허청허청 장대로 걸어간 모팔모가 금와 앞에 무너지듯 무릎을 꿇고 부복했다.

"폐하! 이 몸을 죽여주십시오. 이 몸이 불민하여 또다시 폐하의 크나큰 기대를 저버렸습니다, 폐하!"

부여국의 명운을 가름하고 장래를 좌우하리라는 기대 속에 만들어진 새 철검이 한의 강철검에 잘리고 말았다. 이 분명하고도 엄혹한 현실 앞에 누구도 선뜻 입을 열려는 이가 없었다.

"으음……."

긴 침묵의 시간이 흐른 후 금와의 입에서 여린 신음이 흘러나왔다. 모팔모가 다시 머리를 찧듯 깊이 고개를 숙이며 말했다.

"폐하! 이 무능하고 어리석은 자를 벌하여 주십시오. 폐하와 만백성의 하늘 같은 뜻을 따르지 못한 어리석은 자입니다."

"그렇지 않소, 야철대장. 꽃이 없는 열매가 어디 있으며 실패 없는 성취가 어디 있을 것이오. 우물을 파도 물이 솟아나는 곳까지 파기 전에는 아무도 바로 밑에 물이 있다는 것을 알지 못하는 법. 물이 솟아나는 곳까지 포기하지 않고 파야만 비로소 우물을 만날 수 있다는 사실을 잊지 마시오. 대장은 이번의 실패에 의지를 잃지 말고 더욱 힘껏 노력하기를 바라오."

"폐하!"

"대사자."

"예, 폐하. 하명하십시오."

"야철대장과 철기방 야장들에게 후한 은상恩賞을 내려 그간의 노고를 위로하도록 하시오."

"그리하겠습니다, 폐하."

"그리고, 저 한의 철검을 가져온 자의 이름이 무엇이라 하였소?"

"계루국의 군장이며 졸본 상단의 주인인 연타발이라는 자입니다."

"그자를 만나볼 터이니 조만간 입궐토록 조처하시오."

"알겠습니다, 폐하!"

◆ ◆ ◆

"내 귀가 잘못되지 않고서야 어찌 그 말을 믿으란 말이냐? 나는 개가 호랑이를 물었다는 말은 믿어도 그 말은 믿을 수가 없다!"

"……."

원후의 노한 목소리가 왕후전 기둥을 쩡 울렸다. 붉게 상기된 얼굴의 원후가 계면쩍은 표정으로 뒤꼭지를 더듬고 있는 영포를 무섭게 노려보았다.

"그것이 정녕 사실이냐? 폐하가 보는 앞에서 영포 네가 그 바보 녀석에게 창피를 당했다는 것이?"

"허 참, 그런 게 아니라니까요, 어머니! 요 며칠 제가 몸이 좋지 않은 데다 전날 먹은 술이 덜 깨어 실수를 한 거라구요. 대체 절 뭘로 보시고 그런 말씀을 하세요. 설마 제가 그 바보 녀석한테……."

"시끄럽다! 단칼에 베어 죽여도 시원치 않을 녀석에게 진땀을 흘리며 뒷걸음질을 친 것이 네가 아니면 네 그림자란 말이냐?"

원후의 호통에 영포가 풀 죽은 표정이 되어 고개를 숙였다.

"세상에 어찌 이런 일이 있을 수 있단 말이냐? 그렇지 않아도 그것들을 생각하면 울화가 치밀어 잠을 이룰 수 없는 터인데, 이런 일이 벌어지다니. 내 눈에 흙이 들어가기 전에는 그것들이 내 자식 앞에 서는 일은 두고 볼 수 없다."

"……."

"대소야!"

원후의 눈이 영포 곁에 앉은 대소를 향했다.

"예, 어머니."

"나는 아직도 영문을 알 수가 없다. 정말 그놈의 무술이 그토록 고강하단 말이냐? 영포가 누구냐? 그 무예가 비록 너에 미치지는 못할망정 부여에서는 상대를 찾기 어려울 것이라고 칭찬이 자자하지 않았더냐? 그런데 어찌하여 주몽 따위가 영포를 이길 수 있다는 말이냐?"

"주몽은 그간 무예를 연마하고 있었음이 분명합니다. 그렇지 않고
서야 그런 뛰어난 솜씨를 보일 리가 없습니다. 오늘 주몽이 펼친 검식
으로 보아 혹치 대장군이나 부여 궁실의 무인에게 사사한 것이 아닌
듯합니다. 아직 검결과 보법이 완숙한 경지에 이른 것은 아니지만 분
명히 누군가 뛰어난 명인에게 사사하고 있는 것만은 분명합니다."

"그렇다면, 대체 그 녀석이 어디서 그런 무술을 배웠단 말이냐?"

잠시 생각에 잠긴 듯하던 대소가 말했다.

"주몽이 날마다 자신의 거처에서 꼼짝하지 않고 있다는 별궁 여관
들의 얘기는 사실이 아닌 듯합니다. 틀림없이 어디선가 뛰어난 무인
에게 무술을 배우고 있는 것이 분명합니다. 요즘 그 녀석의 모습과 태
도가 어딘지 이전과는 달라 보이는 듯하여 오늘 폐하께 청해 영포와
검투를 벌이게 하였던 것인데, 제 짐작이 틀리지 않았습니다."

"그럼, 그 망할 자식이 숨어서 검술을 익히고 있었단 말이우?"

참고 있던 부아를 터뜨리며 영포가 벌컥 소리쳤다. 그러다 대소의
엄한 눈빛에 찔끔하는 표정이 되어 다시 되물었다.

"그렇다면 형님, 그놈이 어디선가 고수를 청해 궁궐 안에서 은밀히
무술을 수련하고 있다는 말씀이시우?"

"그것은 알 수 없는 일이다. 아무도 몰래 궐 밖으로 나가 수련을 하
는지도. 영포야!"

"예, 형님!"

"내일부터라도 당장 사람을 붙여 주몽의 행적을 철저히 감시하도록
해라. 녀석이 무얼 하든지 일거수일투족을 빠뜨리지 말고 살펴 나에
게 고하여라."

말을 하는 대소의 얼굴에 촛불의 그림자보다 짙은 그늘이 드리워져 있었다. 대소는 다시 한번 주몽을 둘러싼 신비한 힘의 실체를 목도한 느낌에 두려움을 느꼈다. 설사 하늘의 신인이 내려와 주몽에게 검술을 가르쳤다고 해도 있을 수 있는 일이 아니었다. 하늘 아래 그 누구도 이런 짧은 시간에 그토록 고강한 무예를 익혔다는 얘기를 들어본 적이 없다. 더구나 주몽이 누구란 말인가. 부여 바닥이 다 아는 계집애 같은 사내 녀석, 굼뜨고 약해빠진 겁쟁이 녀석이 아닌가.

도대체 이 아귀 맞지 않는 엉터리 같은 일이 어디서부터 비롯된 것인지를 대소는 가늠할 수 없었다. 계속되는 저 해괴한 일들이 과연 알수 없는 신비한 힘의 개입이라면 이를 사촉하는 하늘의 뜻은 과연 어디에 있단 말인가. 그리고 나와 부여, 그리고 주몽이 향해 가는 미래란 무엇인가.

대소는 가슴속에서 떨려나오는 거칠고 완강한 힘을 느끼며 강하게 어금니를 사리물었다.

하늘의 뜻이 어디에 있든 나는 결단코 녀석이 내 앞길을 가로막는 일을 용납하지 않을 것이다. 아니, 녀석의 존재마저도 용납하지 않을 것이다. 인간의 힘과 지혜로 닿지 못하면 악마의 힘을 빌려서라도 기 필코 녀석을 없애고야 말겠다…….

◆ ◆ ◆

무송은 스스로 믿기지 않는다는 눈치였다.

하나, 둘, 셋, 넷, 다섯.

전력을 다한 공격은 주몽을 쓰러뜨리지 못했다. 놀랍게도 주몽이 자신의 다섯 번에 걸친 공격을 거뜬히 받아낸 것이었다.

그제야 무송은 당황한 표정이 되어 주몽을 바라보았다. 전날 자신이 주몽을 향해 호기를 부리며 한 말이 떠올랐기 때문이었다.

─내 공격을 다섯 합만 받아내면 내가 형님이라고 하지. 하지만 나한테 지면 잔말 말고 내 심부름을 하는 거야. 알았어?

아니나 다를까, 빙글거리는 웃음을 띤 주몽이 곁으로 다가오며 말했다.

"자, 이제 한번 이 형을 불러보시게, 무송 아우!"

"무, 무송 아우?"

무송이 펄쩍 뛸 듯 놀라 주몽을 노려보았다. 주몽이 아랑곳하지 않은 채 천연덕스럽게 웃으며 말을 바닥에 내려놓았다.

"왜 뭐가 잘못되었는가? 자신의 공격 다섯 합을 받아낸다면 나를 형님이라 부르겠다고 한 건 아우가 아닌가? 설마 명색 사내가 되어서 한 입으로 두말을 하려는 것은 아니겠지?"

무송이 낭패스런 표정이 되어 쩝, 쓰게 입맛을 다셨다. 그러곤 주몽의 눈치를 살피는 눈길이 되어 말했다.

"그럼, 앞으로 자네를 형님이라 불러야 된다는 말인가?"

"물론이지. 말로만이 아니라 날 형님으로 모셔야 할 것이네. 입으로만 형님이라 할 수는 없는 노릇이 아닌가."

"야, 추모! 정말 그럴 거야?"

부아가 치미는 듯 무송이 얼굴을 일그러뜨리며 버럭 고함을 질렀다. 하지만 곧 낯빛을 바꾸어 나직이 사정하는 투로 말했다.

"이보게, 추모. 다시 한번 생각해보세. 그거야 내가 한번 호기를 부려본 말이고, 자네와 나는 연치의 차가 엄연한데 어떻게 자네를 형님이라고……."

"일없네. 무슨 뜻으로 하였건 그건 아우 사정이고, 난 그저 자네와 한 약속을 지킬 뿐이네. 자, 어서 날 형님으로 불러보게."

무송이 땅이 꺼질 듯 무거운 한숨을 내쉬었다. 그러더니 간곡한 목소리로 말했다.

"이보게, 추모. 대신 원하는 것이 있으면 내 다 들어줄 테니 한번 사정을 봐주게."

"싫네."

"이보게, 추모……."

"……정말 내가 원하는 게 있으면 그걸 들어주겠소?"

주몽의 말에 무송이 사지에서 살아난 사람같이 표정이 밝아지며 말을 받았다.

"그럼, 그렇다마다. 말해보게. 내 다 들어줄 테니."

"저 숲에 있는 동굴 옥사를 한번 구경시켜 주시오."

"뭐라고?"

무송이 놀라 눈을 커다랗게 뜬 채 주몽을 바라보았다.

"옥사를 구경시켜 달라고?"

"그렇소."

"안 돼!"

"알겠네. 싫음 말고. 그럼 어서 날 형님이라 불러보게, 무송 아우."

"으음……."

욕설일 것이 분명한 말을 입 속으로 우겨넣으며 무송이 먼산바라기를 했다. 한참 생각에 잠긴 듯한 표정이던 무송이 할 수 없는 노릇이라는 듯 다시 입맛을 쓰게 다시곤 숲을 향해 걸음을 옮겼다.

"옥사장님께서 직접 배식을 하시겠다구요?"

"이 자식이 귓구멍을 돌로 처막았나? 왜 같은 말을 두 번씩 하게 만들고 그래!"

부아가 잔뜩 난 무송이 공연히 동굴을 지키고 선 뱁새눈의 옥정獄丁을 향해 고함을 터뜨렸다. 그러곤 식기와 음식이 담긴 버들고리를 어깨에 메고는 휘적휘적 동굴로 걸어갔다. 주몽이 빠른 걸음으로 그 뒤를 따랐다.

허리를 숙이고 들어서야 하는 입구와는 달리 굴은 나아갈수록 크고 넓어져 장한 두엇이 활보하기에도 부족함이 없었다. 안으로 발을 들여놓자 동굴의 오랜 주인이었을 어둠과 고요와 습기를 품은 공기와 눅진한 냄새가 두 사람을 맞았다. 한 손에 홰를 든 무송이 그 속을 향해 성큼성큼 거침없는 걸음을 옮겼다.

20보 남짓 걸어 들어가자 녹슨 철문이 앞을 가로막으며 버텨서 있었다. 무송이 허리춤에서 열쇠를 끌러 철문을 열었다.

철컹.

무거운 쇳소리를 내며 철문이 열렸다. 그리하여 주몽은 수수께끼의 옥사, 산 자의 무덤인 동굴의 형옥 속으로 걸음을 들였다. 주몽은 물속을 유영하듯 동굴 속의 단단하게 정체되어 있는 공기를 헤치며 앞으로 나아갔다.

동굴 곳곳에 천연의 동굴을 깎아 넓힌 흔적이 드러나 보였다. 동굴 좌우엔 바위를 파고 철문을 단 좁은 형옥이 여럿 자리하고 있었다. 하지만 지금 그곳은 하나같이 텅 비어 있었다.

무송의 걸음이 멎었다. 그곳은 옥사의 가장 깊은 지점, 동굴의 막다른 곳이었다. 그곳에서 두 사람은 다시 무겁고 커다란 철문을 만났다.

"아……."

주몽의 입에서 신음 같은 나직한 탄성이 흘러나왔다. 동굴 벽 바위 틈새에 꽂힌 홰에서 흘러내리는 안개 같은 희뿌연 빛이 사방 스무 자 남짓한 넓이의 옥을 밝히고 있었다. 그리고 그 안, 갈댓잎이 깔린 바닥 한가운데에 한 노인이 정좌하고 있었다. 얼굴을 온통 가리며 흘러내린 흰 머리카락과 만지면 부스러져내릴 듯한 낡은 옷, 도무지 산 자의 것이라곤 느껴지지 않는 꼿꼿하고 단단한 자세. 마치 천 년의 세월 저 편부터 그 자리를 지키고 있었을 것 같은 노인의 모습이었다.

무송이 고리짝을 내려 음식을 식기에 담기 시작했다. 그리고 쇠창살의 틈을 이용해 식기를 옥 안으로 들여놓았다.

"노인장, 점심입니다. 아욱국 맛이 어떨지 모르겠습니다. 입에 맞지 않더라도 남기지 말고 드십시오."

처음 들어보는 무송의 공손한 말투였다. 처음부터 주몽은 노인에게서 느껴지는 알 수 없는 힘과 위엄에 절로 고개가 숙여지는 것만 같았다. 희미한 어둠 속에 고요히 앉아 있는 그의 몸 주위로 범접할 수 없는 강한 위엄이 후광처럼 감싸고 있는 듯한 느낌이었다.

무송이 몸을 일으켜 철문 위에 꽂아둔 홰를 뽑아드는 순간, 흔들리는 불빛이 노인의 모습을 밝혔다. 그와 함께 노인이 조금 고개를 드는 듯한 태도를 보였고, 그때 길게 흘러내린 흰 머리카락 사이로 노인의 얼굴 위에 뚜렷이 자리한 검은 어둠을 주몽은 보았다. 두 눈이 있었을 자리가 퀭한 공간감과 함께 공허하게 비어 있었다.

"아……."

노인은 그의 앞에 서 있는 자신을 바라볼 동공을 가지지 못한 장님이었다. 순간 주몽의 가슴이 쿵 하는 소리를 내며 어디론가 굴러 떨어지는 듯한 느낌이었다. 하지만 그것은 공포나 놀라움이 아니라 가장 순수한 순간 찾아와 마음의 현을 두드리는 눈물겨운 감동과 같은 것이었다. 주몽이 노인을 향해 한 발짝 앞으로 걸음을 옮겼다.

그때, 어느새 입구를 향해 저만치 걸어가고 있던 무송이 돌아보며 소리쳤다.

"어이, 뭘 하고 있어! 이제 그만 나와! 계속 꿈지럭대면 자네도 여기 옥에다 가둬버리고 갈 거야!"

세상 끝에 홀로 남은 사람

검은 하늘, 검은 땅이었다. 그 어둡고 막막한 천지의 끝자락에 금와
는 간신히 두 발끝을 걸쳐두고 서 있었다. 지나온 길은 자취도 없고,
앞으로 가야 할 길 또한 찾을 바 없었다. 자신이 딛고 선 것이 하늘인
지 땅인지도 알 수 없었다. 오랜 시간 쉬지 않고 허위단심 달려왔지만
결국은 이 지독한 어둠 속에 갇혀버렸다는 사실에 대한 자각만이 끔
찍한 악몽처럼 뇌리를 쳤다. 가슴은 알 수 없는 공포감으로 옥죄어오
고 이 끔찍한 현실을 벗어나려 하지만 한 발짝도 걸음을 옮길 수 없었
다. 아, 어디인가 이곳은. 나는 어디로 가야 하는가……

그때 어두운 저편 하늘 끝에서 희미한 빛줄기 하나가 여명처럼 비
치기 시작했다. 금와의 가슴은 순간 희망으로 요동치기 시작했다.

오, 빛이여. 흑암의 세상을 밝힌 태초의 빛이여. 부디 어둠 속에 잠
긴 이 몸을 구원하여 주소서.

희망과 환희에 차 다가오는 빛줄기를 바라보는 금와의 얼굴이 어느 순간 경악으로 떨리기 시작했다. 땅의 끝에서 볼 수 있다는 극광極光을 두른 듯 온몸으로 빛을 흩뿌리며 한 사내가 자신을 향해 다가오고 있었다. 그는 해모수였다.

오, 해모수…….

금와의 떨리는 외침이 검은 하늘과 땅을 가득 채우며 메아리처럼 울렸다. 뜻밖에도 해모수는 온몸에 쇠사슬을 두른 수인囚人의 모습으로 고통에 찬 표정을 하고 있었다. 눈은 깊이를 알 수 없는 심연처럼 퀭하니 뚫려 있었고 귀마저 들리지 않는 듯 금와의 안타까운 외침을 듣지 못하였다.

어느 때 해모수가 잠시 걸음을 멈추고 금와를 향해 고개를 돌렸다. 동공을 잃은 눈길이 스산한 바람을 일으키며 금와의 몸을 무심히 스쳐 지나갔다. 일찍이 한 번도 본 적이 없는, 더없이 슬프고 쓸쓸한 해모수의 얼굴이었다. 그리곤 다시 걸음을 옮기기 시작했다. 해모수가 금와를 지나쳐 걸어가려 하고 있었다.

이보게, 해모수! 날세. 자네의 벗 금와일세. 어딜 가려는가? 날 여기 혼자 버려두고 어디로 가는 것인가…….

금와의 애원에도 해모수는 쇠사슬 소리를 울리며 계속해서 무거운 걸음을 옮겼다. 그리고 종내는 저편 어둠의 끝으로 사라졌다.

"이보게, 해모수! 가지 말게…….."

안타까운 외침이 어두운 침전을 울렸다. 땀을 흠뻑 뒤집어쓴 채 금와는 잠에서 깨어났다. 손을 내밀면 먹물이 묻어날 것 같은 짙은 어둠이 사방을 빼곡히 채우고 있었다. 꿈속과도 같은 어둠 속에서 꿈속과도 같은 슬픔과 고독이 금와를 찾아왔다. 금와는 견딜 길 없는 절망감에 진저리를 쳤다. 어느새 얼굴은 눈물로 흠뻑 젖어 있었다.

"폐하!"

난데없는 고함에 놀란 내관의 문잡는 소리가 회랑으로부터 들렸다.

해모수…….

이렇게 꿈속에서나마 벗을 본 지가 얼마만인지 몰랐다. 어둠 속에 우두커니 앉아 금와는 목숨처럼 사랑하였던 벗의 마지막 모습을 떠올렸다. 모진 고문에 찢기고 갈라진 살과 뼈, 뻘밭처럼 퀭하게 파인 두 눈. 그런 몸으로 해모수는 자신을 양정 무리의 손에서 구하기 위해 홀로 말을 달려 폭포수 아래로 떨어졌다. 자옥하게 피어오르는 계곡의 안개 속으로, 한 마리 푸른 새가 되어…….

그를 잃고 금와는 한동안 광인이 되어 술독에 빠져 살았다. 눈을 감으나 눈을 뜨나 처참한 그의 마지막 모습이 떠올라 견딜 수가 없었다. 더구나 깊고 어두운 계곡 속으로 사라진 해모수는 시신조차 수습하지 못하였다.

하지만 모진 세월은 모래바람에 탈골되어가는 짐승의 사체처럼 금와의 가슴속에서 고통과 분노와 슬픔을 씻어갔다. 그 또한 참혹하고 슬픈 일이었으나 어쩔 수 없는 일이었다. 그동안 그는 일국의 왕, 점점 번성해가는 왕국의 주인이 되었고, 세 왕자의 아비가 되었으며, 온 마음을 다 바쳐 사랑한 여인 유화의 지아비가 되었다. 해모수가 없는 이 지상에서 그는 그런 모습으로 살아 있었다.

어두운 밤, 칠흑같이 캄캄한 어둠의 한가운데 우두커니 앉아 금와는 가슴이 미어지는 슬픔을 느꼈다. 태어난 날은 비록 다를지라도 죽는 날만은 하나이리라 맹세한 벗이 그토록 참혹하게 세상을 버린 후에도 나는 이렇게 살아 있구나. 아니 그를 잊으며 죽어가고 있구나…….

꿈속에 본 해모수의 모습이 그의 마음을 고통스럽게 했다. 생전처럼 참혹하게 상한 몸으로 그는 자신을 찾아왔다. 더구나 그 몸을 무겁게 얽어맨 쇠사슬이라니……. 내가 이렇게 이승의 삶을 살아가고 있는 동안 한 많은 그의 넋은 아직도 안식할 처소를 찾지 못한 채 어두운 구천九泉의 모퉁이를 그 지치고 무거운 몸을 이끌며 떠돌고 있었구나. 오…….

금와는 오늘 낮 연무장에서 보았던 주몽을 떠올렸다. 한 자루 장도로 체격이 태산 같은 영포를 맞아 빼어난 무예를 펼치던 모습이 지난날의 해모수를 다시 보는 듯했다. 궁실 사람들이 겁쟁이 왕자라 일컫는 주몽이 놀라운 무술 솜씨로 영포를 상대하는 것을 보며 그는 얼마나 기꺼웠던가. 살아 돌아온 옛 벗을 다시 보는 듯한 느낌에 절로 눈시울이 뜨거워졌다. 오, 언제 저 아이가 저리도 훌륭하게 자랐단 말인가. 과연 절세의 영웅 해모수의 자식이로고…….

커가는 주몽을 보며 해모수의 사랑을 대신해 베풀 수 있다는 그 사실이 금와에게 감격과도 같은 기쁨을 안겨주었다. 사랑하는 유화는 여전히 조그만 마음 한 자락도 자신에게 드티지 않았지만, 그녀의 곁에서 그녀를 바라보며 살아갈 수 있는 것도 해모수가 자신에게 베풀고 떠난 은의였다. 그러할진대 그는 어찌하여 무거운 쇠사슬을 진 고통스러운 몸으로 날 찾아온 것일까. 오, 가여운 친구…….

금와가 문 밖을 향해 소리쳤다.

"내관, 거기 있느냐?"

"예, 폐하. 하명하십시오!"

"지금 신궁으로 거둥할 터이니 채비를 차리도록 하여라!"

"예, 폐하!"

◆ ◆ ◆

하늘과 땅이 모두 혼곤한 잠에 빠진 축시丑時 무렵, 적연히 깊어가는 신궁의 밤을 깨우는 대왕의 행차가 있었다. 하늘 높이 떠서 환한 빛을 뿌리는 달빛을 무색케 하는 밝은 홰가 마당을 밝히고 있었다.

신궁 뜰에 나와 기다리고 있던 여미을이 다가와 예를 올렸다.

"어서 오십시오, 폐하."

"안면을 방해하였구려, 여미을."

"아닙니다. 지난 초저녁 북극성이 자미원紫微垣을 벗어나는 것을 보고 폐하의 내림來臨을 기다리고 있었습니다."

과연 물로 씻은 듯 정갈한 모습이 어디에서도 잠의 흔적을 찾을 수 없는 여미을이었다. 두 사람은 신궁의 내전에 마주앉았다.

"여미을! 내 부탁이 있어 깊은 밤을 견디지 못하고 그대를 찾았소."

"무엇이 폐하의 심사를 그리도 어지럽혔습니까?"

"해모수의 유혼幽魂을 위로하는 제를 올려주시오. 지금 당장!"

언제나 굳은 듯 표정의 변화가 없던 여미을의 얼굴이 일순 긴장한 빛을 띠었다. 백랍같이 흰 얼굴이 촛불 아래 조금 더 희게 바랜 듯하였다.

"해모수라 하셨습니까?"

"그렇소. 그리고 일간 좋은 날을 택하여 이 몸이 제주가 되어 향사享祀를 올릴 터이니 그 일 또한 준비하여 주시오."

"……"

"고대 꾼 꿈에 해모수를 만났소. 그를 보낸 이후로 오늘처럼 생생하게 그의 모습을 본 적이 없소……. 그는 아직도 이 땅에서 겪은 고통과 한을 벗어버리지 못한 모습이었소."

"이 땅에서의 한을 벗지 못하였단 말씀은 무슨 뜻인지요?"

"이승을 떠난 지가 스무 성상이 가까웠지만 해모수의 넋은 아직도 안식을 얻지 못하고 황천의 어두운 곳을 떠돌고 있소. 신녀께서 그의 안식을 구하는 제를 정성껏 올려주기를 바라오."

"원래 망자의 넋이란 그것을 보고 느끼는 이들의 것이지 망자의 것은 아닙니다. 폐하께서 보신 해모수 장군의 넋은 아마도 그에 대한 폐하의 지극한 마음이 빚은 환영일 것입니다. 장군의 넋이 아직도 구천을 헤매고 있다면 그것은 폐하의 마음속에서 아직 그를 떠나보내지 못하신 까닭입니다. 이제는 폐하의 마음에서 그분을 보내주십시오."

"사람에게는 하늘이 하나씩 있는 법이지만 이 몸에게는 두 개의 하늘이 있소. 하나는 세상 사람들의 것과 같은 것이나 다른 하나는 해모수요. 그는 나에게 은혜의 하늘이었소."

"……."

"그런 그를 내 어찌 마음에서 떠나보낼 수 있을 것이오. 그는 내가 인간의 몸을 입고서 가장 사랑한 단 한 사람의 벗이었소. 그는 내가 지상에서 만난 가장 뛰어난 재능을 가진 사람이며, 가장 숭고하고 고결한 영혼을 가진 사람이었소."

새삼 그리움이 가슴에 느꺼운 듯 금와의 눈가가 젖어들었다. 이제 어디에 가야 그 아름다운 사람을 만날 수 있을 것인가. 누가 있어 다시 그 꾸밈없는 웃음을 보여주고 그 유쾌한 목소리를 들려줄 것인가. 누가 있어 기쁨과 슬픔을 함께 나누고 천하의 의와 장부의 기개를 함께

이야기할 것인가. 아, 누가 있어 이 쓸쓸하고 외로운 마음을 위로해주고 세월의 허망함을 달래줄 것인가.

금와가 흐린 눈을 들어 구름 그림자가 교교한 달빛이 깔린 마당 위로 지나가는 것을 망연히 바라보았다. 그런 금와를 바라보는 여미을의 굳은 표정 위로 언뜻 희미한 불안과 염려의 빛이 떠올랐다가 사라졌다.

◆ ◆ ◆

"폐하께서 해모수 장군의 유혼을 위로하는 제를 올려달라고 하셨다고요? 그것도 야심한 시각에 몸소 신궁을 찾으셔서?"

여미을의 말을 듣고 난 부득불이 긴장한 낯빛이 되어 물었다. 아침 일찍 전갈을 받고 신궁으로 걸음을 옮기는 동안 공연히 가슴을 흔들던 불안감의 정체가 바로 이것이었구나 하는 표정이었다.

"그렇습니다. 삼경이 지나도록 이곳에 머무시며 몸소 제에 참예하셨습니다."

"갑자기 어인 까닭이시란 말이오? 난데없이 해모수를 위한 위령제라니……."

"지난 꿈에 해모수가 나타났다고 하셨습니다. 온몸에 쇠사슬을 두르고 고통스럽게 구천을 떠돌고 있었다고 하셨습니다."

"으음……."

"해모수 그자를 더욱 엄히 방비하라는 말씀을 드리고자 하여 대사자 어른을 청하였습니다. 만에 하나 말이 새어나가 대왕께서 해모수가 살아 있다는 것을 아시기라도 하는 날엔 이 나라에 무서운 풍파가 몰려올 것입니다."

"으음……."

가슴에 돌을 올려놓은 듯 무거운 신음이 부득불의 입에서 흘러나왔다. 갑자기 서늘한 바람 한 줄기가 목덜미 위로 불어가는 듯하여 부득불은 문득 몸을 떨었다.

어언 스무 해가 가까워오는, 참으로 오래전의 일이었다. 그해 여름, 오늘처럼 급한 전갈을 받고 달려온 신궁에서 여미을이 놀라운 말을 했다.

"해모수가 살아 있습니다!"

"그게 무슨 말씀이오, 여미을? 몸에 중한 상처를 입고 천길 낭떠러지로 떨어진 것을 태자께서 직접 보셨다고 하지 않았소? 죽어 환생을 하였다는 말이오, 아니면 귀신이 되어 나타났다는 말이오?"

"저 또한 그자가 죽었다고 믿고 있었습니다. 그런데 오늘밤 천문을 살피던 중 사라졌던 그자의 별이 다시 모습을 나타냈습니다. 해모수는 죽지 않았습니다. 비록 중한 상처를 입었지만, 해모수는 어느 곳엔가 살아 있음이 분명합니다."

"그자의 몸이 금강불괴라도 된단 말이오? 어떻게 그런 가운데 살아날 수가 있단 말이오?"

부득불의 얼굴에 놀라움과 의혹의 빛이 함께 떠올라 있었다. 하지만 신녀의 말이니 믿지 않을 수도 없는 일이었다. 부득불이 낙담한 목소리로 말했다.

"대체 그 해모수란 자가 누구관대 이리도 질기게 우리 부여를 괴롭힌단 말이오? 그자가 있는 곳이 어디오? 내 당장 군사를 보내 그자를 천참만륙하여 축생으로도 다시는 이 땅에 태어나지 못하도록 하겠소."

"해모수를 죽여서는 안 됩니다!"

"안 되다니, 무슨 말씀이오, 여미을?"

"그것은 천지신명의 뜻이 아닙니다. 해모수는 하늘의 에움을 받는 인물입니다. 그자를 죽인다면 장차 짐작할 수 없는 무서운 재변이 부여를 덮칠 것입니다."

"끄응……."

부득불이 얼굴을 찡그리며 어금니 앓는 소리를 냈다. 끓어오르는 분을 삭이기 어려운 듯 얼굴이 화톳불처럼 붉어져갔다.

"허면, 대체 어찌해야 한단 말이오? 그자는 양정의 고문에 두 눈을 잃은 병신이 되었다지 않소? 이미 죽은 것과 진배없는 자를 없애는 게 무에 그리 걱정할 일이란 말이오?"

"그렇다 한들 죽여서는 안 됩니다. 그자는 지금 계곡의 동굴 속에서 실낱같은 생명을 이어가고 있습니다. 지난번처럼 신명이 다시 도움의 손길을 내밀기 전에 속히 그자를 잡아와야 합니다. 지금 해모수가 있는 곳을 알려드릴 터이니 급히 걸음이 빠른 군사를 보내어 그자의 육신을 거두어 오시기 바랍니다."

"그런 다음엔 어찌한단 말이오?"

"그런 다음엔 하늘의 해와 달도 알지 못하게 가두어두고 엄히 방수하여 살아도 죽은 것과 다름없게 한다면 다른 어려움은 없을 것입니다."

모든 것이 여미을의 말대로 되었다. 바람같이 달려간 위사들에게 해모수의 죽어가는 육신이 발견되었다. 부득불은 은밀히 두타산 깊은 숲 속에 있는 동굴 하나를 더욱 깊게 판 뒤 해모수를 가두고 믿을 만한 자를 내세워 밤낮으로 지키게 했다. 그런 것이 어언 스무여 해 전의 일이었다.

부득불의 기대대로 세상은 해모수를 잊어갔다. 동이족의 청년 영웅 해모수에 대한 기억은 희미한 전설이 되어 사람들의 먼지 낀 기억의 갈피 속에 감추어졌다. 무송이 옥사장이 된 뒤에는 처형을 앞둔 다른 흉악범들도 함께 두타산의 동굴 옥사에 가두기 시작했다. 그랬던 것인데 갑자기 국왕 금와가 해모수의 넋을 추모하는 향사를 벌이겠다고 한 것이다.

"다시 한번 옥사쟁이들을 잡도리하시어 그자의 자취가 새나가는 일이 없도록 하시기 바랍니다."

여미을의 말에 문득 부득불의 눈길이 모질어졌다.

"그럴 필요가 무에 있겠소. 이참에 아예 그자를 죽여 뒤탈을 없애는 것이 좋을 듯하오. 벌써 20여 년의 세월이 흘렀소. 그 시간이면 하늘도 그자를 잊어버리셨을 것이오."

"아직은 때가 이르지 않았습니다. 하지만 너무 염려치 않으셔도 좋을 듯합니다. 그자의 성두星斗가 요즘 들어 뚜렷하게 빛을 잃어가고 있습니다. 이 땅에서 받은 하늘의 수가 마침내 다함입니다."

"그때가 언제요?"

부득불의 물음을 외면한 채 여미을이 무심한 눈을 들어 열린 방문 너머의 허공을 우러렀다. 그런 그녀의 눈길 속에 어딘지 슬픈 듯 쓸쓸한 듯한 빛이 어려 있었다.

◆ ◆ ◆

　산길을 걸어오르는 주몽의 걸음이 전에 없이 신중해 보였다. 길은 나는 산새도 넘기 힘들 만큼 좁고 거친 조도鳥道였다.

　길가의 삐죽한 바위를 건너 뛰어넘은 주몽이 문득 걸음을 멈추고 허공에 귀를 기울였다. 깊은 산이 품고 있는 특유의 정적만 느껴질 뿐 다른 소리는 들리지 않았다. 바위 위로 몸을 내밀어 뒤를 살폈지만 따르는 자가 있어 보이지는 않았다.

　뒤를 따르는 자의 기미를 느낀 것은 술을 사기 위해 들른 도성 거리의 주막에서였다. 전날 어머니 유화의 주의가 없었다면 결코 깨닫지 못했을 교묘한 미행이었다.

　"영포와의 검투는 경솔한 일이었다. 하지만 이미 쏟아진 물이니 어찌하겠느냐. 너에 대한 저들의 의심과 경계의 눈길이 더욱 집요해질 터이니 매사에 주의를 게을리해서는 안 될 것이다. 특히 궐 밖을 나서는 길에는 필시 널 따르는 자가 있을 터이니 종적을 잡히지 않도록 각별히 조심하여라."

　한 시진이 가까운 시간을 주몽은 하릴없는 걸음으로 저자의 이곳저곳을 기웃거리며 구경을 가장했다. 그러다 거미줄같이 복잡한 고샅을 발정 난 종마처럼 종으로 뛰고 횡으로 뛰어 간신히 뒤를 따돌렸다. 언뜻 눈에 든 미행자의 모습은 검은 두건 차림에 삵같이 민첩해 보이는 작은 몸집의 사내였다.

　따르는 자가 없음을 확인한 주몽이 달음질치듯 빠른 걸음으로 산길을 오르기 시작했다. 무송의 초막으로 걸음한 지가 어느덧 두 계절을 넘기고 있어, 이젠 두타산이라면 손바닥을 들여다보듯 훤한 지경이었다. 숲그늘에 도사리고 앉은 산짐승마저도 낯이 익을 정도였다.

예상대로 무송은 초막을 비우고 없었다. 열흘에 한 번씩 무송은 술에 취하지 않은 말끔한 얼굴로 산을 내려갔다가 어둑해질 무렵이 되어서야 긴장한 얼굴을 하고 초막으로 돌아왔다. 오늘이 바로 그날이었다.

초막의 마당에서 주몽의 긴장된 눈길이 늙은 소나무숲을 향했다.

눈먼 수수께끼의 노인…….

오늘은 반드시 그 노인을 만나보리라 작정했다. 만나서 그자의 정체를 밝혀보리라.

생각하면 이상한 일이었다. 컴컴한 동굴의 어둠 속에 부피감이라곤 전혀 없이 그림자처럼 앉아 있던 그 늙은 사내가 어찌하여 이다지도 나를 강하게 끄는 것일까.

처음 몰래 숲으로 들어갔던 날을 주몽은 기억했다. 그날 자신은 초막의 평상에 앉아 무송을 기다리고 있었다. 그때 문득 저 숲이 자신을 부르는 소리를 들었다. 그랬다고 생각했다. 숲이 가만히 소리를 내어 그를 불렀고, 손을 내밀어 자신을 이끌었다. 무언가 거부할 수 없는 강렬한 힘이 그날 자신을 숲 속으로 이끌었다고 주몽은 기억했다.

그날 자신을 숲으로 이끈 것은 다름 아닌 그 노인의 부름이었다고 주몽은 확신했다. 그 거역할 수 없는 강렬한 부름에 자신이 이끌렸던 것이다. 그리고 지금 다시 한번 자신은 그의 부름에 답하려 하고 있었다. 주몽은 천천히 숲을 향해 걸음을 옮겼다.

"이곳엔 얼씬거리지 말라는 옥사장님의 말씀을 잊으셨소?"

숲에서 걸어나오는 주몽을 발견한 검은 낯빛의 텁석부리 옥정이 무서운 눈길을 보냈다.

"헤, 잊을 리가 있겠소. 하지만 오늘은 형님의 심부름으로 온 것이니 그리 타박치 마시오. 자, 날도 더운데 이리 와 한잔들 하시오. 무송 형님이 두 분 장사께서 고생하신다며 술을 보내셨소."

주몽이 등에 지고 온 술통이 담긴 고리짝을 내려놓으며 언죽번죽 넉살 좋게 말했다. 술이라는 소리에 동굴 입구를 지키고 선 뱁새눈이 눈꼬리를 크게 벌여 돌아보았다.

"옥사장님이 술을 보내셨단 말이오? 거 참, 내일은 해가 서쪽에서 뜰 일이구먼. 근무 중에 술을 마시면 안 된다는 걸 모를 리 없는 분이 웬일이시지……."

말은 그렇게 하면서도 뱁새눈은 구미가 당기는 듯 쩍 소리가 나게 입을 다셨다. 얼결에 눈을 한번 맞춘 텁석부리와 뱁새눈이 못 이기는 척 앞서거니 뒤서거니 걸음을 옮겨 주몽이 풀밭 위에 펼쳐놓는 고리짝 앞으로 다가왔다.

그렇게 시작된 술판이 해가 설핏해질 무렵까지 이어졌다. 술은 의심의 벽을 허물고 경계의 빗장을 푼다. 얼굴이 익은 대춧빛으로 붉어진 두 옥정이 연신 싱거운 웃음을 흘리며 술잔을 들이켰다. 게슴츠레한 얼굴로 기울어진 나무그늘을 살피던 뱁새눈이 투덜거렸다.

"제길, 벌써 저녁때가 되었네. 이제 술도 바닥이 난 듯하니 그만 일어나세. 죄수들 밥 줘야 할 시간이 됐어."

일어서려는 사내를 주몽이 손사래를 쳐 말렸다. 그러곤 고리짝에서 다시 두 개의 호리병을 꺼내놓았다.

"술이라면 여기 넉넉히 있으니 걱정 마시오. 천하의 대장부들이 그깟 술 몇 잔에 자리를 거두다니, 장사들답지 않소. 죄수들 배식은 내가 얼른 하고 오겠소."

"댁이 배식을 하겠다 하였소?"

"못할 게 뭐가 있소. 전날 무송 형님이 하시는 걸 눈여겨봐두었으니 걱정 마시오. 후딱 해치우고 올 테니 두 분 장사께서는 편히 앉아 술이나 드시오."

주몽이 동굴 옥사 건너편 너와집 안으로 들어가 음식과 식기를 담은 고리를 메고 나왔다. 미심쩍은 얼굴로 주몽이 하는 양을 지켜보던 두 옥졸이 한바탕 크게 너털웃음을 터뜨리고는 허리춤에서 옥사의 열쇠를 끌러 던졌다. 그러곤 누가 먼저랄 것도 없이 권커니 자커니 술잔을 들었다.

주몽은 긴장한 걸음으로 동굴 속에 발을 들였다. 한 손에 든 홰의 불빛에 건너편에 똬리를 틀고 앉아 있던 어둠들이 주춤주춤 물러앉았다. 동굴은 전날 무송과 함께 보았던 때와는 사뭇 다른 느낌을 던졌다. 불빛이 닿는 거리 밖의 어둠들이 온통 단단한 적의로 주몽을 노려보고 있었다. 그것은 곧 죽음의 적의였다.

산 자에 대한 죽음의 적의. 죽음의 모습을 한 어둠이, 죽음의 모습을 한 정적이, 죽음의 모습을 한 냄새가 걸음을 옮기는 주몽을 향해 날카로운 적의의 날을 세우고 달려들었다. 그곳은 죽음이 사는 집이었으며, 생명의 적대자들이 거하는 굴혈이었다.

주몽은 걸음을 돌려 동굴 밖으로 달아나고 싶었다. 밖으로 나가 이음습한 죽음의 냄새로부터 영원히 벗어나고 싶었다.

하지만 주몽은 계속 앞으로 걸음을 옮겼다. 손을 내밀어 멱살을 쥐고 흔드는 이 강렬한 공포와 불쾌감에도 불구하고 간절한 느낌으로 자신을 부르는 자의 목소리를 들었다.

두려워하지 마라. 삶은 산처럼 무겁고, 죽음은 깃털처럼 가볍다. 죽음은 아직 펴보지 않은 비단 두루마리, 넘어다보지 않은 담장과 같은 것이니, 두려워할 무엇이 있겠느냐. 담대하여라, 하늘의 아들아…….

걸음을 옮길 때마다 닫힌 공간 특유의 틈입자를 거부하는 적의가 느껴졌다. 그러나 주몽은 자꾸만 달아나려는 자신의 마음을 어깨에 걸머진 채 힘껏 걸음을 옮겼다.

철컹.

동굴 깊은 곳을 가로막은 옥사의 철문이 주몽의 손에 의해 열렸다. 옥사 안으로 걸음을 들여놓자 새삼 윙 하는 정적의 소리가 고막을 울리는 듯했다. 몇 개의 형옥을 지나 동굴의 가장 깊은 곳, 눈먼 노인이 갇혀 있는 옥의 창살 앞에서 주몽은 걸음을 멈추었다.

장님 노인은 갈댓잎이 깔린 바닥 한가운데 허리를 세우고 단좌端坐한 채 무상의 삼매에 빠진 듯한 모습이었다. 산발한 흰머리와 해진 옷은 전날과 다름없었고, 후광처럼 그를 감싸고 있는 범접할 수 없는 위의도 여전했다.

주몽이 앞으로 다가가 무릎을 꿇었다.

"노인장…….”

노인에게선 아무런 움직임이 없었다. 주몽이 무릎걸음으로 한 걸음 더 다가서며 물었다.

"노인장은 대체 뉘십니까? 무슨 중한 죄를 지었기에 그 긴 세월을 이 좁은 감옥에서 갇혀 지내시는 겁니까?"

노인이 천천히 고개를 돌려 주몽을 바라보았다. 어지럽게 흘러내린 머리카락 사이로 심연처럼 깊은 어둠을 간직한 채 텅 비어 있는 눈이 자신을 건너다보고 있었다. 주몽은 순간 헉, 숨을 들이마셨다.

노인이 입을 열어 말했다.

"이곳이 좁은 감옥이라고 누가 말하던가?"

오랫동안 꽁꽁 닫혀 있던 천길 땅 속의 바위틈을 비집고 나오듯 갈라지고 탁한 목소리였다.

"무슨 말씀이신지……."

"천지를 하나의 새장이라 생각하면 참새는 어느 하늘을 날아도 갇혀 있는 것이네. 반면 스스로 자유하고 자재自在한 존재라 생각하는 사람을 가둘 창살은 세상에 없는 법이네. 나는 한 번도 이곳을 감옥이라 생각한 적이 없네."

검은 먹물이 흘러내릴 것같이 깊은 어둠을 품고 있는 눈을 주몽은 용기를 내어 바라보았다. 어지럽게 흘러내려 이마와 볼을 가린 흰 머리카락만 아니라면 뜻밖에도 그는 노인이라 할 만큼 늙은 모습은 아니었다.

잠시만 말을 멈추어도 숨이 막힐 듯 무거운 침묵이 밀려오는 듯하여 주몽이 서둘러 입을 열었다.

"하지만, 이곳은 세상으로부터 격절된 그런 곳이 아닙니까? 이곳에 오신 연유가 있을 터인데 어찌하여……."

"세상에 연유와 까닭 없는 일이 어디 있겠나만, 하도 오래된 일이라 이미 다 잊어버렸다네."

"대체 얼마나 긴 시간을 이곳에서 보내신 겁니까?"

"나는 세상의 시간도 잊었다네. 해가 뜨고 지고, 달이 가고 새해가 오는 것은 모두 젊은이가 사는 바깥세상의 셈법일세. 이곳에는 그런 시간의 흐름이 존재하지 않는다네. 그저 과거와 미래가 하나로 만나는 지점에 유일한 실존으로 존재하는 자신이 있을 뿐이지."

"……."

"이곳에서 시간은 나 스스로 만드는 것이라네. 나는 시간에 사로잡힌 존재가 아니라 시간을 다스리는 주인이라네. 원하기만 한다면 나는 천 년을 살 수도 있고 만 년을 살 수도 있다네."

"……."

"젊은이는 누구인가? 전날에는 무송을 따라 이곳을 다녀가더니, 이렇게 홀로 다시 온 까닭이 무엇인가?"

"절 기억하고 계셨군요. 저는……."

"……."

"부여국의 왕자, 주몽이라 합니다. 이곳에 오게 된 데에는 곡절이 없지 않으나, 이렇게 다시 노인장을 찾아온 것은 저 또한 어인 연유인지 알 수 없습니다."

고인 물처럼 평온한 태도를 잃지 않던 노인의 표정이 순간 크게 동요를 일으켰다. 무표정하던 얼굴에 놀라움이 뚜렷이 아로새겨졌다.

"부여의 국왕? 그렇다면 자네는 금와의……."

그때였다. 동굴 속의 정체된 공기를 울리며 사람들의 발소리가 들렸다. 주몽이 놀란 얼굴이 되어 소리 나는 쪽을 돌아보았다. 홰의 불빛이 닿지 않는 입구 쪽 어둠 속에서 나직한 발자국들이 그들이 있는 곳을 향해 다가오고 있었다.

"옥사장이 오나 봅니다. 노인장, 그럼 이만 저는……."

"무송뿐만이 아닐세. 보아하니, 이곳에서 자네를 만나 반가워할 자들은 아닌 듯하구먼."

"그럼 어떡하지요? 큰일 났네."

"홰를 끄게. 그리고 저쪽 동굴 벽 뒤에 몸을 숨기게."

주몽이 노인의 말에 따라 짐승의 기름을 먹인 홰를 밟아 끄고 어두운 벽 뒤로 몸을 숨겼다. 잠시 뒤 희미한 불빛이 점점 다가오더니 사람들의 형상이 드러났다.

앞에서 홰를 든 무송을 따르는 이는 부득불과 여미을이었다. 주몽이 동굴의 검은 어둠 속으로 더욱 깊이 몸을 숨겼다.

부득불과 여미을이 어떻게 이곳을 찾아온 것일까.

옥사 철문으로 다가서던 부득불이 걸음을 멈추었다. 이어 부득불의 거친 호통이 굴 안을 울렸다.

"옥사의 문이 어찌하여 열려 있단 말이냐!"

평소 능청스럽기가 늙은 구렁이 같은 무송이 잔뜩 긴장한 소리로 더듬거리며 답했다.

"배, 배식을 하러 온 옥졸이 잊어버린 듯합니다. 송구합니다, 대사자 어른! 제가 이놈에게 문단속을 철저히 하도록 치도곤을 놓겠습니다."

부득불과 여미을이 옥문을 들어섰다. 그리고 거침없이 눈먼 노인이 갇힌 형옥을 향해 걸어왔다. 철문 앞에 이르러 무송에게서 홰를 받아든 부득불이 얼음같이 싸늘한 눈길이 되어 무송에게 말했다.

"너는 이제 그만 물러가라!"

"예, 예……."

읍을 하고 돌아서는 무송이 재빨리 고개를 돌려 사방을 살폈다. 그의 눈길에 동굴 벽 뒤 엉성하게 몸을 숨기고 있는 주몽의 옷자락이 얼핏 보였다. 절망스러워하는 탄식이 나직하게 무송의 입에서 흘러나왔다.

저 망할 자식…….

그 순간이었다. 부득불이 휙 고개를 돌려 주몽이 숨어 있는 벽 쪽을 보았다.

"누구냐!"

부득불의 날카로운 고함이 동굴 안을 울렸다. 어둠 속에서 안광이 번쩍이는 부득불의 시선이 동굴 벽 쪽을 향했다.

"웬 놈이냐? 냉큼 나오지 못할까!"

공포에 질린 주몽이 주춤거리는 걸음으로 벽 쪽에서 걸어나왔다. 이때 무송이 재빨리 주몽을 향해 다가가며 거친 욕설을 쏟아놓기 시작했다.

"망할 자식! 배식을 하러 간 놈이 죽었는지 살았는지 모르겠더니, 거기서 졸고 있었던 게야! 너 아직도 배식을 안 하고 거기 있었어! 내 이놈의 자식을!"

무송이 성큼성큼 걸어가 퍽 소리가 나게 주몽의 볼에다 주먹을 올려붙였다. 그러곤 주몽이 홰의 불빛 속으로 들지 못하게 한 차례 밀어붙인 뒤 부득불 앞에 돌아와 머리를 조아렸다.

"송구합니다, 대사자 어른. 죄인들의 배식을 담당하는 사졸인데 게으름을 피우고 있었던 모양입니다. 소직小職이 엄히 다스리겠으니 부디 용서하여 주십시오."

"으음……."

부득불의 날카로운 눈길이 주몽을 향했다. 희미한 어둠 속에 머리를 조아린 젊은 사내의 어깨에 식기통이 걸머지어져 있는 것이 보였다. 부득불이 무송을 돌아보며 엄한 소리로 말했다.

"저놈을 데리고 물러가거라!"

"예, 예."

"뭘 꾸물거리느냐! 출입구를 엄히 방비하여 아무도 이곳에 들지 못하도록 하여라!"

"예, 알겠습니다, 대사자 어른."

무송이 성큼성큼 다가가 주몽의 목덜미를 부여잡고는 자루를 끌듯하며 입구 쪽으로 걸어갔다.

무송의 발소리가 사라진 굴 속으로 다시 무거운 침묵이 찾아왔다. 숨 막힐 듯한 침묵을 깨뜨리며 노인이 말했다.

"오랜만이오, 대사자. 신녀께서도 오셨구려."

"……."

"지난밤 꿈에 금와가 보이더니, 그대들을 보냈나 보구려."

"해모수 장군!"

부득불이 해모수를 불렀다. 어딘지 처연한 슬픔이 어린 목소리였다.

"이렇게 장군을 다시 대하니 반가움과 안타까움이 가슴에 사무칩니다. 실로 오랜만입니다, 장군."

"허허허, 그렇다마다요. 이렇게 이 몸을 잊지 않고 찾아주시니 감사하달밖에요. 허허허……."

"……."

"그래, 어쩐 일로 이런 궁벽한 곳까지 찾아오셨소. 이곳은 산 자의 무덤, 그대들 같은 사람들이 올 곳이 아니오."

"……장군. 장군께선 하늘 아래 다시없을 불세출의 영웅이십니다. 이 몸 부득불, 그것을 누구보다 잘 알고 있습니다. 바라건대 부여를 향한 이 몸의 충성스런 마음과 장군의 영용한 위력威力이 함께하였더라면 천하에 두려울 것이 없고 이루지 못할 것이 없었을 것입니다. 하지만 서로의 운이 박복하여 이런 곳에서 장군의 만년을 대하게 되니 참으로 안타깝고 비통한 마음을 금할 길이 없습니다."

"……."

"장군의 드높은 이상과 뜻은 하늘을 울리고 땅을 떨게 할 만큼 수절하였으나 불행히도 하늘의 때가 함께하지 않았습니다. 인간이 할 수 있는 일이란 단지 계획하고 준비하는 것뿐, 이루는 것은 언제나 하늘이니…… 겨울에는 천하의 성군이라는 당요唐堯* 같은 왕이 다섯이 있다 해도 풀 한 포기 자라게 하지 못하는 것과 같은 이치지요."

"……."

"장군과 나, 우리는 모두 무언가를 위해 마음을 다하여 분투하였습니다. 장군은 장군의 대의를, 저는 저의 대의를 위해 싸웠습니다. 2천 년 사직이 무너지고 헤아릴 수 없는 백성들이 나라 잃은 몸이 되어 광야에 버려진 시대에 조국의 부흥을 외치고 침략자를 응징하는 일에 목숨을 바쳐 분투한 영웅이 없었다면 그 얼마나 쓸쓸한 시대였겠습니까. 또 자신의 조국을 지키기 위해 그 영웅과 천하를 다툰 충신이 어찌 없었겠습니까. 장군과 나, 우리는 모두 이 시대가 낳은 자식들입니다."

말을 토해놓는 부득불의 늙은 얼굴에 처연한 슬픔이 감돌고 있었다. 한순간에 10년은 늙어버린 듯 주름지고 지친 얼굴이었다.

"장군은 이 몸을 원망하시겠지요. 하지만 이 몸은 한 치의 후회나 아쉬움도 없습니다. 이것이 부여의 사직과 백성을 위한 최선의 길이었다는 것을 믿는 까닭입니다. 그렇지 않았다면 이곳 부여와 동이 땅에는 피가 강물처럼 흐르고 사람의 죽은 몸뚱어리가 산을 이루었을 것입니다. 다시 한번 그러한 상황이 온다 해도 이 몸은 주저 없이 그리 행할 것입니다."

---

* 당요 : 중국 태고 시대의 요임금을 말함.

"하하하……."

동굴이 쩌렁쩌렁 울릴 만큼 커다란 웃음이 해모수의 입에서 쏟아졌다. 잠시 뒤 웃음을 거둔 해모수가 놀랍도록 젊은 힘이 넘치는 목소리로 말했다.

"이 몸의 누추한 처소까지 찾아와 그런 약한 말씀을 하시는 걸 보니, 미상불 대사자께서도 늙으신 듯하오. 하늘의 뜻이 그대에게 있었다면 그대의 것을 거두어 즐기시길 바라오. 이 땅에서 허락된 시간이 다 가기 전에. 인간의 시간은 석화石火처럼 짧은 것이니……."

부득불의 지쳐 보이는 얼굴에 희미한 미소가 어렸다.

"20년 세월도 장군의 기개와 위엄만은 어쩌지 못한 모양입니다. 과연 동이 제일의 영웅답습니다."

"하하하…… 쥐에게도 가죽이 있는데, 명색 사람이면서 위엄이 없겠소. 할 말이 끝났으면 이제 그만 물러들 가시오. 이 몸은 쉬어야겠소이다."

"장군님."

지금껏 부득불의 곁에서 두 사람의 오가는 말을 묵묵히 듣고 있던 여미을이 입을 열어 해모수를 불렀다.

"말씀하시오, 여미을!"

"흔히들 풀잎에 맺힌 이슬과 같은 것이 인생이라고 합니다. 아침이 되어 해가 뜨면 사라져버릴 것이 우리들 덧없는 인생이지요. 장군님과 대사자 어른, 그리고 저. 우리 앞에 남은 생이 백 년이겠습니까, 천년이겠습니까. 짧아서 10년, 길어서 20년이면 우리는 모두 처음 온 곳으로 돌아갈 운명입니다. 그때가 되면 우리들이 인간의 몸을 입고 이 땅에서 지은 모든 은원도 함께 사라지고 새로운 사람들이 새로운 사랑과 미움과 희망으로 세상을 만들어가겠지요.”

“…….”

“하지만 한 세대가 나무를 심으면 다음 세대는 그늘을 얻는 법입니다. 초로草露같이 허무하게 스러질 우리들이 살아 있는 동안 이 땅에 남긴 것이 있다면 그것은 고스란히 새로운 세대에게 돌아갈 것입니다. 다행히 지금 동이는 개조 이래 다시없는 태평성대를 누리고 있습니다. 이를 위해 우리는 모두 분투하였습니다. 비록 우리가 선 곳이 장군이 계신 거기가 아니고 거기가 여기가 아닌 것은 다만 하늘의 뜻일 것입니다. 이 또한 장군에게 주어진 피할 수 없는 하늘의 섭리이니 어찌하겠습니까.”

“…….”

“동이는 신들의 가호 속에 영원할 것입니다. 하지만 장군께서 신명을 바쳐 헌신한 대의 또한 창공을 밝히는 햇무리처럼 이 땅 위 모든 사람들의 가슴속에 대대손손 잊히지 않고 살아 있을 것입니다.”

“…….”

“유화 부인께서는 편히 지내고 계십니다.”

여미을의 말에 흔들림 없는 평정을 유지하던 해모수의 모습이 문득 흔들리는 듯했다. 하지만 그뿐, 그는 여전히 꼿꼿하게 정면을 응시하는 태도를 유지했다.

“유화 부인은 아들 하나를 두셨습니다. 올해 열여덟이 된…….”

순간 해모수의 얼굴이 여미을을 향했다. 여미을은 해모수의 움푹 파인 검은 눈자위 속에서 번쩍하는 빛이 폭사해나오는 듯한 느낌을 받았다. 더듬더듬 힘겹게 해모수가 입을 열어 말했다.

“……유, 유화 아가씨에게 아들이 있었소?”

"그렇습니다. 올해 열여덟이 된 잘생기고 선량한 젊은이입니다. 부여국 왕실의 삼왕자입니다. 대왕 폐하의 각별한 사랑을 받고 있지요."

"으음……."

고통을 견디는 듯한 신음이 해모수의 입에서 흘러나왔다. 형언할 수 없는 슬픔과 고통이 그의 얼굴 위에 떠올라 있었다. 잠시간의 침묵이 흐른 뒤 해모수의 슬픈 듯한 목소리가 울려나왔다.

"그렇다면 유화 아가씨께서는…… 금와의……."

"그렇습니다. 유화 부인께선 이 나라의 제2왕후님이십니다."

"……."

두 사람의 걸음이 동굴 밖으로 사라지고 나자 굴 속은 다시 무거운 정적 속으로 가라앉아갔다. 단좌한 해모수의 몸이 내부에서 솟아나는 추위를 견디지 못하고 무섭게 떨리고 있었다. 어떤 엄동의 한추위에서도, 어떤 사나운 폭풍우 속에서도 느껴보지 못한, 가슴으로 사무쳐오는 모진 추위였다.

그랬구나…….

여미을이 던지고 간 말이 두 손을 내밀어 가슴을 잡고 흔들어대고 있었다.

─유화 부인께선 금와대왕 폐하의 제2왕후님이십니다. 유화 부인의 아들은 그 이름이 주몽이라고 합니다.

"유화……."

해모수는 메말라 버석거리는 입술을 열어 그 이름을 불러보았다. 그러자 밀물 같은 그리움이 온몸으로 밀려들었다.

유화. 살아 있었구려.

두 눈을 잃고 죽어가는 몸으로 이 좁은 토굴에 들어온 지 어언 20여

년, 그간의 세월이 마치 어릴 때 본 하늘의 강처럼 해모수의 의식 속에 펼쳐졌다. 그 기나긴 세월 속에서 모든 기억은 안개 속 풍경이 되어 사라졌다. 그가 불덩이 같은 열정으로 매진하였던 다물의 아름다운 꿈. 뜻을 함께하였던 이들, 가슴을 소금 같은 눈물로 채운 슬픔, 온몸을 저미는 듯한 고통, 가슴속에서 꽃봉오리가 벌어지는 듯하던 기쁨…… 하지만 오직 한 사람의 영상만은 언제나 그 모든 풍경의 앞자리에서 자신을 부르고 있었다. 유화…….

모든 기억이 바람에 날리는 티끌처럼 사라져가는 가운데서도 그는 한시도 유화를 잊지 않고 있었다. 살아 있는 모든 것이 스러지고, 죽고, 사라져갔지만, 유화만은 끝내 가슴속에 남아 자신과 함께 살아가고 있었다. 그의 유일한 대화자가 되어…….

먼 산 속에서 벙글기 시작하는 꽃의 향기가 동굴 안으로 흘러드는 어느 봄날의 하오, 막 잠에서 깨어난 새끼 비비새가 은종이 부딪치는 듯한 맑고 투명한 울음소리로 어미를 찾는 여름의 이른 아침, 혹은 사각사각 숲의 머리 위로 눈이 내려앉는 소리가 들리는 겨울밤, 그런 시간이면 때때로 그의 넋은 자신의 몸뚱어리를 벗어났다. 누추한 육신과 동굴을 벗어난 넋이 9만 리 창공을 날아 산을 넘고 강을 건너 당도하는 곳은 언제나 유화의 곁이었다.

서하국 성 밖의 작은 초가, 양정의 칼에 중한 상처를 입고 누운 그를 굽어보던 그녀의 자애로운 눈길. 부여궁 후원의 그 누각, 아버지와 동족을 잃고 슬픔과 고통에 찬 얼굴로 자신을 바라보던…… 그리고 아아…… 그 숲 속.

현토성 공략을 위해 군사들을 조련하던 그 산 속의 저녁. 유화와 함께 나란히 걸음을 옮기던 그 시간의 숲과 달빛과 바람…… 그리고 한

없이 부드럽고 한없이 뜨거웠던 유화의 살결…….

유화…….

유화가 금와의 여인이 되었다. 그리고 아들을 낳았다.

몸의 떨림은 그치지 않고 계속되었다. 어느 순간 가슴속에서 자신의 마음을 묶고 있던 끈 하나가 툭 하고 끊어지는 소리를 들었다. 뼈를 얼리는 듯한 이 한기의 근원이 지독한 고독감이라는 것을 해모수는 그제야 깨달았다. 비로소 그는 자신이 세상의 모든 마을로부터, 모든 이들의 마음의 화원으로부터 홀로 버려졌음을 깨달았다. 자신이 있는 곳은 세상의 마지막 끝, 아무도 기억하지 않고 아무도 찾아오지 않는 곳…… 떨림은 그치지 않고 계속되었다.

왕자에서 서인으로

대체 그 신비한 느낌을 주는 노인은 누구란 말인가.

대사자와 신녀는 무슨 연유로 그 깊은 산 속의 옥사를 그리도 은밀히 찾았다 돌아갔단 말인가.

또 나는 어이하여 이리도 가볍게 그의 알 수 없는 부름에 이끌리고 있는 것인가.

생각하면 모든 것이 이상하고 의심스럽기 그지없는 일이었다. 주몽은 머리를 가득 채우고 있는 의혹을 떨쳐버리려는 듯 서둘러 걸음을 옮겼다. 조급한 마음 탓에 발길에 차이는 산길이 한없이 지루하게 늘어났다.

오늘은 무송과 담판을 지으리라 단단히 마음먹은 참이었다. 대궐 숙수간에서 대왕의 수라에 오르는 지주旨酒를 몰래 빼내온 것도 그런 까닭이었다. 술이라면 사족을 못 쓰는 무송이 지주에도 흔들리지 않는다면 우격다짐을 벌여서라도 반드시 그 노인을 만날 작정이었다. 만나서 다시 한번 그가 누구인지, 어인 까닭으로 그 긴 세월 산 속 동굴의 옥사에서 갇혀 지내야 하는지를 밝힐 작정이었다.

그러나 초막이 저만치 건너다보이는 산길에서 주몽은 문득 숨을 들이마시며 길가의 바위틈으로 몸을 숨겼다.

"헉……."

초막과 그 주변의 풍경이 처음 본 집과 땅인 듯 낯설게 느껴졌다. 철제 창검을 드높이 세워든 갑병들이 초막과 숲의 입구를 따라 늠름히 벌려서 있었다.

바위 뒤에 몸을 감춘 주몽이 고개를 내밀어 좌우를 둘러보았다. 길 잃은 산짐승이나 찾아올 법한 이 깊은 산 속에 무장한 갑병이라니. 이는 필시 전일 부득불과 여미을의 걸음과 무관하지 않은 일일 터였다. 그나저나 하늘을 나는 새거나 땅 속을 기는 두더지가 아니라면 숲으로 들어갈 방법이란 애당초 없어 보이니 딱한 노릇이었다.

이때, 한숨을 내쉬는 주몽의 뒷머리를 쥐어박는 손길이 있었다.

"너 이 자식! 다신 이곳에 얼씬거리지 말라고 했는데, 왜 또 기어든 거야!"

골이 잔뜩 난 무송이 상판을 일그러뜨리고 주몽의 등뒤에 버텨서 있었다. 어제 토굴에서 주몽을 만나 기함을 한 다음부터는 아예 대놓고 해라를 하고 있었다. 덜미를 잡혀 토굴에서 끌려나온 뒤에도 우황 든 황소처럼 펄펄 화가 난 무송이 퍼부어대는 욕설을 몽땅 뒤집어쓰고 산을 내려온 터였다.

"왜라니요, 형님! 무술을 수련하려고 왔지요. 이걸 보오. 이게 바로 나라의 한다 하는 왕공귀인들도 구경하기 어렵다는 지주……."

"일없어! 다 끝났으니 그만 내려가. 이제 너랑 나무토막 들고 장난하는 일은 끝났어. 그러니 앞으로는 이곳에 나타날 생각일랑 말어."

"형님!"

"형님이고 형놈이고, 다시 내 눈에 띄었다간 요정이 날 테니 단단히 명심해. 온, 네 녀석 하나 때문에 몇 목숨이 날아갈 뻔했는지 알아?"

주몽이 괴춤에 매달고 온 지주를 거들떠도 보지 않은 채 무송이 윽박지르는 소리를 냈다.

◆ ◆ ◆

밤이 이슥해서야 작업을 끝내고 돌아온 숙사에 모팔모를 기다리는 사람이 있었다. 숙사 마당의 커다란 측백나무 그늘 아래에서 평복 차림의 주몽이 걸어나왔다.

"나요, 대장!"

"주몽 왕자님께서 늦은 밤에 예까지 어쩐 일이십니까?"

두 사람은 마당 한켠에 놓인 대나무 평상에 마주앉았다. 마당 가 기둥에 매달린 장명등이 희미한 빛을 뿌렸다. 저편 산봉우리로부터 희뿌연 밤안개가 산자락에 자리 잡은 숙사로 슬금슬금 기어내려오고 있었다.

주몽이 내놓은 술을 단숨에 들이켠 모팔모가 크게 고개를 끄덕였다.

"거, 부여의 지주는 죽은 자도 술상에 불러 앉힌다고 하던데, 그 말이 영 거짓부렁은 아니구면. 허허허……."

웃음 띤 얼굴이 고된 노동과 마음고생으로 눈에 띄게 여위고 지쳐 보였다. 전날 국왕 앞에서 펼친 강철검 실험이 실패로 돌아간 이후 밤 낮을 잊은 채 새로운 철검 생산에 매달려 있다는 말이 거짓이 아닌 듯 했다.

"그래, 이번엔 뭘 만들어드릴까요, 왕자님. 거울을 만들깝쇼, 아니면 방울을 만들깝쇼?"

주몽이 마음에 드는 여자가 있으면 늘 철기방에 들러 청동 거울이나 청동 방울을 만들어달라고 떼를 쓰던 일을 두고 하는 말이었다.

"허허허, 지난번엔 신궁의 여관을 건드셨다구요? 이번엔 또 어떤 아 가씹니까?"

모팔모가 농 삼아 하는 얘기에 문득 주몽의 얼굴이 흐려졌다.

부영이…… 그 아이는 지금 어디서 무얼 하고 있는 것일까. 그 불쌍한 아이…… 부여국 장군의 딸로 태어나 하루아침에 천애고아나 다름없는 몸이 되어 노복으로 전전하던 아이. 다행히 여미을을 만나 신녀의 여관이 되었으나 자신의 경솔한 행동 때문에 다시 궁궐 밖으로 쫓겨난 아이. 부영이 궁에서 쫓겨난 뒤, 주몽은 몇 번이나 성의 안팎을 뒤졌지만 종내 그 자취를 찾을 수 없었다. 혹 흉악한 인간들의 꾐에 빠져 잘못된 것이나 아닌지…….

"허허허, 사내대장부가 계집 좋아하는 게 무슨 흉이 되겠습니까? 염려 마십시오. 말씀만 하시면 제가 곧 만들어 올리겠습니다."

"철검을 하나 만들어주시오. 저번처럼 부러지거나 잘라지는 검이 아니라 제대로 된 철검 말이오."

"검을 말씀입니까?"

모팔모가 뜻밖이라는 듯 놀란 표정을 지었다. 그리곤 될 성부른 일이 아니란 듯 홰홰 손을 내저었다.

"허, 요즘 철기방 야장 아이들이 어떤지나 아십니까? 강철검 생산에 매달려 오줌 누고 물건 털 짬도 없습니다. 칼은 거울이나 방울이랑은 다릅니다요. 제대로 된 검을 만들려면 손이 얼마나……."

"대장, 부탁이오. 내게 강철검 한 자루를 만들어주오."

자신의 칼을 가져야겠다고 마음먹은 것은 검은 두건을 쓴 사내의 미행을 안 첫날부터였다. 수수께끼의 사내가 단지 미행에만 그칠 것인지는 아무도 알 수 없는 일이었다. 주몽은 지난해 사냥대회에서의 일을 또렷이 기억하고 있었다. 그 울울한 주목숲. 나무등치들 사이로 불어오던 수상한 바람. 몸서리쳐지도록 잔인하고 무거웠던 그 충격. 그리고 쇠뭉치를 들고 웃음 띤 얼굴로 자신을 바라보던……아아…….

검은 두건의 사내가 어느 때 그 지루한 미행을 포기하고 자신을 향해 칼날을 들이댈지 알 수 없는 노릇이었다.

"대장이 정 바쁘다면, 내가 만들겠소. 내게 칼 만드는 법을 가르쳐주시오!"

주몽의 단호한 말에 모팔모가 놀라는 표정을 지었다.

◆ ◆ ◆

부여국 왕 금와에게 두 가지 놀라운 소식이 전해진 것은 그즈음이었다.

부여국 도성 문으로 먼지를 하얗게 뒤집어쓴 병마 하나가 들이닥치고, 곧 대전에서 중신들의 회의가 열렸다. 대장군 흑치가 평소와는 다른 무거운 목소리로 용상을 향해 고했다.

"폐하, 선비鮮卑의 무리가 요하를 건너 본방本邦을 침범하였다 합니다!"

"선비를 비롯한 서북변의 오랑캐들은 연전 짐이 군사를 일으켜 토평한 이후 상국의 예로 우리를 섬겨온 무리가 아닌가. 그런데 감히 우리의 강역을 넘보려 한단 말인가?"

"단순히 경계를 어지럽힌 정도가 아니라 보기步騎 합하여 5백여에 달하는 무리가 요하 인근의 세 고을을 공격하여 집을 불태우고 사람을 상하게 한 뒤 식량을 노략하여 돌아갔다고 합니다."

"이런 고얀……! 국경을 방비하는 우리의 장수는 무얼 하다가 겨우 선비 따위의 오합지졸 5백여에 그런 참화를 당하였단 말인가?"

"저들이 비록 머릿수는 적으나, 장졸들이 한결같이 강철 창검과 철갑으로 무장하여 당할 수가 없었다고 합니다."

흑치가 고하는 소리에 드넓은 대전 마루 위로 웅성거리는 소리가 먼지 피어오르듯 일어났다. 중신들의 놀란 시선이 하나둘 흑치를 향했다.

"무엇이! 선비의 족속이 강철 창검으로 무장을 하였다?"

"그렇습니다. 또한 선비의 졸오가 매우 정연하여 이전과는 다른 군대를 보는 듯하였다 합니다."

"이보시오, 대장군. 그게 대체 당키나 한 소리요?"

터무니없는 소리라는 듯 말하고 나선 이는 궁정 사자 벌개伐价였다.

"어리석고 야만스럽기가 짐승을 겨우 벗어난 선비 따위가 강철검으로 무장하였다는 말은 무엇이고, 졸오가 정연하다는 말은 또 무엇이오? 이는 필시 방비를 태만히 하다 불시간의 야습에 무너진 변방의 장수가 지어낸 말일 것입니다. 폐하께서는 어리석은 장수가 구실 삼아

하는 소리를 두고 심려하지 마십시오."

벌개는 부여국 황후인 원후의 친가 오라비 되는 자였다. 자그마한 체수에 이마가 좁고 늘 물기에 젖은 듯 반들거리는 눈을 한 중년으로 상황을 파악하는 머리가 기민하고 언변이 교묘해 묘당 안에서 그와 대하여 말을 붙이는 자가 드물었다. 벌개의 말에 안도의 숨을 내쉬는 자들과 의혹의 눈초리를 버리지 못한 자들 사이에 오가는 말들이 대전 마루 위로 낭자하게 쏟아졌다.

그때였다. 발소리 하나 떨어뜨리지 않은 채 바람같이 어전으로 들어선 대전 내관이 부복하고 아뢰었다.

"폐하! 신임 현토군 태수가 부여성에 당도하여 알현을 청하고 있다 합니다."

"무엇이! 현토군 태수가?"

내관이 고하는 소리에 다시 좌중이 술렁거리기 시작했다. 벌개가 주변을 둘러보며 말했다.

"허 참, 괴이한 일일세. 한 황제의 사령을 받고 오는 신임 태수라면 마땅히 임지에 들러 관내의 상하 관속에게 부임을 알림이 사리에 옳거늘, 어이하여 우리 부여국을 먼저 찾는단 말입니까?"

아까부터 한마디도 없이 깊은 생각에 잠겨 있던 부득불이 마침내 입을 열어 말했다.

"폐하! 선비의 준동과 현토군 태수의 방문에는 필시 하나의 연관된 까닭이 숨어 있는 듯합니다. 우선 현토군 태수의 알현을 허락하시어, 그자가 부여를 찾은 이유를 들어보심이 좋을 듯합니다."

아까부터 부득불의 뇌리에는 전날 계루국의 군장인 연타발이란 자가 자신의 집을 찾아 쏟아놓고 간 말이 떠올랐다.

―비록 선비가 한미한 족속이라 하나 그들의 뒤에는 한이 있습니다. 선비가 공교로운 때에 남진하여 흉노의 땅을 점유하기 시작한 것이 절로 그리된 일이라 생각하십니까?

과연 연타발 그자의 말처럼 한이 저 야만적인 족속을 앞세워 우리 부여를 견제하려 한단 말인가. 그런데 난데없는 현토군 신임 태수의 방문은 또 무엇이란 말인가.

"으음……."

한속처럼 온몸을 엄습하는 불길한 예감에 부득불이 무거운 신음을 토해냈다.

◆ ◆ ◆

"주몽이 깊은 밤에 철기방에 몰래 숨어든다고? 그 망할 자식이 대체 무슨 수작이란 말이야?"

"철기방 대장의 허락 하에 철기방에서 검을 만들고 계십니다. 아마도 강철검을 만드시는 것 같습니다. 사삿사람의 철검 제조는 국법으로 금하고 있는지라, 철기방의 일이 끝난 시간에 몰래 작업을 하고 계십니다."

"제놈이 철검에 대해서 뭘 알아?"

"철기방 대장 모팔모가 직접 제조법을 가르치고 있습니다. 강철검을 만드는 일은 워낙 손이 많이 가고 시간이 걸려 요즘에는 혼자 철기방에 들어가 작업을 하고 계십니다."

한 달 여 동안이나 주몽의 뒤를 좇아온 나로那據가 가져온 소식이었다. 영포는 뜻밖의 얘기에 잠시 의아한 표정을 지었다. 우라질 자식이 무슨 꿍꿍이속이란 말인가. 하긴 어려서부터 워낙 엉뚱한 놈이긴 했다. 멍청하고 둔한 겁쟁이 녀석. 그런 녀석이 언제부턴가 어머니와 형에게 가장 큰 두통거리가 되었다. 더구나 지난번 부왕과 대신들 앞에서 펼친 격검시합에선 자신마저 큰 망신을 당하지 않았던가. 이 망할 놈의 자식…….

영포는 캄캄한 나무그늘 아래 몸을 숨긴 채 자신의 지시를 기다리고 있는 작은 몸집의 사내를 바라보았다. 검은 어둠 속에서 야생동물의 그것처럼 푸른빛을 띤 사내의 두 눈이 자신을 건너다보고 있었다. 두려움을 모르는 강인한 눈길이었다. 또한 동정심이라곤 알지 못하는 냉혈한의 눈길이었다.

영포는 사내의 차갑고 비정한 눈빛에 저도 모르게 흠칫 몸을 떨었다. 아마도 사내는 간절히 기다리고 있을 것이다. 이제 그만 주몽을 없애버리라는 자신의 명령을.

하지만 그들은 결코 먼저 묻지도 주장하지도 않는다. 그들은 오직 의뢰인이 지시하는 일만을 목숨 걸고 행할 뿐이다. 복종은 그들이 지켜야 할 유일한 계율이다.

나로는 동이 전역을 불안에 떨게 하는 예족 출신의 악명 높은 자객 집단 월영방月影坊의 사내였다. 그들은 미행과 정보 수집, 이간과 요인 암살을 전문적으로 행하는, 수백 년의 전통을 가진 자객 집단이다.

그들은 봄바람보다 가볍게 움직이고 폭풍이나 해일보다 강하게 들이친다. 그들의 무술이 얼마나 고강한지, 그들이 쓰는 암기가 얼마나 무서운지는 아무도 모른다. 그것을 깨달았을 때는 이미 죽은 목숨이 되어버렸을 것이기 때문이다. 아무도 그들의 진면목을 본 적이 없고, 아무도 그들이 어디에 은거하는지를 알지 못한다.

자신의 명령 한마디면 주몽은 즉시 어둡고 한적한 골목에서 쓸쓸한 주검이 되어 버려질 것이다. 하늘의 그물[天網]을 벗어날 수는 있어도 월영방의 살수殺手는 벗어날 수 없다는 것은 동이 사람이라면 모르는 이가 없다. 원한다면 넋을 잃은 시신조차 감쪽같이 사라지게 할 수 있다.

하지만 영포는 그런 유혹을 애써 물리쳤다. 그의 뇌리에 방금 한 가지 생각이 떠올랐기 때문이었다. 한 점 암살의 의혹 없이 그 망할 녀석을 감쪽같이 없애버릴 기가 막힌 계책이었다. 영포는 그런 신통방통한 생각을 해낸 자신이 대견스러워 어둠을 향해 흐흐흐 웃음을 날렸다.

◆ ◆ ◆

뜻밖의 사태를 맞이한 금와의 놀라움이 컸다. 두 손을 모아 엄숙하게 읍하고 허리를 일으키는 현토군 신임 태수의 얼굴을 죽은 사람이라도 대한 듯 놀란 눈으로 바라보았다.

전에 없던 신임 태수의 방문에 대해 조정 대신들의 예단과 추측이 분분한 가운데 태수의 내알이 허락되었다. 대전 내관의 고하는 소리가 있자, 화려한 자색 비단포에 옥색 띠를 두른 중년 사내가 성큼성큼 대전의 휘장 안으로 걸어들어와 용상을 향해 부복했다.

"폐하! 대한大漢 현토군 태수, 부여국 왕 폐하께 문후 여쭙습니다."

"먼 길을 오느라 수고하셨습니다. 어서 좌탑에 오르시지요."

태수의 좌정을 청하던 금와의 눈이 문득 놀라움으로 크게 떠졌다.

"그, 그대는……"

맞은편 자리에 좌정한 양정이 빙그레 미소 띤 얼굴로 금와를 건너다보았다.

"사사로이는 폐하의 옛 벗인 양정입니다. 아직도 절 잊지 않고 계시니 감사천만입니다."

"어, 어찌 그대를 잊을 것인가……. 정녕 자네가 신임 현토군 태수란 말인가?"

"그렇습니다. 거룩한 천자 폐하의 사령을 받고 부임지를 향해 가던 중 옛 벗이 그리워 저도 모르게 걸음이 부여로 향하였습니다. 벗과의 우의는 천륜에 버금간다는 말이 정녕 거짓은 아닌 듯합니다. 하하하."

능글맞은 웃음을 흘리고 있는 양정을 바라보는 금와의 눈길에 불길과도 같은 분노가 어렸다.

이럴 수가. 이 사갈蛇蝎같이 악한 자가 새로이 부임한 현토군 태수라니…….

모진 고문으로 두 눈을 잃고 온몸은 피투성이가 되어 현토성 관아 앞 거리의 기둥에 매달린 해모수의 모습이 금와의 뇌리에 선연하게 떠올랐다. 그와 함께 환도를 빼어 금와가 부여쥔 말고삐를 베어 끊고는 천길 낭떠러지를 향해 바람같이 달려가던 해모수의 마지막 모습이 또한 어제 일인 듯 뚜렷이 떠올랐다. 가슴을 쥐어짜는 듯한 분노가 솟구쳐 올랐다. 육체적 통증에 가까울 만큼 격렬한 분노였다.

금와는 가까스로 분노를 억누른 채 양정을 향해 말했다.

"대임을 맡아 망망한 몸이 굳이 먼 길을 온 까닭이 무엇인가?"

"허허허…… 본시 한과 부여는 서로에게 이와 입술처럼 가깝고도 중한 존재로 예부터 호혜에 힘써온 사이였습니다. 우리 한은 천하에 다시없는 대국이고 부여는 동이의 일대 강국이니, 양국의 선린은 곧 천하의 안정과 평화일 터, 제가 만사를 젖혀두고 부여국의 대왕을 알현하고 보임을 고함은 마땅한 일일 것입니다. 더구나 사사로이는 저와 대왕은 함께 수학한 벗이 아닙니까?"

"으음……."

"이런 사정을 두루 살피신 대한의 천자께서 이 몸을 빌려 양국 간의 공영을 위한 귀한 말씀을 전하셨으니, 대왕께서는 삼가 받드시길 바랍니다."

"말해보라!"

양정이 웃음기를 거둔 매서운 표정이 되어 금와를 바라보았다. 그리고 천천히 무거운 입을 열었다. 나직하나 마디마디 바늘을 매단 듯한 말이었다.

"장차 양국 간의 항구적인 평화를 위해 병장기의 무분별한 개발은 백해무익한 일이라, 폐하께서는 작금 부여에서 흥맹한 강철 무기의 개발에 전력을 쏟고 있는 현실에 대해 크게 우려하셨습니다. 하여, 앞으로 부여는 새로운 철제 무기의 제조를 삼가기 바라며, 또한 나라에서 운영하는 철기방의 운영을 폐하라고 분부하셨습니다. 이는 양국 간의 평화와 우호를 위해 반드시 필요한 일이니, 지켜 행함에 일호의 어긋남도 없도록 하라고 명하셨습니다."

"무엇이! 철기방을 폐하고 병장기 제조를 금하라고?"

"그렇습니다. 폐하께서는 지난날 조선이 대국의 뜻을 거역하여 마침내 사직이 무너지고 국기가 뿌리 뽑힌 일을 본보기 삼아, 불행한 일을 자초하는 어리석음을 범하는 일이 없도록 하라고 분부하셨습니다."

격심한 분노로 인해 금와의 어깨가 푸들푸들 떨리고 있었다. 분노에 찬 금와의 호통이 떨어지려는 순간, 용상 맞은편에 시립해 있던 부득불이 양정을 향해 공수하고 입을 열었다.

"소직 부여국 대사자 부득불, 대한 현토군 태수님께 한 말씀 올립니다. 황제 폐하의 그러한 헤아리심은 지극히 마땅한 것입니다. 하지만 우리 부여는 농부들의 농공구를 생산하는 풀무간과 병사들의 창검과 화살촉을 만드는 야장간이 몇 있을 뿐, 강철을 제련해 철제 무기를 만드는 철기방은 존재하지 않습니다. 부여의 철기란 것이 무른 괴련철을 이용한 창검이란 것은 천하가 다 아는 사실입니다. 그런 형편에 강철을 이용한 철기 제조라니 당치 않으신 말씀입니다. 황제 폐하께서는 심려치 않으셔도 좋을 듯합니다."

양정이 차가운 눈길을 들어 부득불을 쏘아보았다. 보는 이를 얼릴 듯 싸늘한 미소가 입가에 매달려 있었다.

"흥, 그래요? 부여에는 강철 무기를 제조하는 야장간이 없다?"

"그렇습니다, 태수님!"

부득불이 감정이 드러나지 않은 무표정한 얼굴로 말을 받았다. 양정이 흐흐흐, 서늘한 바람이 이는 듯한 웃음을 흘리더니 말했다.

"그렇다면 실로 다행한 일이겠지요. 허나, 만에 하나 황제 폐하의 칙명을 어기고 강철 무기의 개발을 기도할 시에는 양국 간에 돌이킬 수 없는 불행한 사태가 벌어질 것입니다. 부여국 대왕께서는 크신 지혜로 이 점을 널리 헤아리시길 바랍니다."

"양정! 네가 감히 한의 위세를 빌려 날 핍박하려는 것이냐!"

금와가 마침내 참지 못하고 버럭 역증을 냈다. 하지만 양정의 능글맞은 웃음은 종내 그의 얼굴을 떠나지 않았다.

"폐하. 만약 황제 폐하의 영을 이행치 않으신다면, 선비뿐만 아니라 부여와 경계를 맞댄 읍루도 강철기로 무장하게 될 것입니다. 무엇이 진실로 부여를 위한 길인지 통촉하시기 바랍니다."

"무엇이! 그럼 선비의 강철기 무장이 바로 너의 계교였단 말이냐!"

"선비와 읍루만이 아닙니다. 오환과 숙신도 강철기로 무장을 하게 될 것입니다. 그뿐 아니라, 강철 병기와 갑주로 무장한 요동의 3만 정병도 부여를 주시하고 있습니다. 이들 모두를 적으로 돌리는 어리석음은 범하지 않으시리라 믿습니다."

◆ ◆ ◆

태자 대소가 주인이 되어 치른 화려한 연회가 끝나고 닷새가 지나도록 양정은 원로의 노독을 핑계 삼아 부여의 도성에 머물렀다. 나라 밖의 귀한 손을 접대하는 영빈관에 머물며 이따금 도성 거리를 산책하는 등 한가로운 시간을 보내고 있었으나 그의 의도는 명백한 것이었다. 양정을 따라온 20여 인의 수행 군사들이 날이 밝기가 무섭게 도성 안팎을 시궁쥐처럼 들쑤시고 다니는 것이 어느 곳에 있을 철기방의 소재를 찾으려는 것임이 분명했다.

부여의 조정에 그들의 행태를 근심하는 소리가 높았다.

"폐하! 저들이 아무것도 모르면서 저리 행하지는 않을 것입니다. 필시 도성 안에 세작細作을 두어 그동안 우리의 동태를 살펴온 것이 분명합니다."

"하지만 아직 철기방의 소재를 파악하지는 못한 듯합니다. 허나, 만약 철기방의 소재가 저들에게 드러나는 날에는 그를 빌미 삼아 무슨 패악을 저지르려 들지 알 수 없는 노릇이라 걱정입니다."

대신들이 아뢰는 소리에 금와가 수심 가득한 얼굴로 긴 한숨을 내쉬었다. 부득불이 위엄이 깃들인 목소리로 그런 금와를 위로했다.

"폐하, 너무 심려치 마십시오. 금성산의 철기방은 이미 폐쇄하고 감쪽같이 위장하여 둔 터라 저들이 산짐승의 눈과 귀를 가졌다고 해도 쉽게 찾지 못할 것입니다. 야철 대장과 야장들 또한 모처로 옮겨 은거시키고 있으니 별 문제는 없을 것입니다. 소나기가 내릴 때는 잠시 처마 밑에 쉬어가는 것이 옳습니다. 잠시 저들의 행태를 지켜보심이 좋을 듯합니다."

"하지만 저들이 앞으로도 우리 부여의 철기 개발을 금한다면 대체 어찌한단 말이오. 이는 저들이 우리를 영구히 신속臣屬하려는 의도를 드러내는 것이 아니오?"

"그렇다 하나 우리 부여가 어찌 저들 중원 오랑캐의 신복이 될 것입니까. 차차 일의 경과를 보아 대처할 방도를 찾으면 필시 길이 있을 것입니다. 너무 심려치 마십시오."

궁궐 전체가 바늘방석에 올라앉은 듯 불안한 하루하루가 흘렀다. 대전 뜰을 오가는 궁궐 사람들의 표정이 하나같이 살얼음 위를 걷는 듯 조심스러워 보였다. 그런데 현토군 태수의 방문으로 야기된 긴장은 예기치 않은 사건으로 인해 엉뚱한 양상을 띠기 시작했다.

온종일을 뙤약볕 아래서 보낸 농부들이 거친 베돗자리 위에서 혼곤히 잠을 청하던 초저녁 무렵, 세상을 온통 뒤흔드는 엄청난 폭발음이 어둠 속에서 들려왔다.

쿵, 쿵…….

난데없는 굉음에 잠을 깬 사람들이 주춤주춤 마당으로 내려서 사방을 두리번거렸다. 소리가 들려온 곳은 도성의 북쪽 금성산 쪽이었다.

금성산 깊은 골 어름에 시뻘건 화광이 솟아오르고 있었고 연이은 폭발음이 검은 하늘을 찢으며 사람들의 귓속을 파고들었다. 어둠 속에서 만산홍엽으로 물든 가을산이 기묘한 빛을 띠며 타오르고 있었다.

이튿날, 현토군 신임 태수 양정이 날이 새자마자 달음질을 쳐 편전으로 들이닥쳤다. 그리고 침통한 표정으로 앉은 부여의 국왕과 대신들을 향해 싸늘한 비웃음을 날렸다.

"내 일찍이 부여에 신묘한 능력을 지닌 기인재사가 많다는 말을 들어온 터였지만 이 정도일 줄은 짐작치 못하였습니다. 없다던 철기방을 하루 만에 만들었다가 또 하루 만에 깡그리 사라지게 하다니요."

"으음……."

금와는 땅이 통째로 사라진 듯한 절망에 찬 표정으로 말이 없었다. 양정이 야비한 웃음을 흘리며 이기죽거리는 언사를 계속했다.

"사정이 어떠하든, 지난밤의 참혹한 사고는 우리 황제 폐하의 뜻을 거스른 데 대한 하늘의 징벌일 것이 분명합니다. 한낮의 밝은 햇살처럼 공평무사한 하늘이 어찌 이런 비열한 사계邪計를 두고 보실 것입니까. 거짓이 어찌 참을 이기며, 굽힘이 어찌 바름을 덮겠습니까. 이런 일을 두고 하늘의 그물은 성기지만 하나도 빠뜨리는 것이 없다고들 하지요."

지난밤의 폭발 사고는 금성산에 터전한 철기방의 노에서 일어난 것이었다. 원인을 알 수 없는 노의 폭발로 인한 화재가 철기방을 잿더미로 만들고 인근 숲까지 태운 뒤 꺼졌다. 불길을 따라 사람들이 몰려갔을 때, 파괴된 야철장 뒷마당에 잿더미를 뒤집어쓴 주몽이 혼절한 채 널브러져 있었다. 그만한 사고의 와중에 별다른 상처를 입지 않고 목숨을 구한 것이 천행이라 할 만했다.

부여가 강철 무기의 개발에 전력을 쏟고 있다는 사실을 한이 파악한 것은 이미 오래전 일이었다. 비밀리에 철기방이란 대규모 야장간을 만들어 밤낮으로 철기의 개발을 서두르고 있다는 세작의 보고였다. 하지만 부여가 워낙 그 사실을 철저히 비밀에 부치고 엄히 경계한 까닭에 철기방의 위치나 야장들의 소재는 파악하지 못하고 있었다. 양정이 태수 부임을 빌미로 부여성에 머문 까닭이 거기에 있었다. 한 황제의 칙명을 내세워 강철 무기 제조 금지를 강박하는 한편, 수행 군사를 풀어 철기방의 소재를 밝히려 애썼다.

하지만 철기방의 자취는 여전히 오리무중이었고, 양정은 하루하루 초조한 시간을 보내고 있었다. 그런 차에 노의 폭발 사고가 일어나 스스로의 존재를 천하에 드러내었다. 뿐만 아니라 노가 녹아내리고, 풀무는 잿더미가 되어버렸다. 이것이 하늘의 도움이 아니라면 무엇이 하늘의 도움일 것인가. 부관이 고하는 말을 듣고 즉시 어두운 밤길을 달려 산을 오른 양정은 참혹한 재난의 현장 앞에 서서 득의의 미소를 지었다. 생각대로 천험의 요지에다 이를 은폐하기 위한 위장이 절묘하게 가해진 흔적이 역력했다.

"폐하께서는 어찌 말씀이 없으십니까? 지금까지 우리 대한大漢은 부여국을 형제국의 우의와 인정으로 대해왔건만, 어찌하여 폐하께서는 이를 배역으로 갚으려 하십니까? 이러고도 여전히 부여를 동방의 군자국이라 이를 수 있겠습니까?"

들판을 내닫는 큰물의 기세로 쏟아놓는 양정의 질타와 비난을 금와는 입을 굳게 닫은 채 고스란히 견뎠다. 보다 못한 부득불이 나서서 일이 그렇게 된 연유를 설명하려 하였으나, 그 사고를 야기한 장본인이 또한 부여의 왕자이고 보니 딱한 노릇이었다.

"하늘의 진노는 멈추었다 하더라도 위언과 궤사로 황제의 지시를 속이고 그 관리를 농한 것을 우리 한은 잊지 않고 기억할 것입니다. 한은 지금부터 부여와 일체의 교역을 금하고 세폐歲幣*를 철회할 것이며, 향후 황제의 지시에 대한 부여의 이행을 엄히 지켜보겠습니다. 부여국 왕께서는 장차 황제 폐하의 진노가 이 땅을 덮는 일이 없도록 밝게 살피시고 삼가 행하셔야 할 것입니다."

양정이 물러가고, 금와의 영에 따라 주몽이 편전으로 들어섰다. 그 엄청난 사고에도 불구하고 주몽은 얼굴과 머리가 조금 그을린 정도에 그친 것이 천행이라면 천행이었다. 잔칫상에 끌려나온 비루먹은 강아지 형상으로 편전을 들어선 주몽이 금와 앞에 부복하고 죄를 빌었다.

"죽을죄를 지었습니다, 폐하! 소자를 죽여주십시오……."

착잡한 눈길로 주몽을 내려다보던 금와가 이윽고 입을 열었다.

"네가 그곳엔 어찌하여 갔으며, 어찌하여 그런 사고가 일어났느냐! 숨기지 말고 소상히 고하여 보거라!"

"……폐하. 소자, 강철검을 제 손으로 만들고자 하였습니다. 그래서 야장들의 작업이 끝난 시간에 몰래 야장간으로 들어가 노에 불을 지피고 철을 주단조하여 칼을 만들고 있었습니다."

"으음…… 언제부터 그 일을 하였더냐?"

"달포가 지났습니다."

"헌데, 어찌하여 그 사고가 일어났느냐? 무엇을 어떻게 하여 그런 일이 일어났느냐?"

---

* 세폐 : 한의 고조가 주변국에 일정액의 물자를 제공한 일종의 화친정책. 이웃 나라가 때를 맞추어 한의 황제를 찾아보는 것 등에 대한 대가로 비단, 말, 금은 등을 주어 상호 호혜적인 관계를 유지하려 하였다.

"……."

"당장 말하지 못하겠느냐, 이놈! 네놈이 저지른 짓이 얼마나 엄청난 일인지 설마 모른단 말이냐?"

호통을 치고 나선 것은 대소였다. 금와 곁에서 양정의 교만하고 방자한 언행을 고스란히 지켜본 대소는 당장 주먹이라도 휘두를 듯 분노에 찬 모습이었다.

"모르겠습니다, 형님. 저는 그저 평소처럼 노 아궁이에 숯과 땔나무를 넣고 불을 지펴 풍로질을 하였습니다. 그러다 잠시 나무를 가지러 밖으로 나간 사이 엄청난 폭발이 일어났습니다. 저도 어찌하여 그런 일이 일어났는지 모르겠습니다."

"……."

주몽이 물러가고 그에 대한 논죄가 있었다. 일의 경과를 지켜본 이들이 약속이나 한 듯 엄벌을 주장하고 나섰다. 나라에 큰 해를 입히고 대왕의 위신을 실추시킨 주몽을 엄벌에 처해야 한다는 것이었다. 그 맨 앞자리에 선 것이 궁정 사자 벌개였다.

"그동안 주몽 왕자는 신궁의 여관을 희롱하는 등 크고 작은 실행失行이 적지 않았으나, 이번 사고는 그와 비견할 수 없는 엄중한 일입니다. 철기방의 소실로 인해 우리 부여는 강철의 개발을 중단해야 하는 사태를 맞았으며, 또한 한에게 우리 흉중의 뜻을 노출하여 앞으로 다시 개발에 나서는 것조차 난망한 일이 되었습니다. 철기의 개발이 우리 부여의 장래에 얼마나 중요한 일인가를 생각하면 주몽 왕자의 소행은 국적國賊에 버금가는 벌로 다스림이 옳을 것입니다."

그러자 대장군 흑치가 뜻을 맞잡고 나섰다.

"철기방 폐쇄는 지엄하신 폐하의 영으로, 한의 감시의 눈길을 피하기 위함이었습니다. 그러한데 이를 모를 리 없는 주몽 왕자가 야밤에 철기방으로 잠입하여 사고를 일으킴으로써 나라에 돌이킬 수 없는 불이익을 가져옴과 아울러 지엄하신 폐하의 위의에도 씻을 수 없는 흠을 남겼습니다. 이런 대죄를 지은 주몽 왕자를 왕자의 위에서 폐하시고 궐 밖으로 내쳐 세상의 본보기로 삼으셔야 합니다."

이외에도 주몽을 중한 벌로 치죄하라는 진언이 줄을 잡아당기듯 이어졌다. 시종 말없이 대신들의 주장에 귀를 기울이던 금와가 마침내 침통한 목소리로 입을 열었다.

"백관은 들으라! 국왕의 영을 기망하고 나라에 중한 죄를 지은 주몽 왕자를 폐서인한 뒤 폐출하라. 일체의 작호를 회수하고 거소를 궐 밖으로 내쳐 영원히 서인으로 살게 하라!"

◆ ◆ ◆

주몽을 폐서인하라는 왕의 처분이 내려진 그날 저녁, 황후의 침전에는 늦도록 불이 밝았다. 왕자 영포의 걸걸한 웃음소리가 꽃살창 밖으로 연신 흘러넘쳤다.

"허허허, 어머니. 마침내 주몽 그놈이 폐서인이 되어 대궐에서 쫓겨나게 되었습니다. 삼복에 산바람을 맞은들, 앓던 이가 빠진들 이만큼 시원하겠습니까. 그렇지 않습니까, 어머니. 허허허……."

"왜 아니겠느냐. 호호호, 어제 내가 무슨 좋은 꿈을 꾸어서 오늘 이 좋은 일을 보는지 모르겠구나. 내 그것들을 두고 날마다 일구월심 기도드렸더니 천신께서 오늘에서야 내 정성을 받아들이신 모양이구나. 호호호……."

"이제 주몽 그놈은 죽은 목숨이나 진배없습니다. 왕자도 아닌 몸으로 저잣거리를 헤매게 되었으니 어느 왈짜패의 손에 맞아죽는다 한들 누가 알겠습니까. 기회를 엿보아서 이참에 녀석의 명줄을 아예 끊어놓겠습니다."

"그래, 뒷날 또 다른 우환의 불씨가 될지도 모르니 그것도 좋은 생각이다. 그런데 태자야, 어찌 너는 그리 말이 없느냐? 그놈이 그리된 것이 기쁘지 않으냐?"

그때까지 생각에 잠긴 듯 무거운 표정으로 말이 없던 대소가 영포를 향해 고개를 들었다.

"영포야! 이 일을 네가 꾸몄느냐? 네가 손을 써서 노를 폭발시켰느냐?"

영포가 득의만만한 표정이 되어 우쭐거렸다.

"왜 아니겠수, 형님. 내 그놈이 철기방에 출입한다는 것을 알고 그리 손을 썼수. 노 안의 깊은 곳에 발화성이 강한 황과 송진, 목탄을 묻어두었지요. 그놈이 즉사하지 않은 것이 한 가지 서운한 일이긴 하지만 어쨌든 일이 이렇게……."

"이런 천하에 멍청한 놈!"

대소가 영포의 말을 자르며 꾸짖었다. 놀란 영포가 고개를 들었다.

"뭐라 하셨수, 형님? 내가 멍청하다고 하셨수?"

"그래, 이 천하에 어리석은 놈아! 너는 대체 생각이란 것이 있는 녀석이냐, 없는 녀석이냐. 아무리 주몽 그놈을 없애기 위해서라 하더라도 그런 일을 저지르다니……. 네놈의 어리석은 짓으로 인해 우리 부여가 앞으로 얼마나 큰 어려움을 겪게 될지 알지 못한단 말이냐? 오늘 부왕께서 양정 그놈에게 참담한 수치를 당하신 것을 듣지 못하였느냐! 자칫하면 이 나라가 한의 손아귀에 들게 될지도 모르는데 그런 말이 나온단 말이냐!"

한껏 기분이 들떠 있던 영포가 대소의 질책을 받고서야 머쓱한 표정이 되어 뒤꼭지로 손을 가져갔다.

"그, 그야…… 일이 이렇게 될 줄 알고 그랬겠수. 난 단지 그놈을…… 용서하시우, 형님!"

형제간에 오가는 말을 듣고 있던 원후가 영포를 두둔하고 나섰다.

"꼭 그렇게 생각할 것은 없다. 부여같이 큰 나라에 그런 일로 설마 무슨 일이 있겠느냐? 또한 나라에 어려운 일이 비단 이번뿐이었겠느냐. 인간사 길흉화복은 새옹지마라, 그 우물愚物이 대궐을 나갔으니 앞으로 우리 부여에 더 크고 좋은 일이 생길지 누가 알겠느냐."

"……"

"대소 네가 비록 태자의 자리에 책립되었지만 대왕께서 그놈을 고이시는 것이 여전히 자별하니, 그 태자란 자리도 실은 빛 좋은 개살구에 지나지 않았다. 그래서 나는 그동안 누워도 다리를 펴지 못하고, 앉아도 허리를 펴지 못했다. 하지만 주몽이 이제 왕자의 자리에서 쫓겨나고 대궐에서도 쫓겨나게 되었으니, 더 이상 무얼 근심하고 무얼 두려워하겠느냐. 그러니 어찌 이를 기쁜 일이라 하지 않겠느냐. 이 일을 두고 더 이상 영포를 나무라는 일이 없도록 하여라!"

◆ ◆ ◆

이튿날 아침 대궐 용마루 위로 푸른 아침 햇살이 비쳐들 무렵, 평복 차림의 주몽이 나아가 유화에게 하직을 고했다. 후원 별궁의 뜰에 엎

드린 주몽의 어깨가 슬픔을 이기지 못하고 가늘게 떨렸다. 무장을 한 배행 위사가 그 뒤를 지켜 서 있었다.

"어머니! 소자, 나라에 죄를 지은 몸이 되어 대궐을 떠납니다. 더 이상 어머니를 가까이 모시지 못하고 떠나게 된 소자의 불효를 꾸짖어 주십시오……."

지난밤, 밤새 되뇌고 마음에 새겼으나 아직도 대궐을 떠나야 한다는 사실이 믿어지지 않았다. 가슴은 잠시도 쉬지 않고 슬픔과 고통으로 무너져내렸다. 어머니가 있고 아버지가 있고 형들이 있는 대궐을 떠나 어디서 어떻게 살아가야 한다는 말인가.

"어머니…… 부디 옥체를 강건히 보전하셔서 다시 뵈올 때까지 언제나 편안하시기를 바랍니다. 소자…… 어머니께 하직 인사 올립니다."

주몽이 흐르는 눈물을 닦을 염도 내지 못한 채 일어서서 유화의 방을 향해 숙배를 올렸다. 그런 정황을 지켜보고 있던 배행 위사 또한 눈시울이 붉어진 듯 고개를 들어 먼 하늘을 우러렀다.

하지만 그러하도록 유화의 방문은 종내 열리지 않았다. 주몽의 애달픈 하직 인사에도 응대가 없었다. 주몽이 일어서 쓸쓸한 걸음으로 후원을 물러났다.

"왕자님!"

주몽이 막 궐문에 이르렀을 때 무덕이 가쁜 숨을 쉬며 달려왔다.

"왕자님께 전해드릴 물건이 있습니다."

무덕이 허리에 차고 있던 비단 두루주머니를 끌러 건넸다. 주몽이 보니 붉고 흰빛으로 반짝이는 패물이 가득 담겨 있었다.

"어머니께서 주신 것이냐?"

"저희 궁인들이 십시일반으로 모은 것입니다. 빈 몸으로 나서서 어찌하시겠습니까. 이걸로 용전을 삼으십시오. 왕자님, 반드시 다음날에는 좋은 일이 있을 것이니 그동안 부디 잘 지내시길 바랍니다."

"알았어. 고마워, 무덕아!"

무덕이 돌아와 유화에게 주몽이 궐을 떠났음을 고했다. 아침부터 말없이 서탁 앞에 앉아 책을 보고 있던 유화의 눈길이 가늘게 떨렸다. 하지만 아름답고 고귀한 기품이 깃들인 얼굴에는 여전히 별다른 표정의 변화가 없었다.

"마마, 왕자님께선 아직 험한 바깥세상에서 홀로 살아가실 만큼 강하지 못하십니다. 사람을 내어 뒤를 살피도록 하시는 게 좋을 듯합니다. 제가 사람을……."

"그럴 필요 없다. 그 아이의 나이 벌써 열여덟. 제 한 몸 건사하기에 부족한 나이가 아니다."

"하지만 마마……."

"큰 나무를 키우는 법이 자고로 그러하다. 묘목을 땅에 심을 때는 갖은 정성을 다하여 조심스럽게 하여야 하지만 한번 심어두면 마치 버린 것처럼 그대로 두어야 한다. 사람을 기를 때에도 그와 같은 지혜가 필요할 때가 있는 법, 나는 이 일을 통해 그 아이를 거목으로 키워보려 한다."

"하지만 마마, 주몽 왕자님은 천성이 여리고 성품이 온화하여……."

"궐 밖이 매정한 인종들의 이전투구장이라 하나 하늘 아래 그렇지 않은 곳이 어디 있겠느냐? 그곳 또한 사람들이 사는 곳일 터, 무에 그리 걱정스러울 것이냐. 너는 차후로 다시는 그 아이의 일을 입에 올리지 않도록 하여라!"

"……예, 마마."

이미 시작된 전쟁

주몽은 천천히 도성 거리를 걸었다. 궐문을 나선 뒤 그가 한 일이라곤 그저 쉬지 않고 걸은 것뿐이었다. 딱히 어딘가를 바라고 걸음을 옮긴 것은 아니었다. 걷는 일 말고는 달리 할 일이 없기도 하였거니와, 이렇게 걷다 보면 무언가 좋은 생각이 날 것이라는 막연한 기대감이 그의 등을 밀었다.

대궐을 나서면서는 한 걸음을 옮길 때마다 막막한 절망감과 두려움이 넘칠 듯 가슴속에서 출렁거리는 기분이었다. 이제 나는 더 이상 부여국의 왕자가 아니다. 나는 저들과 같은 평범한 인간이고, 바로 이곳이 이제 내가 살아갈 곳이다. 강물 위에 버려진 여린 나뭇잎 같은 자신의 처지를 생각할 때마다 슬픔과 자괴감이 칼 든 도적처럼 사납게 달려들었다.

하지만 쉴 새 없이 걸음을 옮기는 동안 차차 마음이 안정되었다. 천성이라 할 주몽의 대책 없는 낙천성이 슬며시 고개를 들기 시작한 것이다.

인간이 위대한 삶을 산다는 것은 아름다운 일이다. 하지만 무엇이 위대하고 무엇이 하찮은 것인가. 위대함을 바라지 않는다면 하찮음도 없다. 귀함을 생각하지 않으면 천함도 없다.

사람살이가 어찌 슬프고 고통스러운 일만 있을 것인가. 비록 지금은 이렇게 막막하지만, 쉬지 않고 걸어가다 보면 하나쯤 좋은 일도 있겠지. 일어나지도 않은 일을 두고 계집아이처럼 질질 짜고 두려움에 떠는 것은 사나이의 태도가 아니다. 궐 밖의 이 땅과 하늘 또한 나를 세상으로 보낸 신들의 주관 아래 있을 것은 분명한 일. 무엇이 불안하고 무엇이 두려울 것인가. 그러자 새로운 희망이 가슴속에서 솟구쳐 올랐다.

궐문을 나서며 무송을 찾아가볼까 생각했다. 하지만 주몽은 곧 고개를 저었다. 산중의 동굴에 부득불과 여미을이 다녀간 이후 경비가 삼엄해진 탓도 있지만, 이런 처지로 그를 만난다는 게 내키지 않았다. 자칫 마음이 약해져 그 앞에서 눈물이라도 보인다면 그 무슨 창피인가.

거리 저편에서 시끌벅적한 소란이 일었다. 난전이 즐비한 저잣거리의 초입께였다. 주몽의 걸음이 이끌리듯 그곳을 향했다. 젊은 장정 둘이 죽일 듯 침을 튀기며 고함을 지르고 있었다.

"요 망할 놈의 자식! 금쪽같은 내 돈을 날로 떼먹고 쥐새끼같이 도망을 다녀? 잘 만났다, 요놈아. 어디 오늘 내 손에 한번 죽어봐라!"

"이런 육시를 할 놈아! 옛말에 입은 비뚤어져도 주라는 바로 불라고 했다. 노름빚도 빚이냐? 그것도 다 네놈이 야바위를 벌인 것을 내가 모를 줄 아느냐?"

"이놈의 자식이!"

돈을 내놓으라는 쪽은 각진 턱에 메기같이 튀어나온 입을 한 커다란 체구의 사내였고, 노름빚도 빚이냐며 날 잡아잡수로 나온 쪽은 호리호리한 몸매에 얼굴빛이 거무튀튀한 맨상투 차림의 사내였다. 서너 차례 거친 욕설이 오가던 끝에 분이 머리꼭지까지 차오른 메기입이 그예 주먹을 들어 상대의 상통을 쥐어박았다.

"아구구구……."

맨상투가 자지러지는 비명을 내지르며 바닥을 나뒹굴었다. 얼굴을 감싸쥐고 비틀거리며 일어나는 그의 얼굴에 피가 내비쳤다. 붉은 피를 본 맨상투의 눈길이 불을 피운 듯 붉어졌다.

"아이쿠, 이 피 좀 봐. 이놈이 사람 잡네."

"엄살 부리지 마, 이놈아. 넌 아직도 한참 더 맞아야 돼."

"좋아, 좋아. 이제 내가 피를 봤으니까, 네놈한테 진 노름빚은 이걸로 갚은 셈 치마. 이제 빚 없다."

맨상투가 손을 휘휘 내저으며 걸어갔다. 그 뒤를 메기입이 따라가 덜미를 틀어쥐었다.

"뭐, 빚이 없어? 요런 쥐새끼 같은 놈. 그럴 게 아니라 이참에 아주 네놈을 요정 내고 내가 개값을 물어주마!"

사내가 주먹을 들어 다시 상대의 허구리를 내질렀다. 다시 기절할 듯한 비명이 솟았다.

"이보시오, 여기 이놈이 사람을 죽이오! 날 살리시오!"

맨상투가 기함을 하여 달아나고 그 뒤를 메기입이 주먹을 을러메고 따랐다. 상대를 피해 달아나던 맨상투가 급한 김에 주몽의 등뒤로 몸을 숨겼다. 뒤따라온 사내가 허공에다 주먹질을 해대며 소리쳤다.

"이리 안 나와, 요 쥐새끼 같은 놈! 거기 숨으면 내가 네놈을 살려줄 줄 알고?"

진작부터 주몽의 바른편에 붙어서서 싸움을 지켜보던 흰 두건 차림의 젊은 사내가 급기야 두 사람 사이에 나서며 싸움을 말렸다.

"어허, 이러다 백주에 살변 나겠네. 자자, 그만 진정들 하시오. 따질 것이 있으면 말로들 하시오!"

주몽을 둘러싸고 한바탕 드잡이가 벌어진 끝에 한 놈은 선불 맞은 짐승처럼 달아나고, 한 놈은 뒤쫓는 것으로 소동은 끝이 났다. 구경하던 사람들이 허허, 싱거운 웃음을 흘리며 자리를 떴다. 주몽도 가던 길을 따라 다시 걸음을 옮겼다.

◆ ◆ ◆

주몽이 야바위꾼들의 협잡에 꼼짝없이 당했다는 사실을 깨달은 것은 가도의 번화한 주루에서였다. 아침부터 먹은 것이 없던 터라 양고기 한 근과 술과 밥을 시켜 양껏 먹었다.

느긋하게 자리에서 일어서던 주몽은 그제야 허리춤에 매달아둔 비단 두루주머니가 감쪽같이 사라진 것을 알았다. 어딘지 과장되게 고함을 질러대며 드잡이를 하던 메기입과 맨상투 사내가 번갯불처럼 뇌리에 떠올랐다. 아뿔싸…… 공연히 나서 싸움을 말리던 흰 두건의 사내 또한 그들과 한 패임이 분명할 터였다.

불같은 분노가 솟아올랐지만 당장 급한 것은 딱하기 짝이 없는 눈앞의 형편이었다. 주몽은 침착하게 다시 자리에 주질러 앉았다. 그리고 의젓한 소리로 주루의 차인꾼을 불러 백주 한 고리에다 부꾸미 따위를 시켜 상 위에 늘어놓았다.

잠시 형편을 살피던 주몽이 괴춤을 만지며 문간 쪽으로 걸어갔다.

"온, 술을 한 고리나 들이켰더니 오줌보가 부풀어 터지려 하는구먼. 이보시오, 주인장. 여기 측간이 어디 있소?"

마당 뒤뜰로 나가 시원하게 오줌을 방사하고 난 주몽이 샛눈을 떠 마당 쪽을 살폈다. 다행히 물통을 진 어린 차인꾼 한 놈만 우물가에서 얼씬거릴 뿐 별다른 그림자는 눈에 띄지 않았다. 주몽이 마당 한켠에 놓인 모탕을 밟고 담장 위로 올라섰다.

사내들의 억센 손아귀에 덜미를 잡힌 채 주몽이 다시 술청 안으로 들어선 것은 그로부터 잠시 후의 일이었다. 솜씨를 발휘해 바람같이 담장 밖으로 내려선 주몽이 문득 낭패한 소리를 냈다. 골목 양쪽에 진작부터 기다리고 있었던 듯 빙긋이 웃음을 베어문 사내 둘이 버티고 서 있었다. 하나같이 모상이 흉흉한 데다 엄장이 산만 한 사내들이었다.

"주, 주인장. 내 말을 들어보시오. 내 그럴려고 그랬던 것이 아니라……."

술청 바닥에 내던져진 주몽이 손사래를 치며 겁에 질린 소리를 냈다. 빙글거리며 다가온 중년의 주인이 다짜고짜 손바닥을 휘둘렀다. 쩍, 물볼기 치는 소리가 나고 얼굴을 감싸쥔 주몽이 바닥에 나뒹굴었다.

"시끄럽다, 이놈아! 멀쩡한 놈이 음식을 시켜 먹고 몰래 월담을 해? 요런 괘씸한 놈……."

"어쿠쿠…… 내 잘못했소! 하지만 부러 그랬던 것이 아니라, 어떤

각다귀 같은 놈들이 내 돈을······."

"이놈이 그래도 주둥아리를 놀리네! 너 같은 놈은 관가에 끌고 갈 것도 없이 아예 물고를 내버려야 해. 감히 내 가게에서 도둑밥을 먹으려고 해, 이런 육시를 헐 놈 같으니······."

주인의 눈짓이 있자 팔짱을 끼고 지켜보던 사내들이 우르르 달려들어 주먹질, 발길질을 해대기 시작했다. 명줄을 끊어놓기로 작정이라도 한 듯 모질고도 잔인한 사매질이었다.

그때였다.

"멈추시오!"

비단폭을 찢듯 날카로운 음성이 사내들 위로 떨어졌다. 손길을 멈춘 사내들이 돌아보자 술청 안에서 막 식사를 마친 약관의 한 남자가 자리에서 일어서고 있었다. 그 앞에는 검은 절풍 차림의 준수한 장부가 앉아 있었다.

"주인장께선 무슨 일이기에 이렇게 함부로 사람을 때리는 거요?"

조우관을 쓰고 비단포를 갖춰 입은 품이 대가의 공자로 보이는 미장부였다. 준엄한 꾸짖음에 찔끔한 표정이 된 주인이 서둘러 답했다.

"이자가 음식을 잔뜩 시켜 먹고 값도 치르지 않고 달아나려 하기에······."

"그렇기로서니 그렇게 사람을 잡도리하오? 그 값이 얼마요?"

"다섯 냥입니다."

미장부가 염낭에서 청동전 다섯 냥을 꺼내 건넸다. 그러곤 몸을 돌려 문을 나섰다. 죽은 듯 바닥에 널브러져 있던 주몽이 가까스로 소리쳤다.

"이, 이보시오!"

미장부가 걸음을 멈추고 돌아보았다. 주몽이 비척거리며 몸을 일으켜 다가갔다.

"고, 고맙소. 내 이 은혜는 반드시 갚을 터이니 이름자라도 일러주고 가시오. 나는……."

그러던 주몽의 눈이 문득 화등잔처럼 커졌다.

"다, 당신은……?"

놀라기는 상대방도 마찬가지였다. 주몽이 하는 양을 바라보던 미장부의 눈길도 순간 놀라는 기색이 역력했다.

"너는 그때의……."

"날 기억하시겠소? 지난날 산중에서……."

남장을 한 미장부 소서노의 얼굴이 불을 밝힌 듯 반가운 빛으로 환해졌다. 하지만 아래위로 주몽의 모습을 살피더니 피식 실소를 흘렸다.

"쯧쯧, 다 죽어가는 몸뚱어리를 살려놓았더니, 말도 않고 도망가서 하는 짓이 고작 주루의 무전취식이냐?"

"이렇게 도움을 받아서 다시 한번 무어라 고맙다는 말을 해야 할지 모르겠소. 이 은혜는……."

주몽이 아픔을 참으며 품위 있게 건네는 말을 소서노가 일언지하에 자르며 이기죽거렸다.

"젠장, 곧 죽어도 그놈의 치레는. 은혜 같은 건 됐고, 우선 네 앞가림부터 잘해. 살아 있는 걸 보니 내가 헛된 일을 한 게 아니라서 다행이긴 하다만…… 쯧쯧, 넌 대체 뭘 하는 녀석이기에 허구한 날 매를 맞고 죽어가는 시늉이냐?"

소서노의 조롱하는 말에 안간힘을 다해 아픔을 참고 있던 주몽이 불끈 분을 냈다. 양 소매로 얼굴에 흐르는 피를 닦아낸 주몽이 소리쳤다.

"야, 이 기집애야! 너야말로 왜 내가 이럴 때만 나타나 아픈 사람 염장을 지르는 거냐? 내가 이래 뵈도 내 한 몸 건사는 충분한 사람이니, 어줍잖은 소릴랑 집어치우고 어서 꺼져!"

"흥, 죽을 목숨을 살려놓으니 또 큰소리시군. 알았으니 앞으로 맞아 죽든 굶어죽든 잘해봐. 그리고 티끌만 한 양심이라도 남아 있다면 앞으로 다신 내 눈에 띄지 마. 그게 바로 날 돕는 거야."

말을 마친 소서노가 유유히 걸음을 옮겨 주루를 나섰다. 그 뒤를 절풍 차림의 우태가 따랐다. 분을 참지 못한 주몽이 소리쳤다.

"이, 사내가 되다 만 기집애야! 남 걱정일랑 말고 네 앞가림이나 잘해! 너 그러다 시집이나 가겠냐? 너 같은 왈짜 계집을 누가 데려가겠냐? 평생 사내 흉내나 내다 늙어죽을걸!"

둘의 수작을 지켜보던 술청 안 사람들이 그 말에 왁자한 웃음을 터뜨렸다. 문을 나서던 소서노가 분기탱천하여 돌아서는 것을 뒤따르던 우태가 황급히 막아섰다. 이어 둘 사이에 거친 독설이 날카로운 화살이 되어 한동안 문지방을 넘나들었다.

◆ ◆ ◆

용꿈을 겹으로 꾸어도 이렇게 운수가 좋지는 않을 터였다. 비단 두루주머니를 품속에 갈무리한 협보陝父가 넓은 저잣거리를 온통 제 것인 양 어깨를 으스대며 걷는데 메기같이 튀어나온 입은 연신 웃음을 참지 못해 씰룩거렸다. 그 뒤를 흰 두건을 쓴 오이烏伊와 맨상투 차림의 마리摩離가 따랐다.

한눈에 보기에도 딱 어리뜩한 책상물림이었다. 저잣거리에서 주몽을 발견한 마리는 속으로 무릎을 쳤다. 하릴없는 걸음걸이하며 한가롭게 주변을 기웃거리는 품이 저자 구경에 나선 서생 나부랭이가 분명해 보였다. 저런 멀건이를 속여먹기란 제 주머니에서 물건 꺼내는 것만큼이나 쉬운 일이었다. 마리와 협보가 죽이네 살리네 드잡이를 하는 사이 말리는 척하던 오이가 잽싸게 사내의 허리춤에서 비단 두루주머니를 땄다.

샅에서 요령 소리가 나게 골목으로 달려간 셋이 주머니를 열어보고는 눈이 휘둥그레졌다. 그저 대갓집 공자의 용채 주머니 정도로 생각했던 것이 반지며 귀걸이며 갖가지 값진 패물이 가득한 보물 주머니였다. 잠시 이마를 맞대 궁리를 튼 끝에 도치屠痴를 찾아가기로 했다. 부여에서 이만한 패물을 처리할 만한 자는 도치밖에 달리 없었다.

"형님 계시우?"

양쪽 미닫이가 비좁게 어깨를 거들먹거리며 마리가 객전 안으로 들어섰다. 저잣거리의 끝자락에 자리 잡은, 푸주를 겸하고 있는 도치의 객전이었다. 술상에 앉아 잔을 기울이던 몇몇 불량한 낯빛의 사내들이 알은체를 했지만 마리는 무시한 채 객청을 지나 안쪽으로 들어갔다.

짐승을 도살하는 도축장이 있는 뒤채로 들어서자 도치가 한 손에 시퍼런 칼을 들고 또 한 손에는 피가 뚝뚝 듣는 돼지의 생간을 들고 걸어나왔다.

"오랜만이오, 형님!"

그런 마리를 본체만체 정주간으로 걸어가서는 피가 흐르는 생간을 슥슥 베어 한 점을 입에 넣고 우물거렸다. 퉁방울 같은 눈에다 귀밑까지 길게 찢어진 입, 유난히 흰자가 희번득이는 눈길이 한없이 잔인해 보이는 인상의 사내였다. 크지 않은 체구에도 단단한 어깨와 나무 밑동처럼 굵직한 허리통이 힘깨나 쓰는 씨름꾼처럼 다부져 보였다. 부여 도성에서 가장 큰 도축장과 객전을 운영하고 있지만 또한 부여의 뒷골목 패거리를 한 손에 쥐고 있는 무뢰배의 수괴이기도 했다.

"형님! 이것 좀 보시우!"

마리가 다가가 의자 위에 털썩 엉덩이를 앉히곤 품속에서 두루주머니를 꺼내 탁자 위에 놓았다. 다시 생간 한 점을 베어물던 도치가 문득 마리가 쏟아놓은 물건들을 바라보았다.

"이거 어디서 났어?"

"형님답지 않게 뭔 말씀이시오? 한번 보시고 값이나 넉넉히 쳐주시우. 한눈에도 보기 드문 귀물들이니 저번처럼 후려칠 생각일랑 마시우. 나도 그 정도 보는 눈구녕은 뚫린 놈이니."

천천히 탁자 위의 패물들을 살피던 도치가 고개를 저었다.

"묻는 말부터 대답해. 어디서 난 거야? 이건 보통 사람들이 쓰는 물건이 아니야."

"그럼 이런 패물을 아무나 쓰겠수, 귀인들이나 쓰겠지."

"이건 귀인이 아니라 왕실에서 쓰는 물건이야."

"왕실? 왕실이라 하였수?"

그제야 마리는 계집애같이 해사한 얼굴에 어딘지 기품이 묻어나는 태도를 보이던 주머니의 주인을 떠올렸다. 그 서생 나부랭이가 왕공 귀인이라…….

하지만 아무렴 어쩔 것인가. 초패왕이 아무리 칼을 잘 써도 나랑 싸우지 않으면 무슨 상관이랴. 패물은 내 손에 들어왔는데, 그 작자가 왕 공대인이든 비렁뱅이든 무슨 상관이랴. 마리가 손을 홰홰 내저으며 호기를 부렸다.

"건 상관없고, 얼마 쳐줄 건지나 말해보시우?"

"쉰 냥!"

도치가 내뱉듯 심드렁하게 말했다.

"청동전 쉰 냥? 이걸 전부 말이오? 원, 형님. 농도 심하시우. 왕실에 서 쓰는 패물이람서 딸랑 쉰 냥이 말이 되우?"

"싫음 관두구, 딴 데 가서 알아봐."

도치가 그릇을 챙겨들고 도축장 쪽으로 걸음을 옮겼다. 쓰게 입을 다신 마리가 할 수 없다는 듯 소리쳤다.

"알았수. 예순 냥!"

도치가 뒤도 돌아보지 않고 도축장 문고리를 잡았다. 마리가 끙, 한 마디 욕설을 입 속으로 내뱉고는 주머니를 들고 도치의 뒤를 따랐다.

"옛수, 쉰 냥!"

무표정한 얼굴로 마리의 손에서 두루주머니를 빼앗듯 거둔 도치가 안쪽 선반에 놓인 검은 나무상자에 던져넣고는 돌아섰다.

"사흘 후에 와!"

객청으로 나서자 술을 좋아하는 협보가 어느새 오이를 앉혀두고 술 잔을 기울이고 있었다.

"어찌됐어?"

옆자리에 와 앉아 제 손으로 술을 따라 마시는 마리에게 협보가 물 었다.

"쉰 냥!"

"젠장, 도둑놈이 따로 없구먼. 임자만 제대로 만나면 가락지 하나만 해도 그보단 낫게 받을 텐데. 온, 날도둑놈 같으니……."

하지만 도치 말고는 달리 그만한 물건을 처분할 곳이 없다는 걸 또한 모르지 않는 그들이었다. 도둑놈 개 꾸짖듯 입속말로만 투덜거리며 권커니 자커니 술을 들이켰다.

아까부터 안쪽 부엌에다 눈길을 주고 있던 오이의 표정이 문득 환하게 밝아졌다. 흰 저고리 차림의 처녀아이 하나가 기명이 담긴 광주리를 이고 마당으로 나서고 있었다. 슬쩍 동료의 눈치를 살핀 오이가 슬그머니 자리에서 일어섰다.

"부영아!"

우물가에 광주리를 내려놓고 지친 듯 맥을 놓고 앉아 있는 처녀를 오이가 나직하게 불렀다. 돌아보는 부영의 얼굴에 반가운 빛이 떠올랐다.

"오라버니……."

"응, 많이 힘들지? 좀 쉬어가며 일해. 그렇게 밤낮없이 일하면 몸이 무쇠인들 당해내겠어?"

"괜찮아요. 밥 안 먹었으면 들어가요. 내 금방 상 차려서 내갈 테니까."

"먹었어."

배시시 웃음을 베어무는 부영의 얼굴이 낮달처럼 창백하고 여위어 보여 오이는 마음이 아팠다. 그 곱고 귀티 나던 얼굴이……

대궐의 여관으로 있었다는 부영이 무슨 죄를 지어 거리에 내버려진 것은 지난 겨울의 일이었다. 장을 맞고 반은 죽은 목숨이 된 것을 어느 뒷골목 무뢰배가 납작 업어 도치에게 데려갔다. 반반한 얼굴이 돈이 되겠다 싶어 도치가 부영을 샀다. 며칠 장독杖毒을 다스린 다음 색주가에 팔아버리려는 생각이었다. 그랬던 것을 마침 도치의 객전에 들른 오이가 거금의 몸값을 제 몸으로 담보하여 간신히 객전의 계집종으로 눌러앉혔다. 그 일이 연유가 되어 부영이와는 오라버니 동생 하는 사이가 되었다. 비록 피 한 방울 섞이지 않은 오랍 동생이었지만 서로 위하고 아끼는 마음은 세상 어떤 오누이에도 뒤지지 않는 그들이었다.

"부영아, 너 손 이리 내봐!"

"손은 왜요?"

"글쎄, 어서……."

부영이 물 묻은 손을 슥슥 앞치마에 닦아 내밀었다. 물질에 부르트고 갈라진 부영의 손을 보자 오이의 마음이 다시 싸아하게 아파왔다. 괴춤에서 꺼낸 것을 부영의 손에 쥐어주었다. 벽옥으로 만든 가락지였다.

"어머, 웬 가락지예요?"

"으, 응…… 하도 예뻐서 하나 샀어. 내가 주는 거니까 가져!"

"어머, 예쁘다. 굉장히 귀한 물건 같은데 내가 어떻게……."

"대신 마리나 협보 형님한테는 말하지 마. 부영아, 나 간다. 또 봐."

오이가 손을 흔들고는 마당을 가로질러 객전 안으로 들어갔다. 손 위의 반지와 오이의 뒷모습을 번갈아 보던 부영의 얼굴이 문득 흐려졌다. 아름다운 옥반지는 무언가를 떠올리게 했다. 화려장엄한 궁궐의 벽과 기둥, 잘 손질된 길과 정원, 비단 화복을 차려입고 근엄한 표정으로 걸음을 옮기는 사람들……. 하지만 이제 그곳에서의 일은 먼 잠속의 꿈이 되어 사라졌다. 다시는 돌아갈 수 없고, 다시는 꿀 수조차 없는 꿈이 되어. 그리고 아아…….

어느새 차오르는 눈물로 흐려진 눈길 속에 떠오르는 한 얼굴이 있었다. 옥으로 빚은 듯 아름다운 얼굴에 개구쟁이 같은 웃음을 띠며 자신을 바라보던 그.

─부영아, 우리 궐 밖으로 놀러 가자. 서역에서 상인들이 왔대. 내가 예쁜 유리구슬 사줄 테니까 나랑 가자, 응?

주몽 왕자님…….

그의 분별없는 행동이 빌미가 되어 대궐에서 쫓겨나고 저잣거리의 계집종이 되었지만 한 번도 그를 원망해본 적이 없었다. 오히려 그의 짓궂은 행동과 억지스러운 말들이 시간이 지날수록 더욱 또렷하게 가슴속에서 되살아났다. 주몽 왕자님은 지금 어떻게 지내실까. 벌써 나를 까맣게 잊으셨을까…….

지난 겨울 그가 사냥대회에 참가했다가 짐승에게 참변을 당해 죽었다는 소식을 듣고 부영은 커다란 충격을 받았다. 자신의 서러운 처지보다 주몽의 죽음이 가슴 아파 부영은 눈물로 하루하루를 지새웠다. 그러다 주몽이 살아 돌아왔다는 소식을 듣고는 헤어진 부모와 형제를 다시 만난 듯 마음이 기꺼웠다.

"야, 빨리 그릇 씻지 않고 뭘 그렇게 넋을 놓고 있어! 다시 채찍 맛을 봐야 정신을 차릴 거야, 엉!"

어느새 다가와 모잽이로 눈을 뜨고 노려보는 자는 객전의 지배인이자 도치 패거리의 부두목인 한당郉蟷이었다. 아직 중년에도 이르지 않은 나이에 벌써 눈썹이 하얗게 센 데다 얼굴이 유독 희고 눈빛이 모질어 얼굴을 대하는 것만으로도 한기가 돋을 정도였다. 거기다 손매마저 잔혹하기 그지없어 그가 휘두르는 채찍에 눈을 뜨고 혼절한 것이 여러 번이었다. 부영이 하얗게 질린 얼굴이 되어 서둘러 우물 속으로 두레박을 던졌다.

◆ ◆ ◆

　태자궁의 밤이 조용히 깊어갔다. 대소는 침상에 비스듬히 기대 누운 채 여관이 등잔에 기름을 부어넣는 것을 지켜보았다. 여관이 등의 심지를 낮추자 대소의 밤은 한층 고즈넉하게 깊어갔다.

　알 수 없는 우울에 사로잡힌 대소는 사방을 가득 채운 정적의 한 점을 말없이 응시했다. 낮 동안의 분별없는 밝음과 무성한 활기와 뜨거운 열망이 푸른 어둠 속에 스러지고 세상은 온통 깊은 정적에 사로잡혀 있었다. 대소는 그 깊은 정적 속에서 오롯이 양감을 드러내고 있는 우울을 정면으로 응시했다. 낮 동안 세상을 지키던 모든 것들이 하얗게 타버리고 남은 잿더미 위에 오롯이 드러나 있는 것. 그것은 허망함이었고, 쓸쓸함이었고, 깊은 우울이었다.

　오늘도 어머니 원후는 자신과 아우 영포 앞에서 대왕을 향해 한바탕 비웃음과 증오를 퍼부은 뒤 유화 부인과 주몽에 대한 분노와 저주의 말을 쏟아놓았다. 그리고 대소에게는 장차 천자의 보위에 오를 태자로서 그 막중하고 거룩한 책임과 권위에 대해 이야기했다.

　"대소야, 너는 나의 희망이기 이전에 우리 부여의 조정과 만백성의 희망이다. 너는 이 땅을 비정하고 이 나라를 세우신 국조신의 적통을 이은 몸이 아니냐. 아무도 너의 자리를 건드릴 수 없고 아무도 너의 권위를 넘볼 수 없다. 만약 그런 못된 놈들이 있다면 가차없이 처단하여 하늘로부터 부여받은 너의 권위를 지켜야 한다. 알겠느냐?"

　대소는 알고 있었다. 자신에 대한 어머니의 그 과도한 사랑과 기대란 기실 버림받은 자의 슬픔과 분노에 다름 아니란 것을. 어머니의 일생은 분노를 날줄로 하고 증오를 씨줄로 하여 짜인 한 폭의 피륙이었다. 그리고 그 피륙 속에 아들인 자신이 수놓아졌다.

그리고 그것은 자신 또한 마찬가지였다. 대왕의 체신도 아랑곳하지 않은 채 어린 주몽을 등에 업고 정원을 거닐던 아버지였다. 금와의 그 드넓은 등은 단 한 번도 대소 자신을 위해 허락된 적이 없었다. 아버지의 눈길을 받기 위해 밤새도록 검술을 연마하고 누구보다 용감하게 깊은 숲을 누비며 짐승을 사냥했다. 하지만 그럼에도 금와의 시선은 언제나 자신의 등 뒤쪽을 향해 있었다. 그곳에 어리석고 겁 많은 주몽이 있었다.

아버지의 사랑과 자상함은 처음부터 자신의 것이 아니었으며 앞으로도 영원히 그러하리라는 것을 깨달았을 때 그 서글픔과 쓸쓸함이라니. 그것은 주몽이 세상에 태어난 순간부터 자신의 존재에 찍힌 지워지지 않는 낙인이었다. 주몽이 죄를 지어 궁궐에서 쫓겨난 이후 금와는 단 한 번도 웃는 얼굴을 보이지 않았으며, 날마다 행하던 왕자들의 저녁 문안마저도 중지해버렸다.

한때 그 자신 주몽이 받는 그 지극한 염려와 사랑의 대상이 될 수 있다면 자신의 가장 소중한 것을 버려도 좋으리라고 생각한 적이 있었다. 대왕의 자리까지도. 아버지의 사랑을 받을 수만 있다면……. 하지만 지금은 아니었다. 사랑을 받을 수 없다면 내 손으로 그 사랑을 빼앗아 오리라. 사랑을 빼앗을 수 없다면 차라리 그 사랑의 대상을 없애버리리라.

아버지의 사랑 대신 천하 만민의 사랑과 존경을 받으리라. 한 사람의 사랑 대신 천하 만민의 충성과 복종을 받으리라. 세상의 모든 크고 작은 권위와 위엄이 내 앞에 무릎을 꿇고 신종을 맹세하게 하리라. 그러기 위해 나의 신명을 바칠 것이며, 이를 거부하는 자가 있다면 나 대소의 이름으로 단호히 처단하리라.

대소는 주몽을 떠올렸다. 비록 지금은 중한 죄를 짓고 폐서인의 몸이 되어 궁에서 쫓겨났다고 하지만 아직도 아버지의 지극한 염려와 그리움은 그의 것이다. 더구나 그를 에우고 도는 알 수 없는 신비한 힘이라니…….

등잔의 기름을 다 채워넣은 후에도 여관은 머뭇거리며 자리를 뜰 생각을 하지 않았다. 지난번 마음이 어지러울 때 오늘처럼 등잔을 밝히러 온 그녀를 잠자리로 끌어들인 적이 있었더니, 내심 다시 태자를 모실 기회를 기대하는 눈치였다. 하지만 이 밤, 등빛조차도 한없이 쓸쓸한 빛을 뿌리는 이 밤, 대소는 모든 것이 허무하고 모든 것이 적연할 따름이었다.

그때 어딘가 방향을 알 수 없는 곳에서 낯선 새의 울음소리가 들렸다. 밤보다 조용하고 밤새보다 재빠른 자, 매의 눈을 가지고 고양이의 걸음을 가진 자. 그자가 왔다. 대소가 조용한 소리로 여관을 향해 말했다.

"이제 그만 물러가거라!"

아쉬움이 담긴 눈길로 대소를 건너다보던 여관이 발뒤꿈치를 들고 사라졌다. 잠시 후 대소가 문 쪽을 향해 시선을 들자 어느새 불빛이 미치지 않는 곳에 나로의 그림자가 부복하고 있었다. 밤을 가득 채운 어둠도 눈치 채지 못할 만큼 빠르고 조용한 움직임이었다.

"아직도 정처없이 거리를 헤매고 다니느냐?"

주몽이 궐 밖으로 나선 지 벌써 열흘째, 그동안 나로는 대소의 지시를 받아 주몽의 뒤를 은밀히 좇고 있었다.

"예. 궁 밖에는 달리 마땅한 거처가 없는 듯합니다. 음식을 요행히 얻지 못하면 그냥 굶기를 예사로 하고, 잠은 남의 집 처마 밑이나 외양간에서 청하며 떠돌고 있습니다. 구걸만 않을 뿐이지 걸식하는 부랑자나 다름없습니다."

"유화 부인과는?"

"부인을 만난 적도, 만나려고 한 적도 없습니다. 부인 또한 궁 밖으로 사람을 보내거나 연통하려 한 적이 없습니다."

"으음……"

대소가 기대 있던 몸을 일으켜 세웠다. 그리고 나로의 무릎 앞으로 덩이쇠가 든 자루를 던졌다. 정금만큼이나 비싼 값에 팔 수 있는 귀한 물건이었다. 나로가 서두르지 않는 손길로 자루를 품안에 갈무리했다. 대소가 문득 엄한 낯빛이 되어 나로를 바라보았다.

"내 너에게 한 가지 중한 일을 이를 터이니 명심하고 내 말을 이행하여라!"

"말씀하십시오, 태자님."

이미 시작된 전쟁이었다. 그리고 그 전쟁을 불러온 것은 자신이 아니라 주몽이었다. 전쟁이 시작된 이상 남은 것은 승자의 영광과 환희를 쟁취하기 위한 혼신을 다한 노력뿐이다. 그러기 위해서는 단호한 용기와 실행이 필요하다. 전쟁은 모략을 써서 적을 속이는 것이지 인의와 도리를 지키는 상도가 아니다. 여우와 같은 간교한 지혜와 사자와 같은 용맹이 필요한 것이 전쟁이다. 이 전쟁에서 이길 수만 있다면, 주몽을 죽일 수만 있다면, 나는 가장 사악한 자의 영, 악마의 힘을 빌리는 일이라도 주저하지 않겠다.

대소가 손짓을 해 나로를 가까이 불렀다.

불의의 기습

"으아악!"

귓불에 와닿는 뜨끈한 숨결에 주몽은 화들짝 놀라 몸을 일으켰다. 집요하게 잠의 경계를 침범하던 낯선 이물감은 이내 두려움이 되어 온몸을 사로잡았다. 주몽은 겁에 질린 눈길로 사방을 살폈다.

"헉!"

다시 다급한 비명이 주몽의 입에서 터져나왔다. 화등잔같이 커다란 눈을 가진 짐승 하나가 어둠 속에 서서 자신을 물끄러미 바라보고 있었다.

어둠에 눈이 익으면서 차차 주변의 사물이 눈에 들어왔다. 주몽은 자신이 외양간 구석의 건초 더미 위에 누워 있었음을 깨달았다. 간밤에 몸을 누일 곳을 찾아 이곳으로 몰래 숨어들어왔던 것이다. 자신의 귓불에 축축한 숨을 불어넣어 잠을 깨운 것의 정체도 밝혀졌다. 제법 커다란 몸집의 송아지가 눈을 끔뻑이며 주몽을 쳐다보다가 천천히 어미 곁으로 돌아갔다.

긴장이 풀리면서 주몽은 다시 스르르 짚 더미 위에 쓰러졌다. 어제부터 먹은 것이라고는 구유에 남아 있던 물이 전부였다. 잠에서 깨자 지독한 허기와 함께 턱이 덜덜 떨릴 정도의 한기가 엄습했다. 때는 구월. 낮에는 아직 땀이 흐를 정도로 더웠지만 밤에는 자다가도 몇 번이고 추위에 깰 만큼 쌀쌀했다.

먹고 마시고 쉴 수 있다는 게 얼마나 큰 행복인지 뼈저리게 느끼는 나날이었다. 지금껏 한 번도 그런 것들을 얻기 위해 노력해야 한다고 생각해본 적이 없었던 주몽이었다. 모든 것은 이미 자신을 위해 준비되어 있었고, 정작 그의 심각한 고민은 늘 다른 곳에 있었다. 하지만 지금 그의 가장 절박한 문제는 당장 하루하루 무엇을 먹을까, 어디에 잠자리를 구할까 하는 것이었다.

세상 대부분의 사람들이 그런 고민 속에 살아가고 있다는 것은 주몽에게 놀라운 일이었다. 그것을 위해 사람들은 힘겨운 노동과 부단한 번거로움을 견뎠다. 그것은 주몽에게 새로운 깨달음이었다. 주몽은 그런 절박한 하루하루 속에서 인간의 삶이, 생명이 참으로 엄중하다는 사실을 뼈저리게 느꼈다. 그것은 누구도 가르쳐주지 않았고 누구도 묻지 않았던 새로운 세상에 대한 이해였다.

주몽도 그들처럼 일자리를 구하려고 노력해보았다. 하지만 사람들은 점잖은 말투를 쓰는 희멀겋게 생긴 청년에 대해 날선 경계심만 드러낼 뿐 아무도 그를 써주려 하지 않았다. 저잣거리와 도성의 구석구석을 하릴없이 걸으며 그는 자신이 한 마리 새와 같다고 생각했다. 낯선 땅에선 그 정처를 찾지 못해 끝없이 허공을 날다 마침내 기진하여 죽은 몸이 되어서야 지상에 내려올 가련한 한 마리 후조…….

하지만 그럴수록 가슴속에선 이 지독한 어려움을 견딤으로써 새로운 사람으로 다시 태어나리라는 희망과 결의가 더욱 단단해져갔다. 비록 현재 자신이 겪고 있는 고난이 견디기 힘들 만큼 고통스러운 것이지만 반드시 이겨내 어머니와 아버지의 자랑스러운 아들, 부여의 자랑스러운 왕자로 다시 태어나리라 결심을 더하였다.

새로운 깨달음과 새로운 결의가 가슴속에 강물처럼 가득하다고 하나 당장 견딜 수 없는 것은 쉴 새 없이 속을 쥐어뜯으며 달려드는 허기였다. 주몽은 다시 구유를 향해 엉금엉금 기어갔다. 구유의 물은 이제 거의 바닥을 드러내고 있었다. 주몽은 머리에 두르고 있던 수건을 풀어 물에 적신 후 바싹 마른 입에 넣고 빨았다. 물은 달고 시원했다. 그런 자신이 젖을 탐하는 어린아기와 같다고 주몽은 생각했다.

주몽은 건초 더미로 되돌아가 몸을 깊이 파묻었다. 그리고 잠시 후 기절하듯 다시 혼곤한 잠의 세계로 빠져들었다.

주몽이 교외의 한적한 농가를 나와 다시 도성 거리에 나선 것은 해가 중천에 떠오른 한낮이었다. 주몽은 허기와 피로를 등짐처럼 짊어진 채 천천히 걸음을 옮겼다.

성을 남북으로 가로지르는 가도를 걸어 저잣거리로 접어들었다.

세상은 참으로 다양한 수만 가지 냄새로 이루어져 있었다. 오래 굶은 탓에 눈앞은 침침해졌지만 후각과 청각은 더욱 예민해져 주몽은 복잡한 저잣거리 한복판에서도 음식 냄새가 나는 곳을 쉽게 찾아낼 수 있었다. 지금 주몽의 온몸을 부드럽게 휘감으며 강한 힘으로 끌어당기는 냄새는 닭고기와 마늘을 한데 넣고 푹 끓인 죽시루에서 나는 것이었다. 할 수만 있다면 그 죽시루에 빠져죽고 싶을 정도로 환장하게 좋은 냄새였다.

통나무를 잘라 얼기설기 엮은 좌판에 사람들이 앉아 죽을 먹고 있었다. 부지런히 죽을 퍼 나르던 아낙이 쭉 째진 눈으로 주몽을 흘겨보았다. 주몽은 심한 모멸감을 느꼈지만 마치 온몸이 굵은 동아줄에 꽁꽁 얽매이기라도 한 듯 도저히 그 죽냄새로부터 몸을 돌릴 수가 없었다.

"아니, 사지육신 멀쩡한 놈이 왜 그러고 있대? 열심히 일해서 사 먹을 생각은 않고, 쯧쯧…… 그렇게 서 있지 말고 어여 저리 가! 아침부터 재수 없게 얼씬거리지 말고."

아낙이 소리 나게 시루의 뚜껑을 덮고는 돌아섰다.

잘 익은 초가을 햇살이 설핏해질 무렵이었다. 주몽은 미로같이 복잡한 주택가 고샅 위에 우두커니 서 있었다. 좁은 고샅을 따라 제법 소슬한 가을바람이 불어왔고, 사방은 무거운 정적에 사로잡혀 있었다. 어디쯤일까, 이곳은. 쓰러지지 않기 위해 안간힘을 쓰며 옮긴 걸음이 자신을 이 낯선 곳으로 데려온 것이었다. 어디쯤인지 짐작할 수 없었고 어디로 나가야 할지 또한 짐작할 수 없었다. 마치 하늘이 파놓은 운명의 미로를 마주한 느낌이었다.

하지만 이곳이 어디든 예서 주저앉을 순 없는 일이었다. 이 미로의 끝에 무엇이 있든 힘닿는 데까지 가보는 것이다. 그것이 자신에게 주어진 이 가혹한 운명을 상대하는 유일한 길이라고 주몽은 생각했다.

지친 주몽의 눈길 속으로 고샅 저편에서 한 사내가 마주 걸어오고 있는 게 보였다. 검은 경장 차림에 갈대를 엮어 만든 삿갓을 깊이 눌러 쓴 사내였다. 순간 지쳐 물 먹은 솜처럼 풀어져 있던 신경이 팽팽하게 긴장하기 시작하는 것을 주몽은 느꼈다. 조용히 다가오는 사내의 온몸에서 방사되어 나오는 매서운 적의가 손으로 만져질 듯 뚜렷이 느껴졌기 때문이었다. 사내의 저고리 아래로 삐죽이 드러난 것은 분명 장도 자루였다. 조용히 걸음을 옮겨놓고 있을 뿐이었지만 어딘지 비범함을 느끼게 하는 몸가짐이 사내가 지닌 무예의 높이를 짐작케 했다. 한기와도 같은 공포가 주몽의 온몸을 엄습했다.

주몽은 순간 몸을 돌려 달아날까 생각했다. 하지만 그러기엔 이미 지나치게 가까운 거리였고 그는 너무 지쳐 있었다. 인적이 없는 좁은 고샅, 경험해본 적 없는 고강한 무예를 지닌 적. 주몽은 자신이 결코 벗어날 수 없는 절망적인 상황에 직면해 있음을 알았다.

주몽은 걸음을 멈추고 가슴을 폈다. 그리고 마주 오는 사내를 가만히 바라보았다. 이것이 피할 수 없는 내 생의 마지막 순간이라면 당당하게 그것을 맞으리라. 자객의 칼날이 비록 내 목숨을 거두어가더라도 나의 두려움 없는 정신만은 죽이지 못할 것이다. 네가 죽이는 것은 단지 나의 육신뿐인 것이다. 주몽은 가슴을 펴고, 잊고 있었던 부여국 왕자로서 위엄을 되찾았다.

마주 오던 사내가 대여섯 발짝 떨어진 곳에서 걸음을 멈추었다. 사내의 얼굴은 여전히 삿갓 아래 감춰진 채였다.

"나를 찾아왔소?"

주몽이 물었다. 하지만 사내는 아무런 대꾸도 움직임도 없었다. 주몽이 더욱 당당한 목소리로 사내를 향해 말했다.

"당신이 찾는 사람이 이 나라의 왕자라면 제대로 찾았소. 당신이 무슨 연유로 날 찾아왔는지 알 수 없으나, 나는 지치고 허약하오. 그러니 망설이지 말고 당신이 하고 싶은 대로 행하시오."

하지만 사내로부터는 여전히 아무런 움직임이 없었다. 주몽이 다시 소리쳤다.

"뭘 망설이는 거요! 마지막 가는 길에 비굴한 애원이라도 듣고 싶소? 하지만 틀렸소. 내 비록 당신의 칼날 아래 목숨을 잃을지언정 비굴하진 않을 것이오. 그대를 보낸 이가 누군지 모르지만, 어서 주인의 영을 받드시오!"

사내가 천천히 허리에 찬 칼을 뽑아들었다. 잘 널어 말린 듯 맑고 건조한 가을 햇살이 장도의 날에서 흰빛을 뿌리며 부서졌다. 사내가 조금의 망설임도 없이 칼끝을 세워 둘 사이에 가로놓인 공간을 베며 달려들었다.

순간 뒤로 젖혀지는 삿갓 아래로 사내의 얼굴이 언뜻 드러났다. 매를 닮은 날카로운 눈매의 사내였다. 그제야 주몽은 언제부턴가 어둠의 그림자인 듯 보이지 않는 모습으로 끈질기게 자신의 뒤를 밟던 사내를 떠올렸다. 돌아보면 언제나 캄캄한 어둠으로만 남아 결코 자신의 옷깃 한 자락도 드러내지 않던 사내.

주몽이 자신도 모르게 반사적으로 몸을 흔들어 날아오는 칼끝을 피했다. 이어 허공을 가르는 장도의 날카로운 칼날이 세찬 빗줄기처럼 온몸으로 쏟아져내렸다. 자신도 이해할 수 없을 만큼 초인적인 힘이 주몽의 내부에서 솟아났다. 주몽은 본능적으로 날아드는 칼날을 피하며 달아날 길을 엿보았다.

하지만 생각의 시간은 짧았다. 날카로운 칼날이 허공에서 한 번 번쩍 빛을 발한 찰나, 서늘한 한 줄기 빛이 가슴을 베고 지나갔다.

"헉!"

무언가 잘못되었다는 생각이 든 것은 그 직후의 일이었다. 저고리 자락이 한 차례 펄럭이는가 싶더니 몸의 어디에선가 불로 지지는 듯

한 뜨거운 열기가 솟아올랐다.

"으윽!"

열기는 이내 온몸을 태워버릴 듯한 고통이 되어 온몸을 휘감았다. 서너 걸음 비척거리며 물러서는 주몽의 가슴께에서 선혈이 흘러내리고 있었다. 고샅의 흙벽에 등을 기댄 채 주몽은 가쁜 숨을 몰아쉬었다. 상대의 무술은 주몽이 짐작했던 것보다 훨씬 고강했다.

검은 경장의 사내가 천천히 주몽을 향해 다가섰다. 사내의 얼굴은 잔인하리만큼 철저한 무표정이었다.

"널……."

주몽이 가슴을 부여안으며 신음처럼 말을 토해냈다.

"널 보낸 자가 누구냐…… 누가 나를……."

지독히도 말수가 적은 사내였다. 사내가 말없이 칼을 머리 위로 들어올렸다. 사내의 장도가 주몽의 몸뚱어리를 가르며 떨어질 찰나였다.

"윽!"

순간 경장 사내가 짧은 비명을 토해내며 두어 걸음 뒤로 물러섰다. 어디선가 날아온 돌멩이가 사내의 가슴팍을 때린 것이었다. 그와 함께 바른쪽 골목으로부터 한 사내가 바람처럼 달려오더니 칼을 휘둘러 경장 사내를 주몽에게서 밀어냈다.

한 자루 예도를 비스듬히 든 채 주몽을 가로막고 선 것은 검은 복면을 한 커다란 체격의 사내였다. 난데없는 공격에 뒷걸음을 치던 검은 경장의 사내가 이내 자세를 가다듬고는 불의의 침범자에 대한 공격에 나섰다. 곧 검은 경장의 사내와 복면 무사 사이에 불꽃 튀는 접전이 펼쳐졌다. 눈 깜짝할 사이에 수십 합의 공격과 방어가 펼쳐졌다. 좁은 고샅이 그들이 쏟아내는 천변만측한 도법들로 어지러웠다.

두 사람 모두 절예라 할 만큼 뛰어난 무예의 소유자였다. 두 사람의 칼이 날을 맞댈 때마다 날카로운 금속성과 함께 햇살이 사금파리처럼 깨어지며 사방으로 흩어졌다.

접전이 길어지면서 부담을 느끼는 쪽은 검은 경장 사내 쪽이었다. 한 차례 강맹한 공세로 상대의 칼을 무력화시킨 사내가 순간 뒤를 보이며 달아나기 시작했다. 그러더니 이내 골목 저편으로 모습을 숨기며 사라졌다. 참으로 놀랍도록 날렵한 걸음이었다.

사내의 모습이 골목 너머로 사라지는 것을 지켜본 복면 무사가 주몽을 향해 돌아섰다. 하지만 바닥 위에 점점이 붉은 핏자국만을 남긴 채 주몽의 모습 또한 어디론가 사라진 뒤였다.

◆ ◆ ◆

"야, 이놈의 자식아! 치더라도 적당히 눈치를 봐가며 쳐야지, 아주 날 때려죽일 작정을 한 게냐?"

"허, 참. 요즘 사람들이 얼마나 약빠른데, 사정을 두고 치고받으면 그걸 믿겠어? 아파도 좀 참어. 나라고 네놈이 미워서 그랬겠어?"

"시끄러, 임마! 못된 소나무에 솔방울만 많다더니, 어리뜩한 놈이 주먹 힘만 세서. 아구구 내 허리야……. 아무래도 내가 네놈 주먹에 명대로 못 살 것 같다."

"흐흐흐……."

인적이 끊어진 주택가 고샅길로 세 명의 사내가 빠르게 걸어오고 있었다. 저잣거리에서 한 차례 야바위를 벌이고 도망쳐오는 마리 패거리였다. 절뚝거리는 다리를 끌며 뛰듯 걸어오던 마리가 잔뜩 사나운 얼굴이 되어 협보를 흘겨보았다. 하지만 협보는 무엇이 신이 나는지 튀어나온 메기입으로 연신 흐흐 웃음을 흘렸다.

서너 개의 골목을 빠르게 돌려세운 사내들이 어느 막다른 골목의 끝에서 걸음을 멈추었다. 뒷길을 살펴 따르는 자들이 없다는 것을 확인한 오이가 허리춤에서 비단 염낭 하나를 꺼냈다.

"어라, 이게 뭐야!"

염낭의 아가리 안을 들여다보던 마리가 실망하는 소리를 냈다. 여섯 개의 눈알이 잔뜩 기대를 가지고 들여다본 비단 염낭 안에는 청동전 두 닢이 들어 있을 뿐이었다.

"젠장, 허탕쳤네. 허탕쳤어."

"그 도포짜리 놈! 세상이 온통 제 것인 양 허세를 부리더니, 딸랑 동전 두 닢이야? 아구구, 내 허리야!"

"이래가지고야 술 한잔이나 제대로 마시겠어? 다시 한번 하자!"

협보의 말에 오이가 문득 긴 한숨을 내쉬었다.

"왜 그래? 어디 아퍼?"

"아무래도 형님들, 난 이 짓 그만둘까 봐요."

"그만둬? 그럼 뭘 해서 먹고 살 거야?"

"아무려면 산 입에 거미줄 치겠수. 명색 사내가 되어가지고 천하를 호령하지는 못하더라도 대체 이게 무슨 짓인가 싶수."

"자식이, 새삼스럽게 웬 신세타령이야?"

"그래, 나도 협보 니눔한테 얻어맞는 일 신물난다. 이참에 차라리 도치 밑에나 들어갈까?"

"관두슈. 도치 그놈이 어떤 자인지 모르고 하는 소리요? 그놈은 인간 도살자요."

"그려…… 비록 이 모양으로 멀쩡한 사람들 등이나 치며 살고 있지만, 사람 죽이고 재물 빼앗는 인간 말종은 되지 말아야지."

"협보 형님 말이 맞수. 똥개 뒤따라가면 똥간밖에 더 가겠수? 도치 밑에 들어가면 똑같은 인간 되기 십상이우."

셋은 다소간 우울한 표정이 되어 말없이 막다른 골목을 돌아나왔다.

어릴 적 볼이 빨갛던 시절 저잣거리에서 만나 형제같이 자라난 세 사람이었다. 그들에게 저잣거리는 자신들을 배태한 어미의 자궁과도 같은 곳이었다. 변방으로 수자리를 살러 나섰던 아비들이 앞을 다투어 오랑캐의 창칼 아래 목숨을 잃자 어미들마저 핏덩이 같은 자식들을 버리고 개가를 하거나 병들어 죽었다. 서 발 막대 휘둘러 하나 걸릴 것 없는 사고무친한 소년들이 목숨을 부지하기 위해 나설 곳이라곤 저잣거리 말고 달리 없었다. 타고난 힘이 남다른 협보가 저자의 짐꾼 노릇으로 목숨을 놓아먹일 무렵 꾀쟁이 마리를 만났다. 첫눈에 서로 배짱이 맞은 두 사람은 그날로 짝패가 되어 저잣거리를 누볐다. 그러던 차 주막의 사동을 살고 있던 오이가 몸놀림이 기민하고 눈썰미가 남다른 것을 보고는 함께 작패하였다.

묵묵히 걸음을 옮겨놓던 오이의 입에서 다시 깊은 한숨 한 가닥이 흘러나왔다. 오이의 심사를 모를 리 없는 두 사람 또한 묵묵히 앞서거니 뒤서거니 걸었다.

"형님들, 아무래도 이건 아닌 것 같수."

오이가 걸음을 멈추고 따라오던 두 사람을 돌아보았다.

"뭐가?"

"이렇게 하루하루 쓰레기같이 남의 등이나 치면서 사는 일 말이우."

"아니면, 달리 방법이 있어? 누군 뭐 사람답게 살고 싶지 않아서 이런 줄 알아? 나도 의젓하게 장가가서 자식새끼 거느리고 인간답게 살고 싶어."

"내 말은 그게 아니우. 설혹 그렇게 산다 하더라도 마찬가지일 것이오. 사람이 세상에 태어나 장가가고 자식 낳고 열심히 일하며 등 따습고 배부르게 살려고 노력하는 것은 목숨을 타고난 인간이라면 누구나 하는 일이오. 그런데 그렇게 사는 것이 과연 무슨 의미가 있겠소. 명색 대장부가 세상에 태어났으면 무언가 세상을 위해 뜻 있는 일 하나는 하고 죽어야 하지 않겠소? 그러고야 인간이라고 하지 않겠소?"

"……."

"그런데, 그게 대체 뭔지는 나도 모르겠소. 어떻게 살아야 제대로 된 사내로 사는 것인지…… 다만 사내로 태어나 정작 해야 할 일은 하지도 못한 채 하루하루 시간을 낭비하며 살고 있다는 생각이 들어 한심스러울 뿐이오."

"그건 네 말이 옳아. 이러구서야 어디 사내라고 하겠어? 까짓 아까울 것도 없는 목숨, 한번 보람 있게 써먹고 죽어야 할 텐데. 나도 이게 대체 뭔 짓인지 모르겠다……."

묵묵히 오이의 말을 듣고 있던 협보가 고개를 끄덕이며 그렇게 말했다.

그런 그들이 다시 걸음을 옮기기 시작했을 때였다.

"형님! 저길 보시오!"

오이의 예스럽지 않은 목소리에 마리가 고개를 돌아보았다. 고샅 저만치께 담장 아래에 한 사내가 등을 보인 채 쓰러져 있었다. 마리가 다가가 내딛는 발로 사내를 뒤집어놓곤 흠뻑 놀란 얼굴이 되어 물러섰다.

"뭐, 뭐야! 피 아냐!"

사내의 가슴팍이 온통 검붉은 피에 젖어 있었다. 핏기를 잃은 창백한 얼굴은 이미 그 넋이 구천을 헤매고 있는 듯한 모습이었다.

"죽은 거야?"

오이가 다가가 쓰러져 누운 사내의 목에 손을 대보고는 옷섶을 헤쳐 가슴의 상처를 살폈다.

"아직 죽지는 않은 것 같소. 하지만 피를 많이 흘려 이대로 두면 수각이 되지 않아 절명하기 십상이오."

그런 오이의 덜미를 잡아끌며 마리가 말했다.

"꾸물대지 말고 어서 가! 보니까 웬 놈한테 칼을 맞은 것 같은데, 공연히 얼쩡거리다 우리까지 경을 칠라."

그때 오이의 어깨 너머로 쓰러져 누운 사내를 바라보던 협보가 놀란 소리를 냈다.

"어라, 이놈 이거…… 저번에 그 자식 아냐?"

"누구?"

"왜 전날 그 비단 보물 주머니."

새삼 주몽의 얼굴을 찬찬히 살핀 마리가 고개를 주억거렸다.

"그러고 보니 그런 것도 같으네. 근데 부잣집 공자님이 왜 이런 꼴로 여기 나자빠져 있을까?"

"……"

말없이 주몽의 얼굴을 내려다보고 있던 오이가 문득 주몽의 늘어진 몸뚱어리를 일으켜 등에 업으려 했다. 오이가 하는 양을 보던 마리가 불에 덴 듯 소리쳤다.

"너, 이 자식 지금 무슨 짓을 하는 거야?"

"죽어가는 사람을 그냥 두고 볼 순 없잖수."

"이놈이 누군지 모르고서 하는 소리야? 살려놔봤자 우리가 지 주머니 턴 걸 알고 관에 발고할 텐데. 미치지 않고서야 그런 짓을 왜 해?"

"그렇다 한들 산목숨을 죽게 버려둘 순 없수."

"그려, 그건 오이 말이 맞아. 원, 인정머리라곤 벼룩 간만큼도 없는 놈. 넌 임마, 그래서 틀렸어."

마리에게 퉁박을 놓은 협보가 제가 앞서 주몽의 몸뚱어리 앞에 등을 돌려댔다. 주몽을 등에 업고 걸음을 옮기기 시작하는 둘을 도리 없이 멀거니 바라보던 마리가 분통이 터진다는 표정을 지으며 뒤따랐다.

"저, 저 자식들. 저게 대체 무슨 미친 짓이야. 어이쿠……."

◆ ◆ ◆

진맥을 하고 사내의 얼굴을 돌아보던 부영의 표정이 일순 얼어붙는 듯했다. 크게 떠진 눈으로 평상 위에 정신을 잃고 누운 사내의 얼굴을 부영은 뚫어질 듯 바라보았다.

"아……."

도무지 믿어지지 않는 현실 앞에 부영은 정신을 차릴 수 없을 지경이었다. 넋이 떠난 듯 여위고 창백한 얼굴, 넝마에 가까운 남루한 옷, 봉두난발의 머리, 거기다 깊은 자상까지 입어 의식을 잃은 이 사내가 주몽 왕자님이라니……. 꿈결로나마 한 번도 생각해보지 않았던 이 뜻밖의 현실에 부영은 그저 우두망찰할 따름이었다. 금지옥엽 부여국 왕자에게 대체 무슨 일이 있었던 것일까.

아까부터 곁에서 부영을 지켜보던 오이가 의아한 낯빛으로 물었다.

"부영아, 왜 그래? 아는 사람이야?"

그제야 정신을 수습한 부영이 서둘러 고개를 저었다.

"아니에요. 이런 거리의 부랑자를 알 리가 있겠어요. 이 사람 어디서 이런 부상을 당했어요?"

"몰라. 골목을 걸어가다 피를 흘리고 쓰러져 있기에 업어왔지. 의원을 찾아갈 만한 돈은 없고, 네가 궁궐에 있을 때 의술을 배웠다는 게 생각나 데려왔어."

부영이 어딘지 의심이 든 표정으로 세 사내의 얼굴을 뻔히 살폈다.

"오라버니들, 혹시……."

부영의 시선이 협보에게 가닿자 무슨 의미인지를 눈치 챈 협보가 손사래를 쳐가며 부인했다.

"아 아냐, 우린…… 오이 말이 맞아. 우리가 간혹 사람들 주머니를 턴다고 하지만 사람 목숨을 해치는 일은 하지 않아. 이자는 정말 길에 쓰러져 있었다고……."

부영의 시선이 다시 주몽을 향했다. 가슴의 상처가 비록 치명적일 만큼 깊지는 않지만 이미 많은 피를 흘린 뒤라 목숨 보전을 자신할 수 없는 지경이었다. 부영의 마음이 불안감으로 달아오르기 시작했다.

"오라버니, 어서 가까운 약전에 가서 백교향白膠香*이나 노송피老松皮*를 사오세요. 협보 오라버니는 석류꽃과 석회를 구해보시구요. 어서요!"

---

* 백교향 : 단풍나무의 진.
* 노송피 : 늙은 소나무 껍질.

그 시각, 부여궁 태자전에서는 대소가 끓어오르는 노기를 가까스로 다스리며 건너편에 앉은 사내를 노려보고 있었다.

"그래, 끝내 주몽의 종적을 찾지 못하였다는 말이냐?"

"송구합니다, 태자님. 몸에 중한 상처를 입고서 어떻게 그리도 감쪽 같이 사라졌는지 알 수가 없는 노릇입니다."

"으음…… 대체 그 복면 무사의 정체는 무엇이냐?"

"그 또한 알 수 없습니다. 일의 경과로 보아선 전부터 저와 왕자를 따르고 있었던 게 분명합니다."

"못난 놈 같으니! 그런데도 너는 그것을 전혀 눈치 채지 못하였단 말이냐?"

"송구합니다. 그자의 무술은 소인이 한 번도 겪어보지 못했을 만큼 절륜하였습니다."

"대체 그놈이 누구란 말이냐!"

노기를 참지 못한 대소가 버럭 고함을 질렀다.

"……"

"이로써 누군가가 주몽을 비호하고 있다는 사실이 분명해졌다. 이 제부터 너의 적은 둘로 늘어났다. 주몽뿐 아니라 그 정체불명의 복면 무사도 찾아내어 죽여라! 그리고 그를 비호하는 세력이 누구인지도 반드시 밝히도록 하여라! 필요하다면 군사를 내어놓을 터이니, 무슨 일이 있어도 필연코 내 영을 실행토록 하여라. 알겠느냐!"

"예, 태자님!"

◆ ◆ ◆

주몽은 자신이 말로만 들어왔던 하늘님의 나라, 천계에 들었다고
생각했다. 그러지 않고서야 있을 수 없는 일이었다.

"부, 부영아!"

자신의 얼굴을 그윽한 눈길로 내려다보고 있는 것은 분명 부영이었
다. 비록 전보다 많이 여위고 거칠어진 얼굴이지만 예전 신궁의 여관
부영이 틀림없었다.

"왕자님! 깨어나셨군요!"

꿈인 듯 생시인 듯 가늠이 되지 않는 눈길 속에서, 부영이 환하게 웃
는 얼굴로 말했다.

"응. 근데 네가 여긴 어쩐 일이야? 그리고 여긴 어디야?"

몸을 일으키던 주몽이 가슴을 움켜잡으며 고통스러운 소리를 냈다.

"끙……."

"아직 조금 더 누워 계세요. 왕자님께선 상처를 입으셨어요."

부영이 주몽의 머리를 안아 바닥에 눕혔다. 순간 풋풋한 여인의 살
냄새가 콧속을 파고들면서 주몽의 뇌리에 지난날 궁궐에서의 시간들
이 떠올랐다.

우울한 표정이 되어 말이 없는 주몽을 바라보며 부영이 말했다.

"길에서 쓰러지신 걸 사람들이 이곳으로 옮겼어요……. 여긴 제 방
이에요."

"여기가 어디야?"

"부여성 저잣거리에 있는 객전이에요. 이곳에서 일을 하고 있어요."

주몽이 새삼 눈길을 들어 부영의 행색을 살폈다. 지난 시간의 고생

과 곤궁이 한눈에 짚이는 차림과 얼굴이었다. 주몽은 자갈이라도 삼킨 듯 가슴이 먹먹하게 메어왔다.

"미안해, 부영아. 다 내 잘못이야."

"왕자님이 나쁜 뜻으로 저지른 일이 아니란 걸 알아요. 괜찮아요, 왕자님. 전 이미 전날의 일들은 다 잊었어요."

"하지만 널 이렇게 만든 건 내 탓이 아니냐. 내 소견 없는 행동이 널 이렇게 만들었어. 날 용서해다오……."

주몽의 간곡한 말에 부영은 새삼 가슴이 젖어드는 느낌이었다. 뜨거워지는 눈시울을 애써 감추며 부영이 물었다.

"왕자님께선 어쩌다 이런 처지가 되셨어요? 이 행색은 뭐고, 또 왜 이런 상처를 입으셨어요?"

"……."

"어서 궁궐로 돌아가세요. 별궁 마마께서 아시면 얼마나 걱정이 크시겠어요."

"나는…… 궁으로 돌아갈 수 없다."

부영이 놀란 눈을 떴다.

"나도 너처럼 궁에서 쫓겨났어. 난 이제 더 이상 왕자가 아니야……."

"그게 무슨 말씀이세요? 설마……?"

부영이 경악한 얼굴이 되어 주몽의 얼굴을 살폈다. 워낙 엉뚱한 짓을 즐기는 철없는 왕자이긴 했다. 그렇다 하나 궁에서 쫓겨나다니, 더 이상 왕자가 아니라니……. 이게 장난꾸러기 왕자가 벌이는 무슨 또 다른 장난이 아닌가 싶어 주몽을 뚫어질 듯 바라보는 부영이었다.

여장부

옥빛이 나는 비단 나관에 눈꽃같이 흰 포를 떨쳐입은 연타발이 무게 있는 걸음으로 대문을 나섰다. 화려근엄한 차림과는 달리 마음은 쇠추를 드리운 듯 무거웠다. 금와…….

부여국의 국왕 금와가 마침내 자신의 알현을 허락하였다. 연타발을 만나 청을 넣은 뒤 하루하루 초조한 나날을 기다려온 일이 마침내 성사된 것이었다.

율례와 풍속이 다른 많은 이방국의 하늘같이 고귀한 인물들과 만나 크고 작은 거래를 성사시켜온 연타발이었지만 부여의 궁성으로 향하는 발걸음이 전에 없이 긴장으로 떨리고 있었다. 들리는 바로, 부여국왕 금와는 드물게 현량할뿐더러 식견과 지혜 또한 남다른 인물이라 했다. 그런 인물을 상대로 자신과 졸본의 장래가 달린 거래를 성사시켜야 하는 것이다. 비록 그와의 거래가 당장 자신에게 큰 이문을 안겨

주지는 않을지라도 장차 졸본의 앞날을 좌우할 하나의 중요한 분기점이 될 것은 분명했다. 이를 위해 연타발은 지난 수년간 천하의 형편을 살피고 만국의 민심을 살폈다.

대문을 나서자 졸본 상단의 가솔들이 빠짐없이 늘어선 가운데 소서노가 웃음 띤 얼굴로 자신을 맞았다. 딸의 차림새를 본 연타발이 의아하여 물었다.

"또 어인 남장이냐? 어딜 가려고?"

"아버님을 배행하여야지요. 제가 오늘 아버님을 모시겠습니다. 어서 수레에 오르시지요."

"배행은 우태가 한다고 내 말하지 않았느냐?"

"우태 오라버니가 몸이 아프다 하여 부득이 오늘은 제가 대신하기로 하였습니다."

말을 마치고 배시시 웃는 품이 굳이 따지지 않아도 짐작이 가는 일이었다. 벌써부터 아버지가 궁궐에 들어가게 되면 반드시 자신도 따라가겠다고 별러온 것을 그는 모르지 않았다. 아마도 지난밤 우태를 상대로 갖은 협박과 애교를 다한 끝에 기어코 다짐을 받아냈을 것이다. 제 어미를 닮아 한번 마음을 먹으면 천하가 나서도 꺾지 못하는 게 딸아이의 고집이었다.

연타발이 소서노의 뒤편에 선 우태를 바라보았다. 연타발과 눈이 마주치자 계면쩍은 표정을 가리지 못한 채 우태가 황급히 고개를 숙였다.

오늘 궁성길의 중요함을 모르지 않는 우태가 뜻을 버렸다면 딸아이가 얼마나 극성을 부렸을지 짐작이 가는 바였다.

"쯧쯧쯧……."

짧게 혀를 찬 연타발이 말없이 두 마리 소가 끄는 수레에 올랐다. 딸아이가 저렇게 나선 이상 다시 일을 바루는 것이 이미 어려운 일이 되고 말았다는 것을 아는 까닭이었다.

눈빛을 반짝이며 연타발의 행동을 지켜보던 소서노가 비로소 바람같이 마필 위로 올라타더니 신이 난 음성으로 수레의 고삐를 잡은 구종을 향해 소리쳤다.

"뭘 꾸물거리느냐! 어서 출발하도록 하여라! 계루국 군장 연타발 어른의 행차시다!"

소서노의 마필이 앞서고 연타발을 태운 수레가 나선 뒤로 부여국왕에게 진상할 갖가지 천하의 귀한 폐물이 담긴 부담마가 따랐다.

◆ ◆ ◆

"귀한 걸음을 하셨소. 내 일찍이 계루국 군장의 드높은 위명과 놀라운 행적에 대해 들어온 터였는데 이제야 비로소 만남을 이루니 이 몸의 부덕이 크고 무겁소이다."

이미 굳게 마음을 다잡은 바였지만 새삼 금와의 조용한 몸가짐에서 풍겨나오는 알 수 없는 권위에 연타발은 압도당하는 느낌이었다. 오채 화려한 용포에 눈꽃 같은 백라관을 쓰고 옥좌에 드높이 앉은 금와는 그 드높은 권위와 위엄으로 인해 가히 눈부신 존재였다. 연타발이 이마를 땅에 찧을 듯 깊게 부복하고 나서 말했다.

"뜻밖의 말씀에 황송한 마음을 거둘 길이 없습니다, 폐하! 미천한 몸이 만승의 지존이신 존귀한 대왕 폐하를 뵈오니 다만 영광일 따름입니다."

"허허…… 아무튼 참으로 반갑소, 군장. 어서 이리 오르시오."

금와가 웃음을 담은 부드러운 눈길로 연타발을 바라보며 말했다. 내관의 안내를 받아 연타발이 용상의 맞은편 자리에 좌정했다. 잠시 한만한 담소가 오가고, 자리는 금와가 베푸는 연회로 이어졌다. 연회장에 마주앉은 금와와 연타발은 잠시 신분의 층하를 잊고 쾌한 웃음을 터뜨렸다.

"하하하! 동이 제일의 거상 연타발이 천하의 뛰어난 인물인 줄은 내 익히 알고 있었으나 이리도 호협한 인물인 줄은 몰랐소. 하하하……."

"과찬의 말씀이십니다. 소인이야말로 오늘 참된 영걸을 대하는 광영을 누립니다. 하하하……."

그렇게 권커니 자커니 술잔을 비우는 시간이 늘어갔다. 금와의 바른편에 앉은 부득불이 이따금 경계심을 품은 눈길로 연타발을 건너다보았다.

단숨에 술을 들이켠 금와가 잔을 내려놓으며 말했다.

"군장께서는 나와 거래를 원한다고 들었소. 그래, 나에게 무엇을 팔고 무엇을 사려 하시오?"

연타발 또한 술잔을 들어 잔을 비운 뒤 금와를 바라보았다.

"하늘같이 존귀한 대왕께 어찌 보잘것없는 물건으로 거래를 청하였겠습니까. 틀림없이 폐하께서 일찍이 보신 적이 없는 천하의 귀물이지요."

"그 귀물이 무엇인지, 어디 한번 물목을 펼쳐보시오!"

연타발이 문득 엄숙한 표정이 되어 정면으로 금와를 우러렀다. 그리고 조금 전까지의 호기와 취기가 말끔히 가신 명료한 어투로 입을 열었다.

"폐하. 현토군의 신임 태수가 부여국을 방문하여 철기방을 폐하고, 철제 무기의 개발을 금하였다 들었습니다. 한이 강철 무기를 앞세워 천하의 패권을 장악하려는 야욕을 드러내 보임은 새삼스러운 일이 아니나, 부여국이 은밀히 운영해오던 철기방의 존재가 드러남으로써 앞으로 철기의 개발이 어려움에 처한 것은 심히 안타까운 일이 아닐 수 없습니다."

연타발의 말에 금와의 얼굴이 굳어졌다. 새삼 양정으로부터 당한 수모와 철기방의 폐쇄로 인한 좌절감이 떠오른 까닭이었다. 더구나 그 일의 결과로 사랑하는 아들 주몽까지 폐서인하여 궐 밖으로 내치지 않았던가.

"으음……."

굳게 다문 금와의 입술에서 침통한 신음이 흘러나왔다.

연타발이 말을 이었다.

"하지만 부여국에 대한 한의 그러한 움직임과 현토군 태수의 계략을 미리 알았다면 일이 이토록 중대한 지경에까지 이르지는 않았을 것이란 생각을 하면 저 또한 안타까움을 금할 수 없습니다."

"……."

"또 한이 부여를 견제하기 위해 동이 서쪽의 오랑캐들을 강철기로 무장시키려 획책하고 있다는 사실을 미리 아셨다면 한의 도발에 대처하기가 훨씬 수월하셨을 것입니다. 그리고 선비가 한이 제공한 철기로 부여의 국경을 침범하리란 사실을 미리 아셨다면 동북변의 장수가 적과의 대전에서 목숨을 잃고 부여의 많은 군사들이 목숨을 잃는 일 또한 막을 수 있었을 것입니다."

"그럴 수만 있었다면 어찌 허무하게 저들의 계략에 당하였겠소. 하지만 천 리 밖에서 저들이 꾸미고 계획하는 일을 어찌 알아서 그에 대해 방비를 하리오."

"폐하! 소인 연타발이 폐하와 거래코자 하는 것이 바로 그것입니다."

"그것이라니, 무엇을 이르는 말이오?"

"폐하께서 청하시니, 제가 한 가지 물목을 내어드리겠습니다. 장차 머지않은 날에 한과 흉노가 화친을 맺을 것입니다."

"수백 년 원구지간인 그들이 화친을 맺는다? 하하하, 군장이 술기운을 빌려 나를 농하려 하시오?"

"소인이 광증이 들지 않은들 그럴 리야 있겠습니까. 폐하께서는 잠시 소인의 어리석은 말을 들어주시길 바랍니다. 현재 흉노의 왕인 호록고狐鹿姑 선우單于*에게는 배다른 동생이 하나 있습니다. 아직 약관에 불과하나 매우 명민하고 군왕의 덕이 있어 백성들의 기대와 사랑이 큰 자였지요."

말없이 연타발의 말을 듣고 있던 부득불이 그쯤에서 입을 열어 말을 섞었다.

"호록고 선우의 아우라면 좌대도위를 이르는 말씀이군요. 전일 한과의 대전에서 큰 승리를 거두어 흉노의 젊은 영웅으로 백성들의 신망이 대단하다는 소문을 들었습니다. 그런데 그자가 어떻단 말씀이시오?"

"얼마 전 그 좌대도위가 죽었습니다."

"호록고 선우의 아우인 좌대도위가 죽어요?"

---

* 선우 : 흉노족이 그들의 군장을 일컫던 말.

금와의 얼굴에 크게 놀라는 빛이 역력했다. 그런 얘기는 금시초문이었다.

"그렇습니다, 폐하. 흉노의 왕인 호록고 선우는 영웅의 자질이 있고 백성들이 따르는 아우 좌대도위에게 자신의 선우 자리를 물려주려 하였습니다. 하지만 이를 불만스럽게 여긴 호록고 선우의 어미가 자객을 보내 그를 살해하고 말았습니다. 자신의 핏줄인 손자가 아니라 호록고 선우의 이복동생이 선우가 될까 염려하여 벌인 일입니다."

"……."

"이 일로 호록고 선우는 충격을 받아 몸져누웠고, 죽은 좌대도위의 동복 형인 우곡려왕이란 자는 크게 분노하고 있습니다. 지금 흉노의 왕실은 선우 자리를 둘러싸고 왕의 지친들 가운데 심각한 내홍 양상을 보이고 있습니다."

"그런 일이 있었구려……."

"왕실에서 내홍이 일어난 차에 외부의 공격이라도 받는다면 자칫 나라가 순식간에 무너질 수도 있다는 것을 그들도 모르지 않을 터, 이에 호록고 선우는 한나라에 화친을 제의하려 하고 있습니다. 한 또한 이방 족속들과의 오랜 전쟁으로 지쳐 있는 터라 그런 흉노의 제의를 마다할 까닭이 없습니다. 머지않아 한과 흉노가 화친을 맺으리라고 말씀드린 연유가 여기에 있습니다."

"으음…… 그런 일이 있었구려. 좌대도위가 죽은 것이 언제 적 일이오?"

"보름 전의 일입니다."

"불과 보름 전?"

금와가 탄성을 발하듯 그렇게 말했다. 그의 얼굴에서 놀라움의 빛이 더욱 커졌다.

"군장께서는 수천 리 밖의 일을 어찌도 그리 빠르고 소상히 알고 있는 것이오?"

"소인은 평생 천하를 떠돌며 상단을 이끌어왔습니다. 지금도 어딘가를 떠도는 제 상단이 있고, 어느 곳에나 저와 거래를 하는 장사치들이 있습니다."

"으음……."

금와가 크게 고개를 끄덕였다.

"그렇다면 나와 거래를 하겠다는 것이 바로 천하의 소식이란 말이오?"

"그렇습니다, 폐하. 저의 곳간에는 천하를 떠돌다 돌아온 자들이 전하는 새롭고 진기한 소식들이 가득합니다. 그것들을 폐하께 팔겠습니다."

"호오…… 천하의 소식을 팔겠다? 대사자의 생각은 어떠시오? 계루 군장이 내놓은 물건이 과연 살 만한 가치가 있는 것이오?"

"병가에서도 적의 형편을 알아 아군의 그것과 비교한 후 전쟁을 하면 백 번을 싸워도 결코 위태롭지 않다고 하였습니다. 천하의 빠르고 바른 소식은 때로 칼과 창보다 더 요긴한 무기가 될 수 있습니다. 필시 우리 부여에게 큰 도움이 될 듯합니다."

부득불의 말에 금와가 고개를 끄덕였다. 금와의 시선이 다시 연타발을 향했다.

"그렇다면 군장께서 이 몸에게 사려는 것은 무엇이오?"

연타발이 자리에서 일어나 크게 절하고 아뢰었다.

"부여 전역의 관에서 전매하고 있는 소금의 판매권을 소인에게 위탁하여 주십시오. 이문의 9할을 폐하께 바치겠습니다.”

◆ ◆ ◆

　나아갈수록 사방을 가득 채운 고요가 더욱 깊어지는 느낌이었다. 그토록 화려하고 그토록 많은 사람들로 둘러싸인 궁궐이 실은 이토록 깊은 고요를 그 속에 품고 있다는 사실이 놀라웠다.

　소서노는 그 자신 고요의 일부가 되어 속 깊은 고요 속으로 걸어들어갔다. 그러면서도 연신 눈길을 두리번거려 사방을 살펴보았다. 금방이라도 하늘로 날아오를 듯 날렵한 기와지붕의 용마루, 우아한 색채로 치장된 벽과 기둥들, 계절의 신들이 직접 가꾼 듯 기화요초로 아름다운 정원들, 넓고 고른 돌길, 흡사 하늘에서 내려온 선녀인 듯 비단옷을 입고 종종걸음으로 오가는 아리따운 궁녀들.

　소서노는 걸음을 옮길 때마다 새로이 펼쳐지는 부여궁의 화려하고 아름다운 모습에 홀린 듯 빠져들었다. 아버지 연타발이 국왕을 알현하기 위해 편전으로 든 뒤 소서노는 홀로 접빈실에 남았다. 그리고 시중을 드는 여관이 잠시 자리를 비운 틈을 타 밖으로 나섰다. 갑갑한 방 안에 앉아 기다리면서 시간을 보내려고 그토록 힘들게 아버지를 따라나선 게 아닌 것이다.

　공간을 가득 채운 고요 속에 한 가닥 낯선 소리가 들려오고 있었다. 용도를 짐작하기 어려운 여러 채의 전각과 뜰을 지나 벽돌로 쌓은 궁궐 내담을 한동안 따라 걸은 뒤였다. 바람 소리 같기도 하고 바람을 맞아 우는 나뭇잎 소리 같기도 한 그 소리가 묘하게 소서노의 마음을 끌었다. 내미는 손길을 맞잡듯 소서노는 소리가 나는 방향을 향해 걸음을 옮겼다.

소서노의 호기심 어린 발길을 이끈 곳은 뜻밖에도 드넓은 공터였다. 높직한 중문을 들어서자 드높은 담장으로 둘러싸인 널찍한 공터에 흰 무인복武人服을 입은 한 남자가 홀로 검술을 연마하고 있는 게 보였다. 정면의 드높은 장대와 담장 아래 놓인 과녁들로 보아 궁성 호위 군사들의 연무장 같아 보였다. 소서노를 이곳으로 이끈 낯선 소리란 사내가 내지르는 기합 소리와 쉴 새 없이 휘두르는 칼이 일으키는 바람 소리였다.

돌아서 연무장을 벗어나려던 소서노가 문득 걸음을 멈추었다. 그리고 눈길을 돌려 연무장의 사내를 가만히 바라보았다.

물 흐르듯 부드러운 몸가짐 속에 태산이라도 무너뜨릴 듯한 힘과 날카로운 예기가 느껴지는 사내의 무예는 가히 절륜하다 할 만한 것이었다. 그러나 소서노의 눈길을 끈 것은 사내의 빼어난 솜씨보다는 그의 몸짓에서 느껴지는 이해할 수 없는 고독감이었다. 마치 씻을 수 없는 내면의 상처와 슬픔을 칼과 호흡에 실어 허공을 향해 토해내고 있는 듯한 모습이었다. 사내가 전력을 다해 빠르고 위맹한 검술을 펼칠수록 소서노의 가슴속에서 그런 느낌은 더욱 짙어졌다. 소서노로서는 한 번도 경험하지 못한 참으로 묘한 느낌이었다.

검술 수련을 마친 사내가 환도를 내려놓고 활을 잡았다. 그리고 천천히 걸어 사대에 섰다. 한순간 호흡을 가다듬은 사내가 시위를 당겨 화살을 날렸다. 바람을 가르고 날아간 살이 과녁의 중심을 정확하게 꿰뚫었다. 두 번째, 세 번째 연이은 화살도 서른다섯 보 남짓 떨어진 과녁을 어김없이 명중시켰다. 나뭇잎을 스치는 봄바람처럼 부드러우면서도 또한 매서운 힘이 실린 솜씨였다.

"호오, 굉장한걸……."

소서노가 나직이 탄성을 발했다. 텅 빈 연무장 위로 과녁을 때리는 화살 소리가 규칙적으로 들려왔다.

그런 어느 때였다. 사내가 다시 동개에서 화살을 뽑아 시위에 메겼다. 과녁을 겨냥하던 사내가 순간 이상한 태도를 보인다고 소서노는 생각했다. 사내의 몸이 빙그르르 돌아 출입문 쪽을 향하는가 싶더니 번개같이 화살을 날렸다. 휘파람 소리를 내며 허공을 날아온 화살이 소서노가 몸을 숨긴 벽의 기둥에 박혔다.

"헉!"

소서노가 놀란 소리를 내며 기둥에서 물러섰다. 당황한 소서노의 눈길이 사대를 향했다. 사대 위에 우뚝 선 사내가 무표정한 얼굴로 소서노를 노려보고 있었다. 두 사람의 눈길이 허공에서 강하게 얽혔다.

사내가 뚜벅뚜벅 걸어와 소서노와 마주섰다.

"너는 누구냐!"

"……."

"웬 자인데 쥐새끼처럼 숨어 훔쳐보고 있느냐? 보아하니 궁인은 아닌 듯한데……."

소서노의 얼굴이 수치심으로 붉게 달아올랐다. 두려움을 모르는 소서노의 눈길이 사내를 마주 쏘아보았다.

"젠장, 누가 숨어서 보았다고 그래. 별 시답잖은 소리 다 듣겠네."

"……."

"거 괜한 소릴랑 집어치우고 하던 일이나 계속하시오. 난 바쁜 몸이어서 이만 가보겠소."

소서노가 몸을 돌려 출입문께로 걸어갔다. 사내가 문득 저놈이, 하는 표정이 되어 소서노를 노려보았다.

"거기 서지 못하겠느냐?"

소리치며 다가간 사내가 허리에서 환도를 뽑아 소서노의 목을 겨누었다. 소서노를 바라보는 사내의 시선이 문득 묘한 빛을 띠었다. 그러더니 천천히 칼끝을 내려 소서노의 가슴 섶을 헤집을 듯 건드렸다.

"너, 계집이었더냐?"

"이런, 망할 자식!"

한 걸음 몸을 옮겨 칼끝을 빗겨낸 소서노가 주먹을 뻗어 사내의 얼굴을 가격했다. 예기치 않은 공격을 가벼운 몸짓으로 피한 사내가 빙그레 웃음을 띠었다.

"사내보다 더 성깔이 사나운 계집이군. 보아하니 제법 무술을 익힌 솜씨인 듯한데, 어디 한번 나랑 겨뤄보겠느냐?"

이미 분이 날 대로 난 소서노였다. 한 차례 날카로운 눈길로 사내를 쏘아본 소서노가 앞서 성큼성큼 걸음을 옮겨 연무장으로 향했다. 빙그레 미소를 띤 사내가 뒤를 따랐다.

"자, 어떤 무기를 들겠느냐?"

갖가지 병장기를 늘어놓은 무기고 앞에서 사내가 말했다. 소서노가 망설이지 않고 쌍검을 찾아들었다.

환도를 든 사내와 쌍검을 든 소서노가 연무장 한가운데 마주섰다.

"얍!"

기합 소리를 내지르며 소서노가 빠르게 몸을 날려 상대를 짓쳐들었다. 뜻밖의 빠르고 날카로운 공격에 사내가 황급히 환도를 휘둘러 간신히 날아드는 칼날에서 벗어났다. 간담이 서늘해지는 느낌이었다. 하지만 그것은 길고 숨 가쁜 싸움의 시작에 불과했다.

바람 한 겹의 여유도 두지 않는 쌍검의 재빠른 공격이 사내의 몸 구석구석을 노리며 달려들었다. 소서노의 가냘픈 양손에서 펼쳐지는 쌍검의 변화무쌍한 검식이 사내를 압도하며 덮쳐들었다. 생각 밖의 날카롭고 매서운 공격에 대소는 당황한 마음을 갈무리할 새도 없이 날아드는 칼끝을 막아내기에 급급한 형편이었다.

처음엔 평복 차림의 대궐 위사인가 했다. 사내답지 않게 해사한 얼굴이 묘한 느낌을 주었는데 뜻밖에도 가슴이 봉긋하고 화가 나 쏟아놓는 말투가 여인의 그것이었다. 남장을 한 계집이라. 그것도 궁궐 안에서…….

호기심이 동한 대소가 장난 삼아 벌인 대결이었다. 그랬던 것인데, 뜻밖에도 놀랄 만큼 뛰어난 솜씨를 펼치니 정신이 번쩍 드는 듯한 느낌이었다. 여유를 두고 대하려던 칼끝이 절로 단단해지며 날카로워졌다. 아차 하는 날에는 천하의 대소가 계집에게 창피를 당할 뻔하지 않겠는가 말이다.

정신을 수습한 대소가 칼자루를 바투 잡으며 칼날을 맞부딪쳐나갔다. 날카로운 금속성이 쉴 새 없이 허공으로 솟아오르면서 바야흐로 대결이 숨 가쁜 열기를 띠기 시작했다.

순식간에 수십 합의 접전이 이루어졌다. 소서노의 쌍검은 여전히 빠르고 날카롭기가 그지없었으나 어딘지 조금씩 예기를 잃어가는 듯했다. 온 힘을 다한 쉴 새 없는 공격이 번번이 대소의 환도에 막혀 빗겨 흐르면서 지쳐가는 눈치였다. 소서노의 숨결이 눈에 띄게 가빠지고 있었다.

정도의 차이는 있었지만 대소 또한 진땀이 나기는 마찬가지였다. 비록 상대의 무예가 자신을 압도할 정도는 아니라 하나, 또한 자신에게 쉽게 제압당할 정도도 아니었다. 하지만 그럴수록 가슴속에서 불같은 호승심이 솟아올라 더욱 힘차게 환도를 휘둘렀다.

그런 어느 때였다.

"공자님! 공자님!"

여인의 새된 음성이 두 사람의 어지러운 칼끝 사이로 날아들었다. 검을 거두고 물러난 두 사람이 소리 나는 쪽을 바라보았다. 조금 전 소서노를 시중 들던 편전의 여관이었다.

여관이 뛰듯 종종거리는 걸음으로 소서노 앞에 다가왔다.

"군장 어른께서 아까부터 찾고 계십니다. 접빈실에서 기다리지 않고 왜 여기까지 오셨어요. 그리고 대체 여기서…….."

여관의 눈길이 마주선 사내를 보더니 놀라 고개를 숙였다.

"태, 태자님……."

"무슨 일이냐?"

대소의 물음에 여관이 한 차례 읍을 하고 아뢰었다.

"송구합니다, 태자님. 여기 계신 공자님을 찾던 참이었습니다."

두 사람 사이에 오가는 말을 지켜보던 소서노가 놀란 눈으로 대소를 바라보았다. 자신과 검을 맞댄 상대가 부여국의 태자란 사실을 비로소 깨달은 탓이었다.

"태자……?"

대소가 빙그레 웃음 띤 얼굴로 소서노를 바라보았다.

"그대는 누구인가?"

"……계루국 군장 연타발의 여식 소서노라고 합니다. 알아뵙지 못하고 큰 무례를 저질렀습니다. 용서하여 주세요."

"아니오. 내 그대 덕분에 값진 수련을 하였소. 오히려 내가 감사해야 할 일, 언젠가 기회가 있으면 그에 대해 치하하겠소."

발그레한 얼굴로 가쁜 숨을 몰아쉬던 소서노가 예를 올리고 돌아섰다. 여관과 함께 멀어져가는 소서노를 바라보는 대소의 눈길이 그윽한 빛을 띠었다.

참으로 묘한 여인이 아닌가. 사내들의 복색을 한 위에 자신에 버금가는 놀라운 무공을 지닌 여인. 사내처럼 거침없는 성정에 또한 뛰어난 미색을 지닌 여인. 궁궐의 꽃 같고 풀잎 같은 여인들만 보아온 대소로서는 마치 이계異界의 인간을 대한 듯 놀랍고 흥미로웠다.

계루국 군장의 딸 소서노라······.

◆ ◆ ◆

"이름이 도치라 하였는가?"

"예, 군장 어른. 저잣거리에 제법 큰 규모의 객전을 가진 자인데, 객전은 구실로 삼고 있을 뿐이고 실은 부여 뒷골목의 도둑, 강도, 투전꾼, 야바위꾼, 무뢰배의 무리를 한 손에 쥐고 있는 불한당의 수괴입니다. 그가 부리는 수하만도 머릿수가 수백을 헤아릴 정도이고, 그간 검은 뒷거래로 치부한 재산이 거만금이라는 소문입니다."

"흠, 불한당의 수괴라······."

부여 도성에 자리한 졸본 상단의 여각. 서른 칸 너른 집의 깊은 곳에 위치한 큰 사랑채에 모여앉은 사람들의 표정이 무겁고 진지했다. 계필이 고하는 이야기에 연타발이 짐작할 만한 일이라는 듯 고개를 끄덕였다.

"도성 안의 크고 작은 여러 객점과 저자의 수다한 전포들이 모두 그의 소유라 합니다. 도치 그자가 이처럼 큰 재물을 모은 것은 지난 십수년간 은밀히 소금을 밀매하였기 때문입니다. 나라가 전매하고 있는 소금을 동예, 옥저 등에서 몰래 사들여 헐값에 팔아 엄청난 이문을 남기고 있습니다."

"내 그럴 줄 짐작하고 있었네. 하지만 나라가 금하고 있는 소금을 십수년간이나 밀매하는 일이 어떻게 가능하단 말인가?"

"워낙 도치 그자가 대담하고 그가 움직이는 조직의 규모가 큰 까닭도 있지만 그의 뒷배를 보아주는 관료들이 적지 않은 듯합니다."

"으음…… 내 그럴 줄 짐작하고 있었네. 기름진 음식에는 파리가 꼬이게 마련. 하지만 이제 부여의 도성 안에서 소금 밀매는 없을 것이네. 이곳에서 이루어지는 모든 소금의 수입과 판매는 나 연타발을 통해서만 이루어지게 될 걸세."

전일 부여의 국왕을 알현하는 자리에서 연타발은 일생일대의 큰 거래를 성사시켰다. 소금 거래로 인한 이문의 9할을 부여에 넘기고 나머지 1할을 연타발 자신이 갖는다는 조건이었다. 그 1할의 이문 또한 거금일뿐더러 소금은 철과 더불어 나라의 중한 재원이란 점에서 함께 자리한 부득불이 난색을 표하였으나 금와가 이를 허하였다. 대신 소금의 거래를 도성 안으로 한정하며, 제공하는 정보의 내용에 따라 위탁권을 늘리거나 줄일 것이라 언명하였다.

이리하여 연타발은 단숨에 부여 최대의 이권이라 할 소금의 전매권을 쥔 관상官商의 자리에 오르게 된 것이었다. 그러한 터이니 소금을 밀매하는 불한당의 수괴를 용납할 수는 없는 일이었다.

"하지만 군장 어른. 그 도치란 자는 거느린 세력이 일대의 군대라 할 만한 정도이며 성정이 잔인하고 포악하기 그지없어 결코 함부로 다룰 수 없는 자입니다. 배포가 크고 교활하기까지 해 나라에서도 함부로 하지 못하는 자라고 합니다."

"으음……."

"아버님!"

말없이 두 사람의 대화를 듣고 있던 소서노가 옆자리에 앉은 사용을 향해 찡긋 웃어 보인 뒤 입을 열었다.

"그 문제는 제가 처리하겠습니다. 저에게 맡겨주시면 앞으로 더 이상 그자로 인하여 심기가 불편하실 일이 없도록 하겠습니다."

"어찌하겠다는 말이냐?"

"대가리를 삶으면 귀는 저절로 익으며, 기둥이 무너지면 서까래도 절로 무너지는 법입니다. 제가 그자의 명줄을 아예 끊어놓겠습니다."

소서노의 서슴없는 말에 연타발이 이맛살을 찌푸렸다. 아버지 계필 옆에 자리하고 있던 우태가 걱정스러운 투로 말했다.

"그리 쉽게 생각하여서는 안 됩니다, 아가씨. 제가 들은 바로도 도치 그자는 성정이 포악하기가 그지없는 자입니다. 지난 십수 년 동안 거친 뒷골목의 무뢰배를 한 손에 쥐고 목숨이 위험한 소금 밀매를 하여 온 것만 보아도 만만히 볼 상대는 아니란 것이 분명합니다. 잘못하다간 오히려 큰일을 당할 수도 있습니다."

"어찌 그걸 모르겠어요, 오라버니. 하지만 오랫동안 별 탈 없이 밀매를 해왔기 때문에 아무리 신중하고 치밀한 자라고 하여도 어딘가 느슨하게 풀어진 곳이 있을 거예요. 빠른 우레는 귀를 막을 틈이 없다[疾雷不及掩耳] 하였어요. 그 빈틈을 찾아 일시에 들이치면 아무리 천하의 도치라 하여도 도리가 없을 거예요."

연타발이 믿음과 염려가 뒤섞인 눈길로 소서노를 지그시 바라보았다. 사내 못지않게 배포가 크고, 마음을 먹으면 좌고우면하지 않고 밀어붙이는 것이 갈데없는 젊은 시절의 자신이었다. 재기와 협기의 면에서는 오히려 자신을 뛰어넘는 것이 딸아이였다.

하지만 세상만사가 어찌 인간의 뜻대로만 될 것인가. 오늘날의 자신이 있기까지 오랜 세월 뼈를 깎는 노력과 죽음을 두려워하지 않는 용기가 있었다고 하나 하늘의 도움이 없었다면 또한 될 성부른 일이 아니었다. 연타발은 지난 세월 자신을 인도해온 신의 가호가 딸아이에게도 함께하길 간절히 기원하는 마음이었다. 그리고 그런 자신의 모습이 자식의 안전을 기원하는 늙은 아비의 그것에 다름 아니란 것을 깨닫고 문득 쓸쓸한 웃음을 웃었다.

나루터 습격

　한당의 부름이 있었던 것은 가을이 깊어가는 어느 날 저녁 무렵의 일이었다. 온몸에 피를 흠뻑 뒤집어쓴 채 바닥에 웅크리고 앉아 막 도살한 암소의 머리에서 살과 뼈를 박리하고 있을 때 작업장의 문이 열리며 한당이 들어섰다. 출입문을 등지고 우뚝 선 그의 뒤로 붉은빛을 띤 저녁 햇살이 깔리고 있었다.

　"어이, 추모! 오늘 저녁 먹고 안채 마당으로 나와!"

　저녁을 해치우고 설렁설렁 걸어 안채로 건너가자 뜻밖의 광경이 주몽을 기다리고 있었다. 창검으로 무장한 젊은 사내들과 저잣거리의 일꾼들이 마당을 가득 메우고 있었다. 창검을 몸에 품은 사내들은 하나같이 모상이 우락부락하고 태도가 불량한 것이 거리의 부랑배를 모아놓은 것이 분명해 보였고, 한켠에 모여선 흰 옷의 사내들은 이제 제법 얼굴이 익은 저잣거리의 짐꾼 사내들이었다.

잠시 후 중문으로 한당이 들어서더니 무리를 점고했다. 그리고 한쪽으로 모은 사내들에게 원하는 대로 환도와 대부大斧, 철모鐵矛 따위 흉흉한 무기들을 나눠주었다. 그리고 나머지에게는 감발을 단단히 치게 하였다. 이윽고 한당이 무리를 향해 입을 열었다.

"모두들 내 말을 들어라. 오늘 너희들이 할 일은 아주 간단하다. 그냥 내가 지시하는 곳으로 가 짐을 지고 오면 되는 일이다. 그러니 무엇도 알려고 하지 말고 아무것도 묻지 마라. 그저 눈 뜬 장님이요, 알아듣는 귀머거리가 되어라. 그리고 돌아와서는 오늘밤 일을 머릿속에서 아예 지워버려라. 만약 누구라도 오늘 일을 단 한 자라도 발설하였다가는 너희 모두의 눈알을 뽑고 혀를 자른 뒤 구정물통에 처넣어버릴 것이다. 알겠느냐?"

무리가 나직한 소리로 호응했다.

잠시 뒤 호위 무사를 거느린 도치가 뚱뚱한 배를 흔들며 마당으로 들어섰다. 한당이 앞으로 나아가 고했다.

"채비가 끝났습니다."

도치가 눈길을 들어 무리를 일별한 뒤 고개를 끄덕였다.

이윽고 도치가 마상에 오르고, 무리가 거리로 나섰다. 병기로 무장한 사내들이 앞뒤로 벌여서서 걸음을 옮기는 가운데 두 마리 소가 끄는 빈 수레들이 삐거덕거리며 천천히 나아갔다. 그 뒤를 발소리를 죽인 짐꾼들이 조용히 뒤따랐다.

"대체 어딜 가는 거요?"

짐꾼들 사이에 섞여 걷던 주몽이 걸음을 나란히 한 사내를 향해 물었다.

"너, 처음이야?"

주몽이 고개를 끄덕였다. 그러자 사내가 고약한 인상을 더욱 일그러뜨리며 나직이 으르렁거렸다.

"그럼 조용히 해, 자식아! 쥐도 새도 모르게 죽고 싶지 않으면. 아까 부당주 어른이 하시는 말 못 들었어? 그 따위로 떠들면 누군가 네놈 혀를 잘라 구워먹어버릴 거야!"

찔끔한 주몽이 눈길을 돌려 주위를 둘러보니 모두들 하나같이 긴장으로 차돌처럼 단단해진 표정이었다.

도치가 이끄는 무리는 어둠에 잠긴 도성 거리를 조용히 걸어 성문에 이르렀다. 진작부터 얘기가 되어 있었던 듯 파수 선 위병들이 말없이 성문을 열었다.

주몽이 도치의 객전에서 허드레 일꾼으로 일하게 된 것은 달포 전의 일이었다. 금수도 각기 제 굴혈이 있건만, 넓은 하늘 아래 몸 붙일 공간 한 점 없는 적막한 처지를 전해들은 부영이 몸이 회복되길 기다려 주몽을 도치에게 데려갔다.

살이 타는 노린내와 웅취雄臭, 젖은 짐승의 털냄새, 비계 썩는 냄새가 뒤섞여 악취가 진동하는 도축장 깊은 곳에 야수 같은 사내 도치가 자리 잡고 있었다.

"야장간에서 일한 적이 있다고?"

그날도 도치는 접시에 담긴 돼지의 생간을 칼로 잘라 썹고 있었다. 주몽은 부영이 미리 일러준 대로 망설임 없이 대답했다.

"예."

어둠 속에 웅크리고 앉아 노랗게 빛나는 눈길로 머리끝부터 발끝까지 주욱 자신을 훑어보는 도치를 건너다보며 주몽은 머리털이 곤두서는 듯한 공포를 느꼈다. 그것은 지금껏 한 번도 만난 적이 없는 잔인한 야수의 눈길이었다. 어둠 속에 웅크리고 앉아 호시탐탐 목표물을 노리는 포식자의 눈……. 주몽은 마치 자신이 쇠고리에 통째로 매달린 고깃덩이가 된 심정으로 몸을 떨었다.

"그 몸으로 그런 힘든 일을 하니 쫓겨날밖에. 이봐, 한당아!"

그러자 어딘지 모를 어둠 속에서 한 사내가 소리없이 나타났다. 유난히 새까만 머리에 눈썹이 하얀, 창백한 안색의 사내였다. 말없이 기묘한 웃음을 머금고 주몽을 노려보는 것이 절로 저승사자가 떠오를 정도로 오싹한 용모였다.

"부르셨습니까, 방주 어른!"

"저놈 데려다 일을 시켜봐. 게으름을 피우거나 하는 짓이 변변치 않으면 바로 내쫓아버리고."

도치의 일꾼이 된 처음 며칠은 도축장과 고기 저장고를 청소하는 허드렛일을 했다. 그러다 사내들 속에 섞여 도살된 고기의 뼈와 살을 바르는 일을 배웠다. 열흘 남짓 지나자 소의 머릿가죽을 벗기고 머리뼈를 앞으로 잡아당겨 갈라 머릿가죽과 살덩이가 한 덩어리로 뼈에서 떨어지게 할 만큼 일이 손에 익었다. 그리고 혓바닥을 길게 빼어문 소의 검고 큰 눈을 마주해도 그저 심상히 보아 넘길 정도가 되었다.

조각달조차 뜨지 않은 캄캄한 밤, 무리는 벌판을 지나고 산허리를 돌아 걸었다. 족히 한 시진을 걸어 그들이 당도한 곳은 어둠에 잠긴 강가의 나루터였다. 한당의 지시에 따라 나루터 부근에 각기 자리를 잡고 앉아 무언가를 기다리기 시작했다.

　도치의 무리가 강가에 당도했을 무렵, 나루터가 훤히 내려다보이는 언덕에 몸을 숨긴 채 그들을 기다리는 사람이 있었다. 소서노와 사용이 그들이었다. 또한 나루터 가의 무성한 갈대숲 속에는 가려 뽑은 졸본 상단의 무사 20여 인이 진작부터 몸을 숨긴 채 소서노의 명령을 기다리고 있었다.

　강 쪽으로부터 엷은 안개가 밀려오고 있었다. 가느다란 눈썹 같은 초승달이 하늘 한 귀퉁이에서 희미하게 빛나고 있었다. 어딘가 방향을 알 수 없는 곳에서 소쩍새의 구슬픈 울음소리가 들려왔다.

　소서노는 가슴의 동계를 억누른 채 가만히 어둠 속을 응시했다. 부여 뒷골목의 도둑, 강도, 투전꾼, 야바위꾼, 무뢰배의 무리를 한 손에 쥐고 있는 불한당의 수괴. 거느린 세력이 군대에 버금가는 자. 성정이 잔인하고 포악하기 그지없는 자……. 오늘 자신과 맞싸울 상대인 도치란 자였다.

　결과를 장담할 수 없는 힘겨운 싸움이 되리란 것은 자명했다. 짐꾼과 무사를 합하여 30여 두라면 이편과 크게 차이가 나지 않는 머릿수였다. 더구나 저들의 칼잡이란 것들이 필시 칼자루 하나로 저잣거리를 내 집처럼 드나들며 싸움을 밥 먹듯이 해온 자들일 터. 그 사나움과 칼솜씨를 짐작키 어려웠다. 아버지 앞에서 호언한 대로 도치의 숨통을 끊어놓을지 아니면 자신이 무뢰한들의 칼날 아래 참화를 당할지 장담할 수 없는 일이었다.

　그때, 등뒤의 풀숲에서 부스럭거리는 발소리가 들렸다. 소서노가 재빨리 칼을 뽑아들고 다가드는 그림자를 향해 칼끝을 겨누었다.

"아가씨, 접니다!"

여각에 남아 있어야 할 우태였다. 소서노의 이마가 저도 모르게 찌푸려졌다. 필경 자신이 걱정스러워 아버지 몰래 홀로 밤길을 달려왔을 터였다. 우태의 그런 마음씀이 고맙지 않은 바 아니었으나 때때로 소서노는 그의 지나친 보살핌과 배려가 짜증스러웠다.

"예는 왜 나왔어요?"

"군장 어른께서 마음이 놓이지 않으시는지 가보라고 하셨습니다. 제가 앞장을 설 테니 아가씨는 뒤를 맡으십시오."

"싫어요. 이 일은 내가 알아서 할 거예요. 오라버니는 어서 돌아가세요."

"아가씨!"

그때였다.

"왔습니다!"

사용이 나직하게 소리쳤다. 소서노와 우태는 바닥으로 바싹 몸을 엎드렸다.

강심의 희뿌연 안개를 헤치며 나룻배 한 척이 다가오고 있었다. 그와 함께 이때껏 멀찍이 마상에 앉아 강을 지켜보던 도치가 말을 몰아 나루터 위로 나섰다.

물살을 가르며 다가온 배가 닿고, 땅으로 내려선 선주와 한당 사이에 몇 마디 오고감이 있었다. 이어 도치가 이끌고 온 짐꾼들이 배로 올라 싣고 온 짐을 하역하기 시작했다.

"도치 쪽은 무장한 자가 열다섯, 짐꾼이 열여덟입니다. 그리고 배를 타고 온 쪽 또한 열이 넘습니다."

밤새보다 밝은 눈을 가진 사용이 무리의 움직임을 살피며 말했다.

나룻배의 주인은 멀리 옥저 땅에서 건너온 소금 밀매상이었다.

"……"

"일을 확실히 매듭 지으려면 배가 도선장을 떠난 뒤에 들이치는 것이 옳습니다. 이미 거래를 끝낸 자들이 구태여 뱃머리를 돌려 싸움에 뛰어들지는 않을 것입니다."

"아냐. 저들에게도 앞으로 부여 땅에서 더 이상 소금 밀매가 불가능하다는 걸 보여주어야 해. 저따위 밀매꾼들을 두려워할 것이 무엇이겠어!"

소서노가 확신에 찬 목소리로 말했다.

잠시 나루터의 움직임을 지켜보던 소서노가 마침내 활시위에 화살을 메겼다. 명적鳴鏑을 끼운 적시鏑矢*가 어두운 하늘 위로 날아오르며 날카로운 피리 소리를 허공에 흩뿌렸다.

삐이…….

그 소리가 신호가 되어 나루터 양쪽의 갈대숲에 나뉘어 매복하고 있던 졸본 상단의 무사들이 일제히 불붙인 화살을 날리기 시작했다.

핑 핑.

불화살이 유성처럼 어두운 밤하늘 위로 길게 꼬리를 끌며 날았다.

"기습이다앗!"

예기치 않은 공격에 당황한 나루터의 무리가 어찌할 줄 몰라 우왕좌왕하고 있었다. 말 위에 올라탄 소서노가 아래쪽을 향해 바람처럼 달려가며 소리쳤다. 얼굴에는 검은 복면을 한 상태였다.

"공격하라!"

---

* 적시 : 선전의 표시나 사냥터에서 신호로 쓰이던 화살로, 날아가면서 소리를 낸다.

어둠 속에 몸을 숨기고 있던 상단 무사들이 일제히 병장기를 뽑아들고 나루터를 향해 달려나갔다. 불화살 공격을 받은 나룻배에서는 벌써 시뻘건 불길이 오르고 있었다.

난데없는 습격에 당황해 달아날 길을 엿보던 나루터의 무리들이 작정하고 달려드는 졸본 상단 무사들의 칼날 아래 애처로운 비명을 쏟으며 쓰러졌다. 경황없는 가운데서도 도치의 무사들이 하나둘 창검을 꺼내들고 달려드는 기습자를 대적하기 시작했다. 곧 나루터 여기저기에서 병장기 부딪치는 소리가 일며 칼부림이 벌어졌다.

기습자에 맞서는 도치 패거리의 용기는 비록 가상한 바 있었으나 졸본 상단의 정예한 무사들을 상대할 정도는 아니었다. 찢어지는 비명, 고함 소리와 함께 더러는 화살에 맞아 고꾸라지고, 더러는 칼을 맞아 피를 뿌리고, 더러는 날아드는 칼을 피해 강물로 뛰어드는 자들이 속출했다. 타오르는 배의 불빛이 아수라장이 된 나루터를 훤히 밝히고 있었다.

말에서 뛰어내린 소서노는 다가오는 사내들을 베어넘기는 한편 눈길을 돌려 도치를 찾았다. 쌓아놓은 소금 바리 앞에서 상단 무사 하나를 상대로 대부를 휘두르고 있는 도치의 모습이 눈에 들었다. 앞을 가로막는 사내 하나를 번개같이 베어 쓰러뜨린 후 소서노가 달려갔다.

"이놈, 도치야!"

날아드는 소서노의 쌍검을 황겁하여 막아내며 도치가 소리쳤다.

"네놈들은 누구냐! 어떤 놈들이기에 나를 습격하였느냐?"

"하하하! 우리는 천하의 악당을 잡으러 온 하늘의 군대시다. 알아들었으면 잠자코 목을 늘여 죄를 받아라!"

"이런 망할…… 감히 나를 대적하고도 살아남기를 원하느냐, 이놈!"

도치가 쩌르릉 하늘을 울릴 듯한 고함을 내지르며 소서노를 향해 달려들었다. 하지만 처음부터 도치는 소서노의 상대가 아니었다. 불과 서너 합을 맞대기도 전에 가슴을 감싸안으며 고통스러운 비명을 흘렸다.

"으윽……."

가슴을 감싼 손 아래로 선혈이 흘러내리고 있었다. 도치의 얼굴이 고통으로 일그러졌다. 하지만 두려움을 모르는 기백만은 여전한 듯 다가서는 소서노를 향해 소리쳤다.

"네놈들이 누군지 모르지만, 감히 내 목숨을 노리고도 무사할 성싶으냐? 내 반드시 네놈들을 씹어 죽이고야 말 것이다!"

"하하하. 그런 흰소리는 죽어 저승에 가서나 떠들어라! 네놈 모가지는 철갑이라더냐?"

소서노의 쌍검이 한 차례 춤을 추듯 허공을 휘돌더니 도치의 목덜미를 향해 날아들었다. 그런 순간이었다.

쨍!

날카로운 금속성과 함께 바람을 가르며 날아온 환도가 소서노의 쌍검을 허공으로 튕겨내었다. 그리고 이내 날카로운 솜씨로 소서노를 공격하기 시작했다. 예상치 못한 공격에 소서노가 쌍검을 휘둘러 날아드는 칼날을 막아낸 뒤 두어 걸음 뒤로 황급히 물러났다.

도치를 막아선 것은 주몽이었다. 정체를 알 수 없는 자들의 기습에 함께 온 동료들이 상하는 것을 본 주몽이 쓰러진 자의 칼을 주워들고 기습자들과 맞서던 중 도치가 위험한 형편인 것을 보고 뛰어든 것이었다.

"방주님!"

가슴의 상처가 깊은지 도치의 몸이 금방이라도 허물어질 듯 비틀거렸다. 주몽이 한 손으로 그런 도치를 부축한 채 강 쪽으로 뛰어가기 시작했다. 칼자루를 고쳐잡고 달아나는 두 사내를 공격하려던 소서노가 멈칫했다.

"저자는……?"

검은 복면 사이로 드러난 소서노의 동공이 문득 커졌다. 배를 집어삼키며 타오르는 불빛이 두 사람을 환히 비췄다. 혼절하다시피 한 도치를 부축해 막 강물 속으로 뛰어들려는 사내의 얼굴이 불빛 속에 드러났다.

저자가 어떻게 이곳에?

소서노의 의혹에 찬 시선을 뒤로한 채 주몽과 도치의 몸이 검은 강물 속으로 사라졌다.

◆ ◆ ◆

'귀신이 붙은 아이.'

'저승에서 살아 돌아온 아이.'

마을 사람들이 자신을 향해 손가락질을 하며 수군거렸다.

하늘을 찢어놓을 듯 천둥이 일었다. 세찬 빗줄기가 얼굴 위로 쏟아졌다. 거친 흙덩이가 누운 몸뚱어리 위로 퍼부어졌다. 물 속으로 가라앉듯 자신의 몸이 흙 속으로 파묻혀갔다. 모진 천둥소리와 사람들의 통곡소리가 점차 잦아들었다.

이어 그는 어둠에 잠긴 텅 빈 산 속에 홀로 서 있었다. 몸은 흙투성이였고, 얼굴에는 핏물과 검은 진흙물이 흘러내리고 있었다. 그는 어머니와 함께 뒷덜미를 쇠뭉치에 맞고는 무덤 속으로 던져졌다. 하지만 그는 무덤을 뚫고 살아나왔다.

도치의 어머니는 사방 5백여 리를 다스리는 우가牛加의 젊은 비첩婢妾이었다. 주인의 총애가 남달랐던 어머니는 우가가 병들어 죽자 함께 순장殉葬되었다. 젖먹이를 겨우 면한 도치가 함께 순장된 것은 어머니를 투기해온 정실부인의 분노 때문이었다.

"마님, 이 어린 것만은 부디 살려주십시오."

순장되던 날, 어머니는 피눈물을 흘리며 노부인에게 애원했다. 노부인은 매정한 얼굴로 고개를 돌려 외면했다.

하지만 도치는 무덤 속에서, 죽음 속에서 살아나왔다. 그가 어미의 시체를 밟고 무덤에서 빠져나오자 사람들은 모두 겁에 질린 얼굴이 되어 그를 피했다. 그는 귀신이 붙은 아이, 저승에서 살아 돌아온 아이였다.

"다 죽여버릴 테다!"

도치가 분노에 찬 고함을 지르며 잠에서 깨어났다. 캄캄한 어둠 속, 얼굴 위로 쏟아지던 흙덩이의 감촉이 아직도 생생했다.

주위를 둘러보니 환한 날빛 속에 둘러앉은 몇몇 얼굴들이 눈에 들었다. 물수건으로 자신의 이마를 닦던 부영이 놀란 눈을 뜬 채 바라보고 있었다.

쑥냄새가 진동하는 것을 보니 의원이 다녀간 모양이었다. 온몸이 끈적한 땀으로 흠뻑 젖어 있었다. 칼을 맞은 자리가 불에 덴 듯 화끈거렸다.

"정신이 드십니까, 방주 어른? 이틀 밤낮을 누워 계셨습니다."

한당이 무릎걸음으로 다가와 호들갑을 떨었다. 도치의 이마에 주름이 잡혔다. 적의 공격이 있자 제일 먼저 어디론가 달아났던 놈이……
하지만 지금은 그보다 먼저 따져야 할 일이 있었다.

"어찌되었느냐?"

"우리 아이들 열둘이 목숨을 잃고 나머지도 대개 몸이 크게 상했습니다. 소금은 모두 놈들이 불에 태우거나 강에 뿌려 없애버렸습니다."

"이런 찢어죽일 놈들……"

도치가 바드득 이를 갈았다. 네놈들이 누구든 지옥 끝까지라도 따라가 반드시 이 빚을 되갚아주고야 말리라. 감히 나를 건드려? 이 도치가 저승에서 살아 돌아온 사람이란 걸 똑똑히 깨닫게 해줄 테다.

도치가 한당을 향해 명령을 내렸다.

"너는 곧 밖으로 나가 은밀히 소두小頭들을 소집해라. 그리고 그동안 갑자기 씀씀이가 헤퍼진 놈이 있으면 잡아서 내 앞에 데려오너라."

"예, 방주 어른!"

도치의 눈길이 뒤편에 앉은 주몽을 향했다. 그날 밤의 일이 생생하게 떠올랐다. 도치가 손짓을 해 주몽을 가까이 불렀다.

"너, 이름이 무엇이냐?"

"추모라 합니다."

"네가 나를 살렸구나!"

"……"

"이제부터는 죽은 짐승 고기를 다듬는 일은 그만두고 내 일을 돕도록 해라."

반나절이 지나지 않아 커다란 덩치의 젊은 사내 하나가 고기를 숙성시키는 저장고 안에 꿇어앉혀졌다. 도치의 일곱 소두小頭 가운데 하나인 자였다. 그 뒤에는 나머지 소두들이 얼굴에 두려운 빛을 띠고 늘어서 있었다. 의자에 앉은 도치가 얼음같이 차가운 얼굴로 사내를 노려보았다.

"사실대로 말해라. 네가 정보를 건넨 자가 어떤 놈이냐?"

"바, 방주 어른. 아닙니다, 저는 그런 적이 없습니다!"

한당이 뼈를 자를 때 쓰는 도마를 가져오더니 사내의 손을 그 위에 얹었다. 사내의 얼굴이 창백하다 못해 시퍼렇게 변해갔다.

"바, 방주 어른⋯⋯."

"사실대로 말하면 목숨만은 살려주마. 하지만 끝까지 숨긴다면 네놈 몸뚱어리를 조각조각 잘라 저기 고깃덩이 옆에 걸어둘 것이다!"

벼린 칼날처럼 섬뜩한 공포가 서린 도치의 말이었다. 사내의 몸뚱어리가 사시나무처럼 떨렸다.

"말해라! 그날 밤 거래가 있다는 사실을 발설한 상대가 누구냐?"

"아, 아닙니다, 저는⋯⋯."

휙, 도치의 손에 들린 칼이 허공을 그으며 날았다. 이어 찢어지는 듯한 비명이 사내의 입에서 터져나왔다. 사내의 손목이 토막 난 채 바닥으로 굴러 떨어졌다.

"아악!"

짐승의 그것 같은 길고 처절한 고함이 저장고 안에 메아리쳤다. 한당이 나서 지혈을 하고, 사내가 정신을 수습하기를 기다려 다시 도치가 말했다.

"다음엔 왼손목이다. 그리고 다음엔 네놈의 두 발목이다. 자, 어서 말해라!"

"바, 방주 어른⋯⋯ 목숨만 살려주십시오. 소인이 잠깐⋯⋯ 어떻게 됐던 모양입니다. 으흐흐흑⋯⋯."

"누구에게 정보를 팔았느냐?"

"계루에서 온…… 연타발의 딸 소서노라는 계집입니다."

"흐음…… 연타발의 딸이라…… 그래, 얼마를 받았느냐?"

"쉰 냥…… 청동전으로 쉰 냥을 받았습니다. 기루에 새로 온 계집에 혹해서 그만 큰 빚을 지는 바람에…… 죽을죄를 지었습니다, 방주어른!"

사내가 온몸을 부들부들 떨며 울음을 터뜨렸다. 도치의 눈길이 더욱 차가운 빛을 띠었다.

"네가 넘어갈 만한 큰돈이구나."

"지금 당장 방주 어른께 모조리 바치겠습니다."

"내 목숨이 겨우 청동전 쉰 냥밖에 되지 않을 것 같으냐? 내가 당한 걸 갚으려면 네놈 목숨 따윈 열 개로도 부족하다. 하지만 내 자비를 베풀어 하나만 거두기로 하마."

"예? ……모, 목숨은 살려주신다고 하지 않으셨습니까?"

"물론, 나는 네놈을 살려줄 생각이다. 하지만 한당도 네놈의 목숨을 살려줄지는 모르겠다."

도치가 들고 있던 칼을 소리 나게 도마 위에 꽂았다. 곁에 지켜서 있던 한당이 잔인한 웃음을 흘리며 다가와 칼을 뽑아들었다.

"방주 어른, 제발……."

사내가 엉금엉금 기어가 도치의 다리를 붙안았다. 하지만 한당의 칼날이 등을 꿰뚫자 몇 번 부들부들 온몸을 떨더니 이내 사지가 축 늘어졌다. 조금도 감정이 실리지 않은 얼굴로 사내의 죽은 몸뚱어리를 내려다보던 도치가 중얼거렸다.

"연타발……."

문득 고개를 든 도치가 늘어선 소두들을 향해 말했다.

"이제부터 전쟁이다. 놈들이 먼저 시작한 전쟁이지만 끝은 내 손으로 마무리 지을 것이다. 너희들은 지금부터 내가 하는 말을 명심해 들어라!"

"예, 방주 어른!"

◆ ◆ ◆

"군장 어른! 도치가 오늘 아침 숨을 거두었다고 합니다!"

"그게 정녕 사실이냐?"

"예. 가슴에 입은 상처로 사흘을 버티다 결국 그리되었다고 합니다. 도치를 치료한 의원이 그리 말하였습니다."

"그래, 허허허…… 이거야말로 미친 개 범이 물어간 듯 반가운 소식이 아니냐. 허허허……."

저잣거리에 나가 있던 우태가 돌아와 고하는 소리에 연타발이 숨기는 기색 없이 흔연한 웃음을 쏟아놓았다. 비록 가슴에 칼을 맞았다고 하나 도치가 살아서 도망갔다는 소식에 연타발은 한동안 할 말을 잃을 만큼 실망한 모습이었다.

무슨 수를 써서라도 단숨에 그자의 숨을 끊어놓았어야 했어. 이것이야말로 잠자는 범의 코를 건어찬 꼴이 아닌가. 자신을 습격한 자들이 누군지는 일의 뒤를 밟아보면 금방 드러날 터, 그 모질고 포악한 자가 어떤 보복을 가해올지 모골이 송연해지는 느낌이었다.

그랬던 도치가 스스로 명줄을 놓았다니 기쁘지 않을 리 없었다.

"이제 군장 어른께서 근심하실 일은 하나도 없습니다. 도치 패거리야 부스러지는 흙덩이가 될 터이니, 이제 부여 땅에서 군장 어른에 맞설 세력은 사라졌습니다."

매사에 신중한 계필 또한 그렇게 한숨을 돌린 기색이 역력했다. 연타발의 엄명 아래 그간 바깥 출입을 금지당하고 있던 소서노도 기쁜 얼굴이었다. 다만 사용만이 무언가 깊은 생각에 잠긴 듯 무거운 낯빛을 풀지 않았다.

그날 밤이 이슥할 무렵, 사용이 소서노의 방을 찾았다.

"어쩐 일이야, 늦은 시간에?"

그렇게 말하는 소서노의 얼굴에 반가운 빛이 담뿍했다. 지금껏 마음을 터놓을 친구 하나 사귈 기회를 갖지 못한 소서노에게 사용은 단 하나인 벗이었다.

"지난번 장안에서 가져온 차의 향이 너무 좋아 아가씨와 함께 나누려고 왔습니다."

아닌게아니라 사용의 손에 비단 차주머니가 들려 있었다.

"난 차는 별론데. 하지만 잘 왔어. 그렇잖아도 잠이 오지 않아 나가서 검술 연습이나 하려던 참이었어."

둘은 거실의 평상에 마주앉아 찻잔을 나누었다. 쾌활한 소서노가 쉴 새 없이 늘어놓는 재담이 가을밤에 가득했다.

"도치는 죽지 않았습니다."

무슨 이야기의 끝인가 사용이 문득 그렇게 말했다. 놀란 소서노가 찻잔을 내려놓고 사용을 바라보았다.

"무슨 소리야, 갑자기? 그놈이 죽지 않았다니?"

"천문을 보아도, 귀갑龜甲과 수골獸骨을 태워보아도 도치의 수명이 다한 징조는 보이지 않습니다. 필시 그자는 죽지 않고 살아 자신의 수명을 속이고 있을 것입니다."

"그럴 리가 없어. 그자는 내 칼에 가슴을 베였어. 보통 사람이라면 그 자리에서 절명하였을 만큼 깊은 상처였는걸."

"하늘 아래 중하고 귀한 것이 사람의 목숨인데, 그 목숨의 스러짐에 어찌 하늘의 징조가 없겠습니까? 여기에는 필시 어떤 계교가 숨어 있을 것입니다."

"계교라니, 그게 무슨 말이야?"

"도치 그자가 음모를 꾸미고 있는 듯합니다. 아마도 전날 자신이 당한 일을 두고 보복을 꾀할 것입니다. 아가씨께서는 각별히 처신을 중하게 하시길 바랍니다."

"흥, 그렇다 하더라도 상관없어. 그런 밀매꾼 떨거지들이 음모를 꾸민들 날 어떻게 할 거야. 흥, 할 테면 해보라지."

"아가씨!"

"근데, 그 자식을 보았어."

"……누굴 말입니까?"

"지난날 현토성 상고길에 상처를 입고 죽어가던 이상한 녀석 말야. 네가 그 녀석의 기혈을 뚫어 살려놓았잖아."

그 말에 사용이 다소 놀란 표정을 지었다.

"어디서 그자를 보셨습니까?"

"그날 나루터에서. 도치를 죽이려던 참에 그놈이 나타나 날 가로막았어. 그리고 도치를 안고 강으로 뛰어들었어."

"……."

털 한 올 없이 유리같이 깨끗하고 흰 피부를 가진 사용의 얼굴 위로 의혹의 빛이 떠올랐다. 궁금하고 수상하기로는 소서노 또한 그에 못지않았다.

"도대체 알 수 없는 도깨비 같은 놈이야. 주루에서 몰래 도망가다 잡혀 사매질을 당하지 않나, 갑자기 난데없이 도치의 부하가 돼서 나타나질 않나……."

하지만 열흘이 지나고 보름이 지나도록 도치 쪽으로부터는 별다른 움직임이 없었다. 사람을 놓아 밤낮을 살펴도 도치가 살아 있다는 기미는 보이지 않았다. 처음 한동안 안팎의 출입에 신경을 쓰던 소서노도 그때쯤에는 마음을 놓는 눈치였다.

탈출

마리와 협보, 오이가 한당의 부름을 받았다. 도치가 죽은 후 장사를 작파하고 문을 닫아버린 객전은 귀신이 떠난 사당처럼 휑뎅그렁하기 그지없었다.

한당의 안내를 받아 도축장 안으로 들어선 세 사람은 소스라쳐 놀라며 제자리에 얼어붙었다. 죽었다던 도치가 거기 앉아 짐승의 생고기를 씹고 있었던 것이다.

"형님, 살아 계셨군요!"

세 사나이가 안으로 들어오는 것을 본체만체하며 연신 접시에 놓인 고기를 씹어 삼키기에 여념이 없는 도치였다. 지난 보름이 넘는 날 동안 도치는 도축장 깊은 곳에 웅크리고 앉아 엄청난 양의 고기를 먹어치웠다. 육식동물 같은 사나이 도치는 인간의 모든 병은 고기로 치료할 수 있다고 믿는 사람이었다. 도치가 돼지의 생간을 밥보다 즐기고,

소를 잡을 때마다 소골과 송치를 빼놓지 않고 먹어치우는 것도 그것이 자신의 몸을 강하게 한다는 믿음 때문이었다. 언젠가 세력을 다투던 상대의 습격을 받아 사경을 헤맬 때에는 어린아이 삶은 물을 마시고 기력을 회복하였다는 얘기까지 있었다.

"네놈들이 한 가지 해야 할 일이 있어서 불렀다."

뼈를 얼릴 듯 차가운 도치의 목소리였다. 이미 주눅이 들 대로 든 마리 등은 그저 고개를 주억거렸다.

"말씀하십시오, 방주 어른."

어느새 말투도 호형에서 깍듯한 공대로 바뀌어 있었다. 도치가 흘끗 한 번 그들을 쳐다본 뒤 큼지막한 가죽주머니 하나를 그들 앞으로 던졌다. 바닥에 떨어지는 소리가 꽤 묵직했다.

"청동전 백 냥이다."

그 말에 세 사내가 저마다 놀란 눈이 되어 서로의 얼굴을 쳐다봤다. 청동전 백 냥이라면 입때껏 살면서 구경은커녕 상상조차 해본 적이 없는 큰돈이었다.

"일을 마무리 지으면 백 냥을 더 주마."

그러자 세 사내의 표정에 문득 두려움이 일었다. 전에도 이따금 도치가 시키는 일을 해치우고 푼돈을 얻어 챙긴 일이 있었다. 하지만 이렇게 엄청난 돈은 꿈에도 그려본 적이 없었다. 세상사 모든 일에는 그만한 대가가 따르는 법. 세 사내의 얼굴에 그 순간 한결같이 떠오른 것은 알 수 없는 불안과 두려움이었다. 잠시간의 침묵이 흐른 후 오이가 나서서 입을 열었다.

"대체 무슨 일을 맡기시려는 겁니까?"

"오늘밤 연타발의 딸년을 나한테 데려오너라!"

"연타발이라면, 계루국 상단의 주인이 아닙니까? 그 딸년은 갑자기 왜……."

순간 도치의 눈이 불을 켠 듯 차갑게 빛났다. 실수를 알아차린 세 사내가 황급히 고개를 돌리며 눈 둘 곳을 찾기에 경황이 없었다.

도치가 다시 접시 위에 놓인 검붉은 짐승의 생고기를 칼로 베어 입 안에 넣었다. 흘러내린 짐승의 피로 입술이 벌겋게 물든 모습이 마치 지옥에서 건너온 야차를 보는 듯 몸서리가 쳐졌다.

"그 계집이 사는 곳과 집안 형편은 한당이 얘기해줄 게다. 너희는 그저 내가 시키는 일만 하면 된다. 무슨 일이 있어도 반드시 그 계집을 내 앞으로 데려오너라!"

그렇게 말하는 도치의 눈에 시퍼런 분노의 불길이 이는 듯했다.

처음엔 자신이 거느린 부하 전부를 이끌고 그자의 여각을 들이칠까 생각했다. 놈들의 거처에 불을 지르고 졸본 상단에 속한 것이라면 가축 한 마리도 남김없이 도륙해버리고 싶었다. 그래야 가슴속에 타오르는 분노의 불길을 잠재울 수 있을 것 같았다. 하지만 도치는 그런 마음을 스스로 다잡았다. 바쁘고 급할수록 돌아가라는 것이 지금까지의 삶이 가르쳐준 교훈이었다. 더구나 연타발은 세상의 신망이 높은 인물이고, 부여 도성의 소금을 전매하는 권리를 위탁받은 인물이었다. 그런 자를 중인환시리衆人環視裡에 결딴을 내는 것은 스스로 목에 칼을 씌우는 일에 다름 아니었다.

그러다 생각한 것이 마리 패거리였다. 비록 저잣거리에서 야바위나 벌이며 하루하루 살아가는 자들이지만 마리는 가진 쾌주머니가 부여를 그 안에 담을 만하고 협보는 맨손으로 황소를 상대할 만큼 힘이 장사였다. 오이 또한 지혜와 배포가 자신의 패거리에서는 찾아볼 수 없을 만한 사내였다.

계집의 이름이 소서노라 하였던가.

이번 일을 얽고 실행한 것이 모두 그 계집의 머리와 손에서 나온 일이라고 했다. 더구나 나루터에서 자신의 가슴에 칼자국을 새긴 것도 분명 사내의 솜씨는 아니었다. 몸피가 가냘프고 쌍검을 휘두르는 품이 섬세한 것이 무예가 뛰어나다는 소서노 고 계집이 아니면 달리 누구겠는가.

도치는 다시 접시 위의 고기 한 점을 베어 입 안에 넣고 우적우적 씹었다. 네, 이년. 감히 이 도치를 건드리다니. 반드시 네년의 살과 뼈를 씹어 삼키고야 말리라…….

◆ ◆ ◆

추적추적 비가 뿌리는 어두운 밤이었다. 땅에서 솟아오른 어둠이 하늘을 물들이고, 하늘에서 쏟아지는 비가 땅을 적시는 그런 밤이었다. 그 어둠과 비를 헤치고 조용히 움직이는 그림자가 있었다.

골목의 짙은 어둠을 밟으며 다가온 그림자들이 한 차례 주변을 살피더니 훌쩍 담장 위로 몸을 날렸다. 하나, 둘, 셋.

담장 위에 올라앉은 세 사나이가 눈길을 휘둘러 집 안을 살폈다. 대문채와 안채, 큰 사랑채가 앉은 모습이 한당이 일러준 것과 조금도 다르지 않았다. 그들의 시선이 향한 곳은 어둠에 잠긴 안채였다.

사내들이 저마다 품속에서 복면을 꺼내 얼굴에 뒤집어썼다. 그리고 한 차례 눈길을 맞춘 뒤 하나씩 마당으로 뛰어내렸다. 자옥한 빗소리가 그들의 소리를 집어삼켰다.

혼곤히 든 잠이었다. 며칠째 어지러운 꿈에 잠을 설치는 날이 많았는데, 오늘은 별나게도 깊은 잠에 빠졌던 소서노였다. 그런데 누군가가 그 잠에서 자신을 끌어내려 하고 있었다. 누군가가 손을 내밀어 온몸이 부드러운 진흙에 잠겨 있는 듯한 묵직한 잠의 기운 밖으로 자신을 끌어내려는 것만 같았다.

눈을 뜨자 한 사내가 어둠 속에 우뚝 서서 자신을 내려다보고 있었다. 얼굴에는 검은 복면을 쓰고 있었다.

"웬 놈이냐!"

몸을 일으키던 소서노의 목줄기에 칼끝이 와닿았다. 사내가 어둠 속에서도 파랗게 빛나는 칼을 들어 자신의 목을 겨누고 있었다.

"조용히 해! 그렇지 않으면 머리통을 잘라버릴 테다!"

빗소리와 함께 서늘한 밤기운이 방 안으로 밀려들고 있었다. 칼을 든 사내 뒤로 다른 사내 둘이 휘장을 젖히고 방으로 들어서는 게 보였다.

"널 죽이려는 건 아니야. 그러니까 잠자코 우리가 하는 대로 따라라."

그러고는 뒤에 선 사내를 향해 짜증을 부리듯 나직이 소리쳤다.

"뭘 그러고 서 있어, 임마! 어서 계집을 묶지 않고!"

"어, 알았어."

뒤에서 돌아나온 커다란 덩치의 사내가 준비해온 밧줄을 내밀었다. 그 순간 소서노가 한쪽으로 쓰러지듯 몸을 눕히면서 진작부터 한 손에 쥐고 있던 촛대를 휘둘렀다. 칼을 든 사내의 어깨 어름에서 퍽 하는 묵직한 소리가 났다. 사내의 몸이 쓰러지는 나무둥치처럼 반대쪽으로 기우뚱하다 가까스로 중심을 잡았다.

"이 계집이!"

소리치면서도 칼을 휘두르지 않는 걸 보면 자신을 죽일 생각까지는 없는 것이 분명했다. 내처 소서노가 앉은 자리에서 사내의 낭심을 향해 발길을 날렸다. 픽! 둔중한 충격이 발끝에 걸렸다.

하지만 등뒤의 밧줄 든 사내를 경계하지 않은 것이 불찰이었다. 사내의 두 팔이 자신의 등을 부둥켜안자 마치 굵은 동아줄에 온몸이 결박당한 듯 꼼짝을 할 수 없었다. 엄청난 힘이었다.

낭심을 걷어차인 사내가 한동안 혼자 토끼뜀을 하더니 분이 꼭대기까지 뻗친 듯 주먹을 들어 소서노의 머리통을 내리쳤다.

픽!

눈앞이 환히 밝아오는 느낌 속에 소서노가 까무룩 정신을 잃었다.

비 내리는 밤거리를 세 사내가 소리없이 내달렸다. 소서노를 넣은 자루를 등에 멘 채 앞서가던 협보가 사타구니를 움켜쥐고 뒤뚱거리는 마리를 돌아보며 소리쳤다.

"뭘 해, 빨리 오지 않고?"

"야이, 망할 자식아! 지금 내 사타구니 사정이 어떤지나 알어? 형님이 사내 구실을 못하게 될지도 모른다구, 이 자식아!"

마리가 어기적거리는 걸음으로 다가와 자루를 향해 눈을 부라렸다.

"이 망할 년의 계집을 아주 요정을 내버릴까 부다. 아이구 죽겠네……."

"흐흐흐, 아서. 자그마치 2백 냥짜리 계집이야. 네놈 불알 스무 알보다 더 값진 몸이라구."

웃음을 흘리던 협보의 눈길이 저만치 홀로 선 오이를 향했다.

"근데, 저 자식은 뭘 잘못 처먹었나. 왜 아까부터 말도 없이 바지에

똥 지린 놈 상통을 하고 그래."

"……."

오이는 처음부터 이 일이 탐탁지 않았다. 그렇잖아도 전부터 도치 같은 인간과는 거래를 끊으리라 마음먹고 있던 오이였다. 그랬는데 죽었다던 도치가 살아나 이름도 모르는 여인을 납치해 오라는 것이었다. 도치의 성정으로 보아 납치되어온 여인의 앞날이 어떠하리라는 건 보지 않아도 뻔한 일이었다. 도치의 앞을 물러나온 오이는 이 일을 맡지 않겠다고 단호하게 말했다. 하지만 이미 엄청난 돈에 눈알이 돌아간 마리와 협보가 죽일 듯 주먹을 들이대니 도리 없는 일이었다.

오이가 말없이 빗속으로 다시 걸음을 옮겼다. 끙, 자루를 한번 추슬러 멘 협보가 그 뒤를 따랐다.

◆ ◆ ◆

자루가 풀리고, 밖으로 머리를 내민 소서노를 가장 먼저 맞이한 것은 지독한 피비린내였다. 그리고 이어 갖가지 짐승의 냄새들이 뒤섞인 악취가 아찔하도록 강하게 온몸으로 끼얹혀왔다.

손발을 동여맨 오랏줄과 재갈에서 풀려나자 소서노는 사방을 둘러보았다. 자루 속과 다를 바 없는 컴컴한 공간, 머리를 때리는 지독한 악취, 구석에 쌓인 짐승의 육탈된 뼈다귀들. 그리고 소서노는 보았다. 안쪽 깊은 어둠 속에서 자신을 바라보고 있는 야차와도 같은 무시무시한 눈빛을. 분명 자신에게 당한 상처로 인해 숨을 놓았다던 도치였다. 한순간 소서노는 일이 이리된 정황을 분명하게 깨달았다.

소서노는 자신을 노려보고 있는 도치를 향해 마주섰다. 극한의 공포감 속에서 이해할 수 없는 담대한 용기가 마음 밑바닥에서 솟아나는 것을 느꼈다.

"맹랑한 년, 눈빛 한번 고약하구나. 천하의 도치에게 칼질을 한 게 바로 네년이란 말이냐?"

성큼성큼 다가온 도치가 다짜고짜 두툼한 손바닥을 휘둘러 소서노의 볼을 쳤다.

철썩.

눈앞에서 번개가 치는 듯하고 귀가 먹먹했다. 아픔보다 지독한 수치감이 소서노를 더욱 고통스럽게 했다. 태어나서 지금껏 누구에게도 맞아본 적이 없던 소서노였다.

소서노는 재빨리 고개를 들어 도치를 노려봤다. 도치의 눈빛이 희번득이는가 싶더니 다시 한번 뺨에 엄청난 충격이 가해졌다. 이번에는 소서노도 다시 고개를 들 수 없었다. 입 안이 터졌는지 찝찔한 피맛이 느껴졌다.

도치가 소서노의 머리채를 잡아채더니 얼굴을 바싹 들이댔다. 그리고 마치 혀로 구석구석을 핥는 듯한 시선으로 소서노의 얼굴을 들여다보았다. 온몸의 피가 푸르게 변색되는 듯한 공포감 속에서도 맹렬한 분노가 솟구쳤다.

퉤!

소서노가 입 안에 고인 침을 도치에게 뱉어냈다. 피가 섞인 침이 도치의 볼을 타고 흘러내렸다. 도치가 껄껄 웃으며 소서노를 밀어내고 몸을 일으켰다.

"과연 이 도치를 칠 만한 년이군! 하지만 딸 하나를 잘못 둔 덕에 네 아비는 평생 이룬 걸 잃게 될 것이다. 이년을 데려가서 잘 감시해!"

눈썹이 새하얗고 안색이 창백한 사내가 다가오더니 도로 재갈을 물리고 몸을 단단히 졸라맸다. 거친 동아줄이 팔뚝과 가슴을 아프게 파고들었다. 처음 소서노를 납치해 자루에 넣어 메고 온 덩치 큰 사내가 다시 그를 어깨에 둘러멨다. 그리고 소서노는 그대로 어느 컴컴하고 냄새 고약한 방에 던져졌다.

◆　◆　◆

날이 밝기가 무섭게 졸본 상단에서 사람이 왔다는 전갈이 도치에게 전해졌다. 짐작하고 있던 바였으나 이러한 신속함은 뜻밖이었다. 저들이 놀라고 당황해하는 사정이 손바닥처럼 들여다보이는 것 같아 도치는 회심의 미소를 지었다.

객전 도치의 방으로 안내되어 온 것은 20대 중반의 준수한 용모를 지닌 젊은이, 우태였다. 흉흉한 병장기를 든 도치의 무사들이 서슬이 시퍼렇게 늘어선 가운데서도 눈빛 하나 흔들리지 않고 들어서는 품이 제법 사내다운 배포가 엿보였다.

우태의 인사가 있고서도 한참 동안 도치는 쓰다 달다 말없이 접시에 담긴 돼지의 생간을 찍어먹기에 여념이 없었다.

"방주 어른!"

접시 위의 생간이 없어지도록 끈기 있게 기다린 끝에 우태가 입을 열었다.

"전날에 있었던 일은 우리 군장 어른께나 방주 어른께나 모두 가슴 아픈 일이었습니다. 졸본의 군장 어른께선 이번 일을 서로에게 좋은 쪽으로 해결하길 원하십니다. 원하시는 바가 있으면 말씀해주십시오.

군장 어른께서 그를 위해 노력을 아끼지 않으실 것입니다."

하지만 도치는 묵묵부답인 채 부영을 불러 생간을 더 가져오라 명했다. 그리고 다시 붉은 선지가 흐르는 한 접시의 생간이 모두 자신의 입 안으로 사라지도록 말이 없었다. 접시를 말끔히 비운 뒤, 빈 접시를 우태의 앞으로 내밀며 도치가 심드렁히 말했다.

"뭘 원하느냐고? 너희 군장이란 자의 목을 이 접시에 담아오너라. 그럼 이번 일은 없던 걸로 해주마."

"방주 어른!"

우태의 표정이 문득 엄한 빛을 띠었다.

"방주 어른께선 우리와 함께 공멸하길 원하십니까? 비록 귀방의 무력이 관병의 일대에 버금갈 정도라 하나, 우리 상단 또한 그에 비하여 조금도 모자람이 없을 것입니다. 우리가 전력을 다하여 싸우기로 한다면 귀방 또한 살아남는 자가 열에 하나도 이르지 못할 것입니다. 군장 어른께선 그런 사태를 방지하기 위하여……."

"이런 망할……."

도치가 커다란 손으로 탁자를 내리치며 고함을 질렀다.

"감히 네놈이 내 앞에서 날 겁박하려는 것이냐? 이 도치가 그따위 협박에 겁을 먹을 것 같았으면 진작 저자 뒷골목에 뼈를 묻었을 것이다. 비루먹은 강아지가 대호를 범한다더니, 이놈들이 감히 나를 뭘로 보고!"

"……."

"돌아가서 군장인지 된장인지 하는 놈한테 당장 내 앞에 와서 무릎을 꿇고 용서를 빌라고 일러라. 선과 후를 따지는 것은 그후의 일이다. 그렇지 않으면 소서노인지 하는 딸년은 흉노의 비적들에게 창기로 팔

아버릴 것이다."

우태가 돌아갔다. 분노를 감추느라 나무토막처럼 딱딱한 걸음으로 객전을 나서는 것을 무사들의 뒤편에 선 주몽이 놀란 눈으로 지켜보고 있었다.

소서노…….

분명히 도치는 소서노라고 하였다. 그렇다면 지난밤 그 소동의 대상이 바로 졸본 상단의 소서노 그 여인이란 말인가.

조금 전 객전의 2층 난간에 서서 주몽은 출입문을 들어서는 우태를 보았다. 어딘지 낯이 익다고 생각하던 차에 그가 졸본 사람이란 말을 듣고 전날 현토성으로 향하던 상단의 무리에서 언행이 남달리 진중하던 젊은이를 기억해냈다. 저자가 무슨 일로 도치를 찾아왔단 말인가. 주몽은 무사들이 늘어선 도치의 방으로 슬그머니 들어가 두 사람의 대화에 귀를 기울였다.

아침밥을 앞에 두고서도 주몽의 마음은 온통 한 가지 생각에 매달려 있었다.

"왜 식사를 하지 않으세요?"

도통 숟가락을 들 생각을 않고 있는 주몽을 보고 부영이 물었다.

"으응, 아냐……. 마리와 협보는 지금 어디에 있지?"

"아까 보니 저장고 앞에 모여앉아 있던걸요. 그러고 보니 새벽부터 그곳에 모여 있었어요."

시늉만 하던 숟가락을 내려놓고 주몽이 자리에서 일어섰다. 부영이 근심스러운 눈길로 바라보는 것도 아랑곳하지 않은 채 밖으로 나섰다. 지난밤 마리 들이 어딘가에서 가져왔다는 물건이 소서노라면, 지금 그녀는 고기 저장고에 갇혀 있을 것이 분명했다.

─이 자식아! 정신이 들었으면 얼른 일어나! 너 때문에 얼마나 많은 사람들이 죽을 고생을 한 줄 알아?

　─나랑 무술을 겨뤄 이긴다면 널 풀어주마. 어때?

　─은혜 같은 건 됐고, 우선 네 앞가림부터 잘해. 쯧쯧, 넌 대체 뭘 하는 녀석이기에 허구한 날 매를 맞고 죽어가는 시늉이냐?

　소서노가 짓던 표정과 말들이 눈앞에 선하게 떠올랐다. 비록 오만하고 건방지고 말투 또한 거칠기 짝이 없는 계집아이였지만 그녀는 자신의 목숨을 구해준 은인이 아닌가. 그것도 두 번씩이나.

　주몽의 걸음이 객전 뒤채에 있는 고기 저장고로 향했다. 기둥 뒤에 몸을 숨긴 채 건너다보니 마리와 협보와 오이가 출입문 가에 서고 앉아 하품을 쏟아내며 지루한 표정을 짓고 있었다. 걸쇠만 걸어두던 저장고의 문에 단단히 빗장이 질려져 있는 걸 보니 틀림없는 일이었다.

　한 차례 심호흡을 한 주몽이 걸음을 옮겨 앞으로 나섰다. 천천히 저장고 앞으로 걸어가 퉁명스러운 소리로 말했다.

　"객청에 가보슈. 여긴 내가 대신 파수를 설 테니."

　"객청엔 왜?"

　마리가 소 닭 보듯 뜨악한 표정을 지으며 말했다.

　"낸들 알겠수. 부영이가 한 상 차려놓고 기다리고 있수. 방주 어른께서 지난밤 수고하였다며 술 한잔 대접하라고 하였대나……."

　그 말에 협보의 얼굴이 대번에 환하게 펴졌다.

　"아무렴, 당연히 그래야지. 지난밤부터 잠도 못 자고 이게 대체 무슨 난리여. 아이구, 속에서 거지가 다 올라오네. 어여 가서 한잔들 하자구."

　"여긴 어떡하구?"

"내가 지킨다고 하지 않았수. 젠장, 바쁜 사람 불러서 별걸 다 시키네……."

세 사내가 주섬주섬 몸을 일으키더니 앞서거니 뒤서거니 뒤채를 빠져나갔다.

사내들의 발소리가 사라진 것을 확인한 주몽이 재빨리 저장고 문을 질러놓은 빗장을 벗겼다. 컴컴한 어둠과 함께 비릿한 짐승의 냄새가 온몸으로 끼얹혀왔다.

축축한 바닥에 모로 쓰러져 있던 소서노는 한참이나 용을 쓴 끝에 간신히 상체를 일으켜 앉았다. 처음보다는 다소 나아졌다고 하지만 여전히 컴컴한 어둠 속에서 풍겨오는 지독한 짐승의 몸냄새와 피비린내로 머리가 지끈지끈 아파왔다. 아금받게 묶은 동아줄이 살을 파고들었고, 입에 재갈이 물려 있는 탓에 숨을 제대로 쉬기가 힘들었다.

소서노는 어둠 속에 앉아 일이 이리된 정황을 되짚어보았다. 호색한 소두 녀석을 구워삶은 일이며 나루터의 습격……. 그러자 머릿속에 반짝 떠오르는 얼굴이 있었다. 순간 소서노는 화가 나서 머리가 터질 지경이 되어버렸다. 도치를 습격하여 상처를 입힌 게 자신이란 걸 고해바친 건 틀림없이 그 녀석일 터였다. 시도 때도 없이 불쑥불쑥 자기 앞에 나타나는 정체불명의 수수께끼 같은 녀석, 필시 죽은 목숨이 되었을 도치를 자신의 손에서 구해 달아난 녀석. 나루터에서 그자의 얼굴을 알아보고 멈칫한 것이 그렇게 후회스러울 수가 없었다. 아니, 현토성 길에서 죽어가던 녀석을 구해낸 것이 발을 찧도록 후회스러웠다.

내가 독사의 새끼를 구한 거였어. 망할 자식. 은혜를 원수로 갚다니, 네놈은 사내가 아냐. 이곳에서 나가기만 하면 반드시 네놈의 목숨을 끊어놓고 말 테다.

어슴푸레한 어둠 속으로 돼지와 개, 소의 찢긴 살이 허공에 걸려 있는 게 보였다. 두렵고 막막하고 분하고 화가 났다.

망할 자식…….

그런 어느 때였다. 문이 열리는 소리가 들리더니 환한 빛살이 어둠 속으로 쏟아져 들어왔다. 그리고 한 사내가 천천히 창고 안으로 들어서는 게 보였다. 소서노는 단단히 이를 사려 물었다.

가까이 다가오는 사내는 뜻밖에도 독사의 새끼, 바로 그자였다.

소서노 앞으로 다가선 주몽이 그녀의 얼굴을 확인하더니 짧은 한숨을 내쉬었다. 그리고 품속에서 단도를 빼들었다.

이런 망할 자식…….

소서노의 묶인 몸이 분노로 터져버릴 것처럼 떨렸다. 네놈이 기어코 나를…….

주몽이 소서노의 입에 물린 재갈을 풀었다. 이어 몸을 묶은 밧줄을 잘라냈다. 몸이 자유로워진 것을 확인한 소서노가 재빨리 주먹을 뻗어 주몽의 얼굴을 쳤다.

"헉!"

난데없는 주먹을 고스란히 얻어맞은 주몽이 바닥으로 나뒹굴었다.

"아, 아가씨!"

주몽이 손을 내저으며 무어라 말을 하려는 것을 소서노는 틈을 주지 않고 달려들어 옆구리에다 매서운 발길을 날렸다. 비명을 내지르며 주몽이 바닥을 굴렀다.

"이 비겁한 놈아! 네가 감히 나를 죽이려 들어? 이 은혜도 모르는 악당놈아!"

주몽이 비틀거리며 몸을 일으켜 세우곤 소리쳤다.

"야, 이 계집애야! 난 널 구하러 온 거야!"

"흥! 차라리 네놈이 하늘에서 내려온 선인이라고 해라. 네놈 말은 소금이 짜다 해도 믿지 않는다, 이놈아!"

소서노가 내뻗은 발길이 옆구리를 파고드는 순간 주몽이 몸을 날려 소서노를 붙안았다. 두 남녀의 몸이 한 덩이가 되어 바닥을 굴렀다.

"이 망할 놈. 이거 놓지 못해!"

"조용히 해, 이 멍청한 계집애야! 곧 사람들이 달려올 텐데, 잡히면 넌 고스란히 죽거나 창기로 팔려갈 거야!"

다시 두 사람이 바닥을 굴렀다. 마침내 힘으로 소서노의 두 팔과 가슴을 제압한 주몽이 이마를 맞댄 채 소리쳤다.

"시간이 없어. 널 잡아온 자들이 다시 돌아올 거야. 죽기 싫으면 여길 빠져나가야 해!"

"……."

"도치한테 잡혀온 순간부터 넌 죽은 목숨이었어. 도치는 사람을 잡는 도살꾼 같은 자야. 날 때리고 싶으면 살아난 다음에 때려도 늦지 않아. 난 널 구하러 온 거라구."

"정말이야……?"

"아, 계집애가 의심도 많네. 그럼 죽을 때까지 여기 이대로 앉아 있을 거야?"

"그럼 날 놓고 물러서."

주몽이 소서노를 부둥켜안은 두 팔을 풀고 뒤로 물러났다. 소서노가 잽싸게 몸을 일으켜 뒤로 물러섰다.

"한 발짝이라도 움직이면 너 죽고 나 죽는 거야. 알겠어?"

"알았으니까 어서 달아나. 시간이 없어."

소서노가 혼란스러운 눈길로 잠시 주몽을 바라보더니 출입문으로 달려갔다. 비로소 마음이 놓이는 듯 주몽이 긴 한숨을 토해냈다.

하지만 안도의 순간은 짧았다. 소서노가 저장고 문을 열고 밖으로 뛰어나간 바로 다음 순간 시끌벅적한 사내들의 소리가 들렸다.

"젠장……."

주몽이 퉁기듯 자리에서 일어나 밖으로 달려나갔다. 아니나 다를까 마리와 협보, 오이가 마당 입구에서 소서노를 가로막고 서 있었다. 달려나오는 주몽을 본 마리가 알 만한 일이라는 듯 소리쳤다.

"너, 이 자식! 네가 이 계집을 풀어준 거야?"

주몽이 팔을 벌려 소서노의 앞을 막아서며 소리쳤다.

"어서 달아나! 이자들은 내가 맡을 테니까, 어서!"

"어라, 이런 미친 놈……."

다가서는 마리를 주몽이 재빨리 발을 내뻗어 가슴팍을 걷어찼다. 설마 하던 마리가 발길에 얻어맞고 비명을 지르며 쓰러졌다. 순간 협보와 오이가 주몽을 향해 몸을 던지듯 달려들었다.

안채 마당에 주먹과 발길이 오가고 비명이 낭자한 한바탕 난투극이 벌어졌다. 누구의 주먹인지도 모르게 얻어맞으며 쩔쩔매는 동안에도 주몽이 소리쳤다.

"어서 도망가! 어서!"

그런 틈을 타 소서노가 마당 한켠에 쌓아놓은 장작 더미를 밟고 담장 위로 뛰어올랐다. 한 차례 주몽 쪽을 돌아본 소서노가 몸을 날려 담장 밖으로 사라졌다.

"오이야! 넌 저 계집을 잡아! 어서!"

마리의 외침에 오이가 소서노를 뒤따라 담장을 넘었다.

◆ ◆ ◆

　무섭게 쏟아지던 주먹과 발길질이 마침내 멎었다. 거친 주먹질과
함께 입에 담기 어려운 욕설을 퍼붓던 마리와 협보가 그예 지친 듯 마
당에 주저앉아 거친 숨을 들이쉬고 내쉬며 주몽을 노려보았다. 얼굴
이 피투성이가 된 주몽은 마당에 쓰러져 정신을 잃은 듯 움직임이 없
었다.
　잠시 뒤, 터덜거리는 걸음으로 오이가 마당으로 들어섰다.
　"어떻게 됐어, 그 계집은?"
　협보의 물음에 오이가 고개를 저었다. 벌떡, 마리가 몸을 일으키더
니 주몽에게 달려가 발길질을 날렸다.
　"이 망할 자식! 이 자식 때문에 우린 다 죽게 생겼어. 이런 미친 놈!"
　다시 한바탕 주몽을 짓이긴 후 마리는 식식거리며 협보 곁으로 돌
아왔다. 협보가 돌아보며 물었다.
　"이제 어떡하지?"
　"몰라, 나도. 우린 이제 다 죽은 목숨이야."
　"계집을 놓아준 건 저 녀석이지 우리가 아니잖아. 사실대로 이야기
하면 설마 우릴 죽이기야 하겠어?"
　"도치가 어떤 놈인지 모르고 하는 말이야? 그 계집을 지키라고 말한
건 우리한테야. 우리가 그 계집을 놓쳐버린 거라구. 요행히 목숨을 구
한다 하더라도 수족이 잘린 병신이 될 거야."
　"그럼 어떻게 해? 도망갈까?"

"어디루? 그런다고 우리가 도치의 손아귀를 벗어날 것 같아?"

"그럼 대체 어떡하자는 거야, 젠장!"

협보가 버럭 소리를 질렀다. 한동안 말이 없던 마리가 일어나 주몽에게 걸어갔다.

"일단 도치에게 가서 사실대로 얘기하자. 그리고 우리가 나서서 다시 그 계집을 잡아오겠다고 말한 뒤 방법을 찾아보자."

마리가 늘어진 주몽의 목덜미를 틀어쥐었을 때였다.

"안 돼요, 그럼 저 사람이 죽어요!"

세 사내의 시선이 정주간 쪽으로 향했다. 거기에 부영이 하얗게 핏기가 가신 얼굴로 서 있었다.

"부영아!"

오이가 놀라 소리쳤다. 부영이 달려가 주몽의 머리를 안았다. 피투성이가 되어 정신을 잃은 주몽을 보자 나직한 비명을 터뜨렸다.

"세상에, 이 지경이 되도록 사람을 때리다니……."

"그놈이 연타발의 딸년을 놔주었어. 그놈 덕분에 우린 다 죽은 목숨이 되었다구. 저리 비켜. 우선 놈을 도치한테 갖다 주고 방법을 찾아야지."

"안 돼요. 그럼 이 사람은 죽어요!"

"우린 죽지 않고?"

"그래도 안 돼요!"

부영이 단호하게 말했다. 한 번도 본 적이 없는 부영의 단호한 태도에 세 사내는 놀란 표정이었다. 오이가 다가오며 말했다.

"부영아, 너 이 자식 전부터 알고 있었던 거지? 그렇지?"

"……."

"말을 해. 대체 이 자식의 정체가 뭐야?"

"……부여국의 왕자님이세요."

"……왕자?"

세 사내의 놀란 눈길이 일제히 부영을 향했다. 한결같이 벼락을 맞은 듯 경악에 찬 표정들이었다.

"부영아, 지금 뭐라고 했냐? 이 자식이 왕자라고?"

"예, 왕실의 세 번째 왕자인 주몽 왕자님이세요."

잠시 뒤, 세 사내와 부영은 저장고 앞의 평상에 마주앉았다.

"그러니까 널 궁에서 쫓겨나게 만든 그 망나니 왕자가 저자란 말이야?"

오이의 말에 부영이 고개를 끄덕였다. 여전히 놀라움이 사라지지 않은 표정으로 사내들이 서로의 얼굴을 돌아보았다.

"어쩐지 저자가 가진 패물이 왕실에서나 쓰는 거라고 하더니……. 왕자가 왜 저런 꼴로 이곳에 있는 거야?"

"……"

"그나저나 이 일을 어떡하지?"

"뭘 어떡해. 저자가 왕자든 거렁뱅이든 우리 운명은 마찬가지야. 잠시 뒤면 도치 손에 죽을 목숨들이라구."

"그렇다고 왕자를 데려가 도치 같은 자의 손에 죽게 할 순 없잖아."

마리와 협보가 쏟아놓는 한숨이 강물처럼 깊었다. 그동안 말이 없던 오이가 그들을 향해 말했다.

"어쩌면 잘된 일일지도 모르겠수."

"잘되다니, 뭐가?"

"명색 사내가 되어서 언제까지 이렇게 살 순 없는 일 아니우. 애먼 사람들 등을 쳐 재물을 빼앗고, 남의 집 귀한 딸이나 잡아다 바치고……. 이건 사내자식이 할 짓이 아니오. 사정이야 어떤지 모르지만 저 왕자란 자가 우리보단 훨씬 나은 사람이란 건 분명하오. 저자는 제 목숨도 돌보지 않고 연타발의 딸을 살려주었소."

"……그건 그려."

"그래서 어쩌려구?"

마리가 물었다.

"이참에 우리도 한번 사내답게 사는 길을 찾아봅시다. 일단 저자의 목숨부터 살리고, 그러고 나서 아까울 것 없는 목숨, 한번 보람 있게 써먹을 방법을 찾아봅시다. 저자를 위해 목숨을 걸어보는 것도 나쁘진 않을 것 같소."

"저자를 위해?"

"주몽 왕자는 작년 태자 책봉식 때 대소 태자와 영포 왕자도 못한 다물활을 당겨 쐈다는 바로 그 사람입니다. 이 나라 대통이 셋째 왕자에게 있다는 소문이 아직도 사람들 사이에 돌고 있기도 하구요. 누가 알겠어요. 지금은 비록 저런 모습이지만, 정말 이 나라의 왕이 될지……."

그때 부영의 품에 안겨 있던 주몽이 꿈틀하고 깨어나는 기미가 보였다.

"왕자님!"

부영이 나직한 소리로 불렀다. 눈을 뜬 주몽이 천천히 자리에서 몸을 일으켰다.

"……."

"왕자님, 괜찮으세요?"

"응…… 미안하다, 부영아. 난 왜 만날 이 모양이지…….'

"아녜요, 왕자님. 왕자님은 훌륭한 일을 하셨어요."

마리와 사내들이 주춤주춤 걸어와 주몽 앞에 무릎을 꿇었다.

"왕자님! 소인들이 죽을죄를 지었습니다. 용서하여 주십시오."

"왜들 이러시오?"

"부영이한테 들었습니다. 하늘같이 귀한 분을 몰라뵙고 크나큰 죄를 지었습니다. 송구합니다."

"그러지 마시오. 이제 나는 더 이상 왕자가 아니오. 이미 폐서인되어 궁에서 쫓겨난 몸, 그대들과 다를 바 없는 신분이오."

"사정이 그렇다 하나 망아지가 개가 되는 조화는 없고, 개가 말이 되는 조화도 없습니다. 어찌 저희같이 미천한 것들과 같다 하십니까?"

"왕자님! 저희들을 거두어주십시오."

"그대들을 거두다니, 무슨 말이오?"

"저희들이 신명을 바쳐 왕자님을 모시겠습니다. 왕자님을 따르게 해주십시오."

부영이 수건을 적셔 칠갑을 한 피를 닦아냈다고 하나 주몽의 얼굴은 피멍이 들고 부어올라 사람의 형상이라 하기 어려웠다. 주몽이 그런 얼굴을 일그러뜨리며 웃었다.

"이보시오. 내 한 몸도 건사하지 못하여 이런 꼴인데, 내가 누구를 거둔단 말이오?"

"지금은 저희들이 왕자님을 모시겠습니다. 이곳에 오래 지체하였다가 도치가 눈치 채는 날엔 무슨 일을 당할지 모릅니다. 우선 이곳을 피하시지요."

"이곳을 피해 어디로 갈 것이오?"

"생각해둔 곳이 한 군데 있습니다. 저희가 앞장설 테니 따르십시오."

◆ ◆ ◆

한낮이 지나면서 하늘이 점차 흐려지기 시작하더니, 종내 비를 뿌리기 시작했다. 는개 같은 가는 비를 뚫고 연타발이 도치의 객전을 찾았다. 젊은 사용 혼자만을 대동한 단출한 걸음이었다. 소식을 안은 한당이 엎어질 듯 달려와 도치에게 고했다.

"연타발이 호위 무사도 없이 객전을 찾아왔습니다. 이제 놈은 필시 죽은 목숨입니다. 하하하…….."

소식은 어지간한 도치에게도 놀랍기 그지없었다. 이자가 범의 아가리에 머리를 들이밀어도 유분수지……. 조금 전 도치는 연타발의 여식이 달아났다는 소식을 들었다. 그것도 믿어온 주몽, 마리 녀석들과 함께 작당하여 달아났다는 것이었다. 도치는 미칠 듯 화가 나 저장고가 있는 뒤채를 절반 넘어 들이부수고 한당과 그 솔하들에게 먼지가 나게 매를 놓았다. 그러고도 분이 풀리지 않아 어떻게 하면 오늘밤이라도 당장 졸본 상단의 놈들을 말끔히 해치워버릴 수 있을까 궁리하던 차에 연타발이 제 발로 객전을 찾아왔다는 것이었다.

도치는 10여 인의 도부수刀斧手를 낭하에 숨겨놓고 연타발을 2층 너른 객청으로 들이라 일렀다.

"졸본 상단의 연타발이라 하오. 소문으로만 듣던 방주의 얼굴을 이제야 대하는구려."

인사를 건네고 맞은편 자리에 앉는 연타발의 태도가 마치 천군만마의 호위를 받는 듯 당당하고 거침이 없었다. 동이의 하늘 아래 두 번 다시 없을 뛰어난 장사치, 하늘을 지붕 삼고 땅을 이불 삼아 천하를 주름잡는 사내다운 태도였다. 오래 바깥길을 다닌 사람답게 구릿빛으로 그을린 얼굴은 길고 흰 수염으로 뒤덮여 있었고, 짙은 눈썹 아래 빛나는 두 눈은 상대의 마음을 꿰뚫어보는 듯 형형했다.

"지난밤, 그대가 내 딸아이를 남달리 후대하여 귀한 잠자리까지 마련하여 주었다기에 내 치하차 걸음을 하였소."

"으음⋯⋯."

아랫사람을 대하듯 오연한 태도에 도치는 심사가 뒤틀렸다. 건방진 작자 같으니. 제놈이 저지른 일일랑 모르쇠 한 채 감히 내게 언구럭을 부리려 들어. 생각 같아서는 두말 않고 앉은자리에서 작자를 도륙해버리고 싶었지만 도치는 끙 마음을 다스렸다. 작자가 자신을 찾아온 이유가 궁금하기도 하였거니와, 그의 거침없는 거조에서 어딘지 함부로 하기 어려운 힘과 위의가 느껴지는 까닭이었다.

"일전에 그 계집에게 내가 큰 빚을 진 일이 있어 늘 마음에 사무치던 차, 채전을 갚을까 하여 그리하였소. 명색 사내가 되어서 계집에게 빚을 지고 모른 척해서야 될 성부른 일이겠소."

"허허허, 그래 빚을 갚으셨소?"

"어인 일인지 거만의 금전을 마다하고 달아나버렸소."

"이보시오, 방주. 그리하였다면 이 몸 또한 방주에게 진 빚을 갚기 위해 목숨을 내걸었을 것이오."

자신의 손짓 하나면 당장 몸뚱어리가 어육이 될 처지인데도 연타발이 태연하게 자신의 말을 받아내는 걸 보며 도치는 기어코 억눌렀던

분통을 터뜨렸다.

"닥쳐라, 이놈아! 네놈 목숨 따위는 눈곱만큼도 관심이 없어. 날 찾아온 까닭이나 말해보아라!"

그제야 연타발이 표정을 엄숙히 하며 말했다.

"이보시오, 방주. 이만 싸움을 멈추었으면 하오. 쌍방 모두에게 득될 게 없는 싸움이오. 전날 철없는 아이가 저지른 일은 이 몸의 씻을 수 없는 불찰이었소. 내 다시는 그런 일이 없도록 약조하리다. 그리고 그날 소실된 소금의 열 배를 현물로 드리리다. 하지만 그대도 한 가지를 나에게 약조하시오."

"……."

"당장 소금의 밀매를 중지하시오! 이것은 부여국 왕의 재가를 얻어 부여 도성의 모든 소금의 전매를 위탁받은 자로서 내리는 영이오!"

"무엇이? 감히 네깐 놈이 나에게 영을 내려?"

도치가 두 손으로 탁자를 소리 나게 치면서 몸을 일으켰다. 연타발이 태연한 낯빛으로 말을 이었다.

"만일 그리한다면 그대가 벌이고 있는 인신의 매매나 강탈 등 갖가지 불법적인 일들을 내 눈감아주겠소."

"이런 죽일 놈! 내 손짓 한 번이면 이 자리에서 당장 죽은 목숨이 되리란 걸 모르느냐?"

"하하하……."

연타발이 호탕한 웃음을 터뜨렸다. 잠시 후 웃음기를 거둔 연타발이 나직한 소리로 말했다.

"이곳이 범의 아가리란 것을 내 어찌 모르겠소. 하지만 죽음이 두려웠다면 빈 몸으로 그대를 찾지는 않았을 것이오. 이 몸의 목숨은 그대에게 맡겼으니, 알아서 처결하도록 하시오."

"이놈이……."

"하지만 한 가지 안타까운 것은 그대의 목숨 또한 나와 운명을 함께 할 것이란 사실이오. 그리고 귀방도 오늘로써 이 땅에서 영원히 사라지게 될 것이오."

"그게 무슨 소리냐?"

"지금 밖에는 졸본 상단의 무사들 수십 인이 객전을 둘러싸고 있소. 2각刻이 지나도록 이 몸이 나오지 않으면 이 객전은 불바다로 화할 것이고, 불길 속에 요행히 목숨을 부지한다 하여도 무사들의 칼날 아래 무사하지 못할 것이오."

"무엇이라고? 이런 미친 놈, 그따위 말로 날 겁박하려 들어!"

"내 말을 믿든 믿지 않든 그것은 중요하지 않소. 곧 2각이 가까워오니 잠시 뒤면 내 말이 참인지 거짓인지 몸소 확인하게 될 게요."

연타발이 느긋하게 앉아 앞에 놓인 찻잔을 들어 입으로 가져갔다. 불을 뿜는 듯한 눈길로 연타발을 노려보던 도치가 한당을 불러 무언가를 지시했다. 바람처럼 밖으로 달려나갔던 한당이 돌아와 고했다.

"바, 방주님! 사방 이웃의 담과 지붕 위에 50인이 넘는 괴한들이 중무장한 채 우리 객전을 바라보고 있습니다! 손에 하나같이 기름 먹인 화살을 들고 명령을 기다리는 품이 당장에라도 객전을 향해 불화살을 날릴 기세입니다."

"이런 죽일 놈……."

도치가 노여움에 부들부들 떨리는 얼굴로 연타발을 노려보았다. 서두르는 기색 없이 찻잔을 비운 연타발이 도치를 향해 말했다.

"방주! 호랑이나 늑대 같은 사나운 육식동물이 먹이를 잡을 때, 어찌하여 크고 건강한 동물이 아니라 약하고 병든 동물만을 골라 잡아먹는지 아시오? 아무리 힘세고 강한 맹수라 하여도 먹이의 뿔에 받혀 이빨이나 발톱을 다치면 그것으로 그 맹수도 죽은 목숨이 되기 때문이오."

"......."

"오늘 내가 그대를 찾아온 까닭이 거기에 있소. 그대가 소유한 무력이 비록 강하다 하나, 졸본 상단과 전력을 다한 싸움을 벌이면 피차 남을 것은 공멸뿐이오. 더구나 이 몸은 나라의 인가를 받은 관상. 그대가 요행히 나를 제압한다 한들 무사하기를 바라기는 어려울 것이오. 그리고 그것은 나 또한 마찬가지일 터. 그러니 우리에게 남은 것은 하나의 선택뿐이오. 오늘 내가 한 말을 그대는 잘 생각해보길 바라오."

연타발이 자리에서 일어나 뒤도 돌아보지 않고 객청을 나섰다. 분노에 찬 도치가 당장이라도 달려가 연타발을 때려죽일 듯 어깨를 들썩였다. 하지만 끝내 그의 모습이 객청 밖으로 사라지도록 말없이 지켜볼 뿐이었다.

도치의 객전을 에워싸고 있던 괴한들이 바람에 흩어지는 안개처럼 소리없이 사라진 것은 그로부터 잠시 뒤의 일이었다.

◆ ◆ ◆

산을 오르는 발걸음이 자못 조심스러웠다. 세 명의 사내들이 한 사내를 에우듯 하여 조용히 걸음을 옮기고 있었다. 바로 주몽과 마리 들이었다. 몇 개의 언덕과 골짜기를 넘은 사내들이 산허리가 올려다보이는 주목숲 아래에서 걸음을 멈추었다. 그때까지 조용한 태도로 사내들의 뒤를 따르던 주몽이 마리에게 물었다.

"날 숨겨놓으려는 곳이 이 산중이오?"

"그렇습니다, 왕자님. 잠시만 여기서 기다리십시오."

마리가 그렇게 말한 뒤 두 손을 입에 모으고는 허공을 향해 소리를 냈다.

삐이, 삑…….

뜻밖에도 맑은 새소리가 공중으로 퍼져나갔다. 마리가 하는 양을 지켜보던 주몽이 미덥지 못한 표정으로 말했다.

"날 숨겨줄 사람은 무엇을 하는 어떤 사람이오?"

"……그냥, 이 산 속에 사는 짐승 같은 사나이입니다. 믿을 만한 사람이니 너무 염려하지 마십시오."

"……."

"그자가 왕자님의 신분을 알아 좋을 일 없으니, 당분간 저희들이 형님이라 부르도록 하겠습니다. 그러니 형님께서도 저희들에게 하대하여 주십시오."

그로부터 족히 한 식경이 지난 다음이었다. 그들이 앉아 있는 맞은편 숲으로부터 곰이라도 움직이는 듯 부스럭거리는 소리가 나더니 커다란 덩치의 사내가 모습을 드러냈다.

사내를 본 주몽이 놀라 소리쳤다.

"형님!"

"어이, 추모! 자네들이 같이 웬일이야?"

마리의 부름을 받고 나타난 사내는 뜻밖에도 무송이었다. 놀라움은 마리 들에게도 마찬가지였다.

"무송 형님, 이…… 사람을 아시우?"

"뭐, 그럭저럭. 그런데 너희들은 어떻게 같이 있게 된 거냐?"

그로부터 한동안 사내들은 산 중턱의 숲에 모여앉아 이런저런 얘기를 나누었다. 벌써 오래전, 마리 들이 저잣거리에서 술에 취한 무송을 상대로 야바위를 벌이다 외려 된통 뜨거운 맛을 보았다. 그 일 이후 서로 배짱이 맞아 형님 아우 하는 술친구가 되어 저잣거리를 함께 누비는 사이가 되었다.

하지만 마리의 말을 들은 무송이 펄쩍 뛰었다.

"안 돼! 거기가 어디라고 사람을 숨긴단 말이야! 턱도 없는 소리 말고 당장 내려가!"

"그랬다간 당장 도치 손에 죽게 될 거요. 그러지 말고 추모 형님만이라도 당분간 숨겨주오. 우리야 찾아보면 달리 길이 있겠지만."

"……어쩌다가 도치 같은 모진 놈한테 쫓기는 몸이 되었어?"

"얘길 다 하자면 골치가 아프고, 아무튼 어려운 줄 알지만 형님이 사정을 좀 봐주슈."

"그래도 안 돼!"

다시 한동안 설왕설래가 오간 뒤 세 사내는 산을 내려가고 주몽이 무송의 뒤를 따라 산을 올랐다. 뒤도 돌아보지 않고 허위허위 산길을 오르는 무송의 뒷모습이 문득 주몽에게 한 가지 잊고 있던 영상을 떠올리게 했다. 인적이 끊어진 적요한 고샅. 갈대를 엮어 만든 삿갓을 눌러쓴 검은 경장 차림의 사내. 알 수 없는 적의와 가슴을 베던 날카로운 통증. 그리고 바람같이 나타나 자신을 구하고 사라진 검은 복면을 한 커다란 체구의 사내.

"아……."

나직한 신음과도 같은 탄성이 주몽의 입에서 흘러나왔다. 하지만 주몽은 재빨리 고개를 저었다. 그럴 리가 없어. 저 게으른 주정뱅이 사내가 그럴 리가……. 그렇다면 검은 복면의 무사는 자객과 자신의 일거수일투족을 그림자처럼 지켜보고 있었을 터인데, 무송은 그럴 위인도 못 되고 그럴 까닭도 없는 사내였다.

동굴 특유의 습하고 무거운 공기가 온몸으로 끼얹혀왔다. 무송과 주몽은 홰를 들고 천천히 동굴 안으로 걸음을 옮겼다. 동굴 안에 놓인 돌멩이처럼 죽은 듯 소리없이 지낼 것이며, 예기치 않은 방문자는 물론 배식하는 옥졸들이 동굴 안으로 들어오더라도 몸을 숨겨 눈에 띄지 말라는 무송의 거듭된 다짐을 받은 다음이었다.

주몽은 애원에 가까운 요청 끝에 예의 눈먼 노인의 옥으로 안내되었다. 무송의 손에 의해 철문을 채운 쇠사슬이 소리를 내며 풀렸다. 비좁고 컴컴하고 습기 찬 이곳, 굴혈 속 또 하나의 굴혈인 이곳에서 이제 주몽은 수수께끼의 노인과 함께 생활하게 될 것이었다.

"노인장……."

무송의 발소리가 사라진 뒤 주몽이 동굴 옥사의 어두운 바닥 한가운데 정좌한 노인을 향해 다가섰다. 산발한 머리와 꼿꼿한 자세, 범접할 수 없는 위엄을 풍기는 모습이 어제 본 듯 주몽의 눈에 친숙하게 다가들었다.

"노인장, 절 기억하시겠습니까?"

그러자 노인의 무거운 목소리가 지맥을 뚫고 솟아오르는 물길처럼 동굴 안을 울리고 주몽의 고막을 때렸다.

"그대가 금와의 아들이란 것이 정녕 사실인가?"

(3권에서 계속)

주몽 2

1판 1쇄 발행 2006년 6월 28일
1판 15쇄 발행 2009년 8월 4일

극 본 ㅣ 최완규 · 정형수
소 설 ㅣ 홍석주
발행인 ㅣ 박근섭
펴낸곳 ㅣ 민음사출판그룹 **(주) 황금나침반**

출판등록 ㅣ 2005. 6. 7. (제16-1336호)
주소 ㅣ 135-887 서울 강남구 신사동 506 강남출판문화센터 4층
전화 ㅣ 영업부 (02)515-2000 / 편집부 (02)514-2642 / 팩시밀리 (02)514-2643
홈페이지 ㅣ www.gdcompass.co.kr

ISBN 978-89-91949-83-6 04810
     978-89-91949-73-7 (세트)